나는 그놈의 전부였다 2

나는 그놈의 전부였다 2

러브리걸 N세대 연애 소설

초판 1쇄 찍은 날 § 2003년 5월 1일
초판 1쇄 펴낸 날 § 2003년 5월 10일

지은이 § 임은희
펴낸이 § 서경석

편집장 § 문혜영
편집책임 § 이종민
마케팅 § 정필 · 강양원 · 이선구 · 김규진 · 홍현경

펴낸곳 § 도서출판 청어람
등록번호 § 제1081-1-89호
등록일자 § 1999. 5. 31
어람번호 § 제4-0002호

주소 § 경기도 부천시 원미구 심곡1동 350-1 남성B/D 3F (우) 420-011
전화 § 032-656-4452 팩스 § 032-656-4453
http://www.chungeoram.com
E-mail § eoram99@chollian.net

ⓒ 임은희, 2003

값 8,000원

ISBN 89-5505-681-8 (SET)
ISBN 89-5505-683-4 04810

러브리걸 Z세대 연애소설

나는 그놈의 전부였다

2

도서출판

청어람

2

목 차

7-2

사랑은 솔직해야 하는 것

67
사랑은 솔직해야 하는 것!

5시 20분. 가까스로 공항에 도착한 우리들은 뛰기 시작했다. 조금이라도 늦을까 걱정되는 나는 앞서서 뛰기 시작했고 나머지 네놈들은 뒤따라 달렸다.

"준희만 뛰어도 되는데. 씽! ㅜ_ㅜ"

"젠장."

"거참, 힘드네."

저것들 뭐라는 거야. 같이 뛰어야지 왜 나만 뛰어도 된다고 하는 거야. ㅡ_ㅡ^ 나쁜 이운균! 흥흥. 그런데 준성이는 왜 보이지 않는 거야? 공항이 이렇게도 넓을 줄이야. 미치겠다.

"어디야? 난 몰라. 어떡해? 어디로 가야 되는 거야?"

어디로 가야 할지 모르던 나는 그만 주저앉아 엉엉 울어버렸다. 그동안 너무나 바보 같았던 내 자신 때문에 가슴이 타서 재가 될 것만 같다. ㅠ_ㅠ

"어디로 가야 되지? 나 공항 처음 와. >_< 왜 이렇게 넓은 거야?"

"그… 뭐냐… 그 로스엔……."

"젤스냐, 아니면 LA행이냐?"

명청한 것들. =_=;; 무슨 행 타고 가는지도 모르고 온 거야? 저것들을 믿고 달려온 내가 잘못이지. T_T

"씨발!! 그냥 무조건 2층으로 가보자!!"

"거기 가면 준성이 형 있대?"

"몰라. 드라마 보면 사람 찾을 때 매번 2층으로 뛰어가던데. >_< 하하!"

헛소리하는 운균을 뒤로하고 저마다 준성이를 찾기 시작했다. 하지만 그 넓고 넓은 공항에서 준성이를 찾는 일은 하늘의 별 따기였다.

5시35분. 입술이 바짝바짝 타 들어간다. 한가로운 공항에 우리 다섯 명만 땀까지 흘리며 분주하게 여기저기 뛰어다녔다. 그중 한 명은 울기까지 하면서. 하지만 도저히 찾을 수가 없자 운균이의 말대로 2층으로 올라갔다.

준성아… 준성아… 너 어디 있어. 응? 어디 있는 거야? 가면 안 돼. ToT 하지만 2층 어디에서도 준성이를 찾을 수가 없었다. 지칠 대로 지친 우리. 이대로 준성이를 보낼 수는 없어. 절대… 절대…….

"준성아! 강준성 이 나쁜 놈아! 도대체 어디 있는 거야!! 강준성—!"

그 많은 인파 속에서 아랑곳하지 않고 소리를 질러 버렸다. 목소리는 옆에 있었던 네 놈들이 놀라서 기절할 만큼 컸다. 애새끼들 놀라기는. -_-; 꼭 붙잡으라고 했으면서 왜 그렇게 놀라는 거야. 남들은 아마 강준성이란 사람이 내 돈 들고 튀기라도 한 줄 알았을 거다. 대성통곡을 하는 내 모습에 저 여자 참 불쌍하기도 하지 하며 쑥덕거리고 있었다. 상관없었다.

"이런 게 어디 있어! 이런 법이 어디 있어. 흑… 강준성 이 나쁜놈아! 이러는 법이 어딨어!"

"준희야……."

고개를 들었을 때 급하게 뛰어왔는지 숨찬 모습의… 그토록 기다리고 기다렸던… 세상에서 제일 사랑하는 그놈… 강준성이 서 있었다. 믿기지 않는다는 듯 나는 아무런 말도 하지 못했다. 준성이다… 강준성이다…….

"준희야, 무슨 일이야? 왜 우는 거야?!"

분명 무슨 말이라도 해야 하는데 정말이지 목구멍에 뭐라도 들어가 막힌 건지 도무지 아무런 말도 나오지 않았다.

"왜 울어? 왜 이렇게 서럽게 울어?"

"너… 너… 갈까 봐. 너 놔두고 먼 곳으로 갈까 봐. 그래서… 무서워서 그랬어."

"그게 무슨 말이야?"

나는 나를 바라보고 있는 준성이를 용기 내어 꼭 안았다. 젤 행복한

순간이라고 해도 과언이 아니었다. 잊어버렸던 것을 되찾아 너무나도 기쁜 것마냥 사랑하는 녀석을 다시 품 안에… 이제야 겨우 놓았다.

"가지 마, 준성아. 나 두고 가지 마. 미안해. 내가 잘못했어. 가지 마… 가지 마."

이제부터는 내 마음 숨기지 않을 거다. 죽어도 내 마음 숨기지 않고 나도 이제는 이 녀석 앞에선 솔직해질 거다.

"준성아, 내 말 좀 들어줘. 나 사실은 아니야. 민우랑 사귄다는 것 다 거짓말이야. 사실은… 정말 사실은 너한테 해줄 수 있는 게 아무 것도 없어서 두려웠어. 너는 나에게 모든 것을 주는데 나는 그의 반 밖에 못 주는 것 같아서 너무 미안했어. 그런 내가 너무 싫어서, 화나고 미워서… 널 보내주고 싶었어. 그런데 뒤돌아서 깨달았어. 나 바보같이 그렇게 안녕하고 뒤돌아서 깨달았어. 사랑해… 진짜 너무 사랑해. 그러니까 나 두고 가지 마."

준성이가 힘껏 나를 안았다. 예전처럼 그렇게 꽉! 아주 꽉 말이다. 너무 행복해서… 꿈이라 눈뜨고 나면 그저 날아가 버릴 것만 같아서 애써 두 눈을 뜨지 않았다. 그리고 그동안 얼마나 내가 모순된 행동을 해왔던 것인지 절실하게 깨달았다.

이렇게 품에 안고 있으면 놓고 싶지 않은 사람을 지금껏 얼마나 밀쳐 냈던 것일까? 나는 오늘에서야 준성이에게 진심을 보여주고 있다. 내 깊은 진심을 비로소 보여주고 있다. 준성아, 너를 만나 깨달은 것이 뭔지 알아? 그건 바로 사랑은 솔직해질 때가 가장 행복한 거라는 것. 그게 바로 네가 가르쳐 준 사랑이야. 사랑해.

한참 동안 서로를 안고 있었던 우리. 그런 우리들을 방해한 것은 준성이의 사촌이었다. -_-;

벌써 준성이가 갈 시간이라니. ㅠ_ㅠ 너무 짧잖아. 나와 녀석들에게 한 손을 흔들며 게이트 안으로 들어가는 준성이. 오늘따라 준성이의 뒷모습에 자꾸만 눈물이 날 것 같다.

"이제야 겨우 말하네. 사랑해. 많이 사랑해. 네가 내 전부라고 하면 준희 너 믿어줄래? 하지만 어쩜 너무 흔한 말이라고 넘겨 버릴 수도 있지만 때로는 그런 흔한 말이 진심일 때가 있거든. 고마워, 다시 와줘서."

정말 너무 행복해서 나는 더 울었다. 이제야 녀석의 손을 꽉 잡은 것 같다. 언제든 불안하고 떨어질 듯한 우리들의 두 손이 이제야 하나로 완성된 것 같다.

68

준성이가 갔다. 한동안 준성이가 간 곳을 멍하니, 아주 멍하니 쳐다보고 있었다.

시간이 너무 짧게만 느껴진다. ㅜㅇㅜ 준성아, 기다리고 있을게. 빨

리 와야 돼. 알겠지? 이제야 비로소 행복하다. 너무 행복해서 죽을 것만 같다. 흑흑. ㅜㅜ

그리고 한 가지 더… 사랑엔 자존심 같은 것 필요없다는 것을 알게 됐다. 이제 나 준성이 앞에선 그런 것 키우지 않기로 했다. 그래야 진정 행복할 것 같으니깐……. 그나저나 정신 차리고 보니 아까 준성이가 하고 간 말이 생각났다.

"나 이민 안 가. 잠깐 갔다 오는 거야. 일주일."

쳇. -_-;; 그런 걸 나는 가서 아예 사는 줄 알고 그 넓은 공항에서 울며불며 얼마나 오도방정을 떨었던가? 이런 빌어먹을! 이것들 다 죽었어! 내가 뒤돌아섰을 땐 어색한 웃음을 짓고 있는 네 놈이 보였다. 너희들, 오늘 다 죽었어!! 씨!! >_<

"이리 오시지? 뭐? 이민을 간다고?! 참나, 다 죽었어!!"

"하하! 얘들아, 우리는 이제 집에 가야 하지 않겠냐? 가줘야 할 것 같은데."

"그러게. 공항에서 너무 오래 있었던 것 같아. ^_^;;"

살살 뒷걸음치는 태민이와 지훈이. -_-^ 어디를 가?! 못 가!

"홋! 내가 가야지 잡을 수 있다고? 어쭈~ 그런 말도 안 되는 거짓말을 넷이서 잘도 짜고 하셨겠다?"

"하하!! 말도 안 되는 거짓말이래. 믿어놓고선~ 믿어 놓고선~ 준성이 없으면 못산다 해놓고선~ 이제 와서 멀쩡한 척하면 벌어진 일이 수습될 줄 아나 봐. 바보같이 콧물까지 흘리고 울었으면서. >_<"

저 망할 이운균. −_−^ 저 자식이 실없이 웃을 때부터 알아봤어야 했어. 나는 너무 저 인간을 믿고 있었던 거야. 허걱 −0− 나 정말 바보인가 봐.

"너 이리 와! 이리 와!!"

촐싹맞게 뛰는 이운균을 잡으려가다 아무래도 아까 오도방정을 떤 게 생각나서 멈추고 조신하게 걸어갔다. 저 또라이는 아무래도 수원 가서 아작을 내야 할 것 같다.

"준희야, 고마워. >_< 오늘 네 덕분에 너무 재밌는 코미디를 본 거 같아. 앞으로도 잘 부탁해. 못 말리는 엽기녀 공항에서 푼수 떨다! 주연 박준희! 음하하하!!"

안 되겠다. 저놈을 가만히 뒀서는 내가 제명에 못살 거 같다. 그래, 오도방정 떤 김에 아예 다 떨어보자. 어차피 한 번 보고 말 사람들인데 뭐. 너 죽었어!! 난 이운균과 나를 보며 즐거워하는 세 놈을 뒤로한 채 열심히 쫓아갔다. 하지만 생각보다 이운균은 달리기를 못했다. 하긴 저 짧은 다리로 뛰는 자신도 무척 힘들 거야. 호호~

"이운균! 이리 와! 어쭈!! 너 잡히면 진짜 죽었어!!"

"어머, 여러분! 여기 개그맨이 있어요! 어서 사인 받아가요!!"

쿵—

이래서 하늘은 공평하다는 것이다. 넘어진 이운균 뒤로 넘쳐 나는 이 비웃음들. 나는 너무나도 사랑한다. ^0^

"푸하하하—"

"내 저 자식 저럴 줄 알았지. 어째 촐싹맞더라. 큭."

운균이는 일층 입구에서 대자로 넘어졌다. 쪽팔린 건지 아픈 건지 일어날 생각을 하지 않는다.

"하하하!! 아, 배 아파. 나 좀 살려줘. ㅜㅇㅜ"

배가 너무 아파서 쓰러질 것 같다. 진짜 창피할 만은 하겠네.

"운균아, 아프냐? 일어나 봐."

운균이는 지훈이의 팔을 잡곤 벌떡 일어섰다. 고개를 들지 못하는 이운균. 역시 창피한 거야. 하하하―!!

"지훈아, 내 얼굴 가려줘."

"큭큭."

"웃지 말고 빨리! 밖에 나갈 때까지만⋯⋯. 쪽팔려, 씨."

극도로 쪽팔려 하는 운균이를 지훈이가 눈만 가려준 채 열심히 오토바이가 있는 곳으로 갔다. 나도 저놈들 때문에 오도방정 떨고 쪽팔렸으니깐 운균이 저 또라이도 넘어져서 쪽 한번 당해야지. 으하하!! 나는 일부러 운균이를 준영이 뒤에 앉히고 운균이 뒤에 탔다. 그리고 열심히 뒤에서 등살을 조금씩 잡아서 꼬집어주었다. ^-^ 사악한 나! 불쌍한 또라이!

"아야!! 진짜 아파! 아야! 아야!!"

"네가 이번 일 조작한 거지? 그치?"

"아니야!! 내 머리에서 어떻게 저렇게 비상한 일이 나와! 나는 절대 아니야."

"웃기지 마! 저런 유치한 거짓말을 할 놈은 너밖에 없어!"

"아니야!! 진짜 믿어줘."

"이게!! 이래도!!"

"악!! 사실은 내가 조작한 거야! 날 너무 미워하진 말아줘. 비상한 내 머리를 탓해야지. 우리 나라에서는 너무 똑똑해도 문제인 거니?"

"핫! 참나, 기가 막혀서 말도 안 나오지. 네가 똑똑하면 우리 나라 사람들은 다 정신 병원 가야 하냐? 아우~ 이걸 그냥! 역시 노랑머리 여자들과 평생 산다고 말했을 때 거짓말이라고 믿었어야 했어."

"헤이~ 옐로우~ 컴온 베이비~ 예~"

또라이를 상대한 내가 또라이였지. ─_─;; 아무래도 이 인간은 그냥 혼자 둬야겠다. 그래도 또라이의 발상이 아니었으면 난 아직도 바보같이 헤매고 있을지도 모를 일이었다. 그래서 약간만 더 꼬집어주고 말았다. ^─^;;

"태민아! 지훈아! 촐싹아! 준영아!"

우리 옆에서 열심히 오토바이를 몰고 오는 태민이 뒤에 탄 지훈이가 모두 다 들으라고 크게 소리 질렀다.

"싫어!! 싫어!! 내가 왜 촐싹이야!! ㅜㅇㅜ"

"우리 오늘 술 마시자! 나 너무너무 기분 좋아서 마시고 싶어!!"

"당근!!"

"당연한 거 아니었어?!"

"얘들아, 술은 말이야. 촐싹이가 쏜대! >_< 너무 신나지 않니?"

"오호~ 예~"

"싫어싫어. ㅠ_ㅠ 대장!! 어디 하늘 아래 있는 거야!! 흑! 대장 부인이 나 자꾸 괴롭혀! 날 구해줘."

"민이도 불러라!"

순간 나는 내 귀를 의심했다. 준영이 놈이 민이도 불러라… 라고
분명히 말했다. 저게 진심으로 저 소리를 내뱉은 건가. 이건 정말 엄
청난 결과였다. 둘 사이에 굉장한 뭔가가 진행 중일지도……. 으흐.
기대되는걸. ^^*

69

수원에 도착한 우리들은 운균이네 집 근처에 있는 슈퍼에 들러서
파티에 필요한 것들을 샀다. 아주 열심히 사 왔다. ^^* 운균이는 일
주일 용돈을 다 썼다며 소심해져서 울길래 불쌍해서 만 원씩 줬다.
그러더니 또라이 좋다고 아주 활짝 웃어댄다.

"야, 박준희! 민이 온대?"

"야!! 너 왜 또 누나라고 안 불러?!"

"그만큼 해줬음 됐지 뭘 더 바라냐?!"

쳇. -_-;; 저놈 저럴 줄 알았지! 역시 저런 놈이었어. 박준영의 싸
가지가 하루 이틀이어야 말이지. 쳇! 난 열심히 지훈이와 찌개를 끓
이고 태민이는 열심히 샐러드를 만들고 있었다. 태민이는 그 덩치에
조그마한 칼을 들고 과일 자르는 모습이 어찌나 웃기던지 지훈이와
찌개 끓이다가 다 엎을 뻔했다. ^^;;

똑똑—

"어? 민이랑 지영이 왔나 봐!! 준영아, 문 열어줘."

"흠흠."

태민이는 샐러드를 만들고 있는 자신의 모습이 어색했나 보다.

"태민아, 그렇게 쑥스러워할 필요는 없잖아? 많이 어색해?"

"쿡쿡, 진짜 웃긴다. 그치?"

"그러게. 준성이 놈은 뭐 하고 있을까?"

"글쎄, 준성이만 있으면 딱인데 아쉽다. 준성이 오면 우리 또 운균이네서 뭉치자."

"응."

몇 시간이나 지났다고 벌써 놈이 보고 싶은 걸까? 어쩌지? 그동안 보지 못하고, 안겨보지 못하다가 오늘 한참 동안 보고, 사랑한다고 말해 주고, 꼭 안겨보고 그랬더니 자꾸만 더 보고 싶어진다. 그동안 보고 싶어서 어떻게 참았는지 의아할 정도로. ^^*

거실로 나가보니 지영이와 민이가 와 있었다. 지영이는 나를 보곤 소리쳤다.

"아줌마! 잘됐다며?"

"헤헤. ^-^V"

지영이에게 승리의 브이 표시를 날려주었다.

"공항에서 아주 큰 쇼를 했다던데?"

"이씨! 누가 그래? 어?! 누구야!! 이운균 너지?! 너 이리 와!"

"우씨! 매일 나만 미워해. TOT"

우리들은 아주 큰 상을 펼쳐 놓고 맛있게 끓인 부대찌개 같은 김치찌개를 올려놓았다. −_−;; 그래도 맛은 아주 좋았다. 사실은 좀 더 맛있게 하려고 라면 스프를 조금 넣었다. 이것들 자꾸 먹으면서 스프맛 난다고 해대서 지훈이와 나는 먹다가 사레들려서 죽는 줄 알았다.

"운균이의 조작 아래 펼친 연극이었지만 잘돼서 너무 좋다. 다들 안 그래?"

"아픈 만큼 성숙해지는 거래잖아. 하하."

지영이의 말에 태민이가 멀쑥히 쳐다보고는 술 한 잔을 입에 턴다. 거참, 분위기 상당히 묘하다. 도대체 태민이랑 지영이랑 준영이랑 민이는 그동안 무슨 일이 있었던 걸까?

"박준희! 한잔 받아."

"그래. 알았다, 싸가지야! 민이! 건배해야지?"

"그래. ^^*"

벌써 어느덧 상당한 양을 마신 민이. 그런 민이를 박준영이 맘에 안 든다는 눈빛으로 쳐다본다.

"야! 너 작작 마셔라. 또 사건 만들래?"

"아니야. 이젠 안 그럴 거야. =_=;;"

"쳇."

궁금하다. 또 사건 만들래?? 이 말은 민이가 술 취한 다음 사건을 만들었다는 소리잖아. 궁금해서 미칠 것 같다. 윽. ㅠ_ㅠ 물어봐서 대답해 줄 것들도 아닐 테고. 흠.

한 잔, 두 잔 마시다 보니 약간 취기가 돈다. 윽—

"애들아, 미국은 멀지?"

모두들 내 말에 고개를 끄덕인다. 멀지. 암, 멀고말고. 보고 싶다. 괜히 우울해지는 내 기분을 알았는지 우리의 재간동이 또라이가 벌떡 일어나더니 방으로 들어간다. 뭘 하려는 건지. 그러더니 넥타이를 들고 나와 머리에 동여맨다. 기억난다, 저 모습. -_-;; 예전에 호프에서 술 취한 채 저러고 '잘가요'를 불러댔지. 참 주접이다. 오늘은 무슨 노래를 부르려나. 우울한데 한껏 놀려나 보자. 쳇. T_T

술로 한층 기분을 업그레이드한 운균이와 태민이의 역사적인 놀라운 이벤트를 볼 수 있었다.

"야! 둥실에서 확실히 엑센트 줘야 하는 것 알지?"

"알았어! 나만 믿어!"

모두들 잔뜩 기대하는 눈빛으로 놈들을 쳐다보고 있었다. 나도 약간은 기대됐다. 태민이까지 동원돼서 더 기대됐다. +_+

"한 박자 쉬고 아, 두 박자 쉬고 아, 세 박자 마저 쉬고 하나 둘 셋 넷!"

우리들은 정말 그때 너무너무 웃겨서 배를 붙잡고 바닥을 구르며 경악을 금치 못했다.

"십오야— 밝은 둥근 달이 아! 둥실둥실둥실 떠오면— 오호— 설레는 마음. 아가씨 마음. 울렁울렁울렁거리네. 오호— 오호— 하모니카 소리 저 소리! 뭔 소리? 갑돌이가 부르는 사랑의 노래! 주접 떠네. 떡방아 찧는 소리 저 소리. 두근두근 예쁜이 마음. 아잉~"

정말 웃겼다. 둘이서 왔다 갔다 하며 옛날에 유행했던 춤을 추고 이상한 몸짓에 진짜 이상한 얼굴 표정에 또라이의 가끔씩 나오는 에드리브에, 태민이의 유재석 춤에… 크크, 놈들의 열광적인 무대는 그것으로 끝나지 않고 오랫동안 계속되었다.

"대장이 보고 싶어도 조금만 참아. 알았지? >_< 내가 옆에서 많이 웃겨줄게. 하하—"

운균이, 아니, 또라이는 역시 미워할래야 미워할 수가 없는 놈이다. 또라이의 이 말에 어째서 이리도 힘이 나는지. ^-^ 이 녀석한테도 빨리 좋은 여자가 생겨야 할 텐데… 그래야 또라이에서 해방되지

"하지만 내가 매일 웃겨준다고 해서 나한테 푹 빠지지는 말아줘. 그럼 내가 너무 곤란해. >_< 나는 대장의 본처거든."

얼른 여자 친구 생겼으면 좋겠다!! 진심이다! -_-

70

하루… 이틀… 사흘… 이레… 안 온다. 준성이가 오지를 않는다. 연락이라도 해주면 얼마나 좋을까? 하지만 연락도 없다. 괜스레 이대로 안 오는 건 아닌지 하는 부질없는 생각을 해본다. T_T 너무 보고 싶다면 나 정말 못된 것일까? 하지만 정말 너무 보고 싶고 그리워서 많이 슬프다. 하루에도 몇 번씩 혹시나 울리지 않을까 하는 작은 바램에서 핸드폰을 바라보고, 열어보지만 헛된 상상일 뿐. 이씨, 핸드폰 버려 버릴까 보다. -_-;; 정말 운균이 놈의 말대로 노랑머리 아

가씨들한테 홀딱 반해서 아예 푹 눌러 사는 건 아니겠지? 그래, 말도 안 돼. 나처럼 예쁜 여자 친구를 두고. -_-;;

벌써 십 일째 연락이 없다. 어쩌면 좋아. ㅜㅜ

"울지 마. 올 거야. 무슨 사정이 있겠지."

우는 날 보며 지영이는 안타깝게 바라보지만… 젠장, 가슴이 너무 이상하다. 아, 그래. 준성이가 나한테 이런 존재였구나. 박준희 바보, 병신, 쪼다, 말미잘, 등신, 거지, 천치… 이운균. ——;;

수업이 끝났다. 젠장! 오늘도 술이나 마시러 가야겠다. 술이나 잔뜩 마시고 준성이 생각 더해야지. 준성이만 생각하다가 펑펑 울어야지. 울어야지… 울어…

헉! 이씨. 주루룩. ㅠ_ㅠ

교문 앞에 벤츠를 세워두곤 흰 남방에 검은색 넥타이, 젤 멋진 가죽 재킷을 입고 서 있는… 나의 그놈이 보여서 울었다. 너무 간절해서 헛것이 보이는 줄 알았다.

"준희야, 어서 가봐. 준성이잖아. ^-^"

꿈이 아닌가 보다. 지영이의 눈에도 보이고 민이의 눈에도 그놈이 보이니까.

그놈, 나의 멋진 그놈은 백만 불짜리 미소를 보이며 내게 오라고 손짓하고 있다. 뛰었다. 놈이 있는 벤츠까지 폴짝폴짝 아주 잘 뛰어갔다.

때로는 사랑하기 때문에 그 사람을 잊는다고 합니다. 하지만 그건 서로

에게 깊은 상처로 남는다는 걸 깨달았습니다. 난 이제 그 사람을 다시 시작하려 합니다. 그땐 내가 너무 어렸나 봐. 이렇게 후회할 줄 모르고 널 위한 말들로 날 위로하면서 너를 보냈으니까. 아냐, 그건 너의 잘못이 아냐. 많이 힘들어했다는 걸 알아. 야윈 너를 보면서 난 눈물을 흘려. 이제 되돌려야 해. 한순간도 잊을 수가 없었어. 널 보낸 뒤에야 나는 알게 됐어. 함께 했던 많은 시간 속에서 내게 소중한 건 너란 걸 잊고 있었던 거야. 더 이상 슬픈 이별은 없어. My Darling You. 이젠 너를 보내지 않아. 힘겹던 지난 시간 속에 넌 언제나 간절한 나의 바램이란 걸 나 알고 있기에.

—쿨 'Love Again' 中에서.

그리고 놈에게 한껏 뛰어올라 안겼다. 그리고 또 서럽게 울었다. 너무 보고 싶어서… 너무 그리워서… 너무 사랑해서—

"왜 이렇게 늦게 왔어. 연락도 안 하고… 얼마나 기다렸는 줄 알아? 노랑머리 아가씨한테 푹 빠진 줄 알고 얼마나 노심초사했는지 알아?"

"쿡! 얼마나 예쁜지 구경해 봤는데 역시 나한텐 검은 머리 아가씨가 더 예뻐 보이더라고. 그래서 얼른 보려고 온 거야."

"이제 미국 안 가도 되는 거지?"

"응. 많이 기다리게 해서 미안해."

"아니야, 괜찮아. 이렇게 왔는걸 뭐."

훌쩍훌쩍. 정말 눈물이 쉴 새 없이 나오는 이유는 뭘까?

준성이의 손을 잡고 우리 집으로 갔다. 집으로 가서 옷 갈아입고 우리가 전에 자주 가던 남문에 가서 예전에 그렇게도 좋아하던 떡볶이도 먹고, 준성이가 그렇게도 싫어하는 스티커 사진도 찍었다. 이번에 준성이가 예쁘게 웃었다. ^-^ 나도 웃고 준성이도 웃고. 너무나 예뻐서 아무도 보여주고 싶지 않았다. 보여주면 웃는 거 너무 예쁘다고… 너무 멋지다고 할까 봐. -_-;; 매일 나 혼자 보고 또 볼 거다!

놈과 함께 커피숍으로 왔다. 놈의 앞에서 얼굴을 뚫어져라 쳐다보다가 놈이 민망한지 자꾸 헛기침을 하길래 옆으로 가서 앉았다. 얼마 만의 여유일까? 그동안 너무 힘들고, 너무 아파서 하루가 시작되는 것조차 지옥이었는데 우리 이젠 이렇게 웃고 있어서 얼마나 다행인지… 행복하다는 것, 이렇게 작은 여유로움 속에서 시작되나 보다.

"엄마가 수술 받으셔서 그거 지켜보고 괜찮아질 때까지 있다 온 거야."

"그랬구나. 많이 아프셨나 봐."

"이젠 괜찮으셔. 그런데 엄마가 미국에 와서 같이 살재."

두 눈을 감아버렸다. 말도 안 돼. 아무런 말도 하지 못했다. 어쩜 좋아. ㅜㅜ

"그런데 싫다고 했어. 아니지, 안 된다고, 못한다고 했어. 한국에 너무나 소중한 보물들이 있기에 아까워서 올 수가 없다고……. 그중 제일 값진 보물 하나가 있는데 그거 놓고 오면 아마 평생을 후회할 것 같아서 한국을 떠날 수 없다고 했다."

"우씨… 흑… 으."

"쿡. 또 울어?"

"날 왜 이렇게 놀래키고 그래? 얼마나 놀랐다고! 하마터면 심장 멈출 뻔했잖아. 잉."

이놈 정말 심술꾸러기다. 놀라서 순간 내 가슴이 얼마나 답답해졌는지 넌 모를 거다.

"준희야."

"응?"

"엄마랑 있으면서 네 생각이 참 많이 났다. 왜 그렇게 많이 났는지 모르겠어. 너는 내 생각 조금이라도 났어?"

"조금이라도?"

"왜? 아예 안 났냐?"

놈의 두 눈이 엄청나게 커진다. 놀란 만도 하지. 왜냐하면 나의 앙증맞은 입술을 놈의 입술에다 쿡 놓았으니까. ^-^;; 부럽지? 이놈을 만나서 내가 기습 키스 한 것은 처음이다. 너무 보고 싶은 맘에 내 앞에 있길래 해버렸다. -_-;;

"이만 하면 대답 됐지?"

"쿡."

"대답이 됐을 텐데? -_-"

"나 엄청 보고 싶었구나?"

"쳇! -_-;;"

이놈아, 엄청 보고 싶었냐고?? 그건 말이다. 네가 내 방 침대 천장을 보면 될 것이다. 내 방 천장은 아주 마음 착한 사람한테만 보이거든? 하하~ 내 방 천장에 뭐가 있냐면 말이지. 네놈 얼굴이 대문짝만하게 새겨져 있단다. 내 그리움으로 그렇게 되어버렸어. 히히. ^-^

8

우리들의 여신님

71
우리들의 여신제

드르륵—

"박준희, 어디 있어?"

모두가 잠자고 -_-;; 있는 쉬는 시간에 어떤 사람의 목소리가 들
렸다. 그런데 그 사람 나를 찾고 있었다.

"전데요?"

엎드려 자고 있다 놀라서 뒷문 쪽을 봤더니 3학년 명찰을 하고 있
는 선배들이 보였다. 3학년 선배가 나를 왜 찾지? -_-a

"맞아. ^-^ 애가 준희야."

이미영이라고 써져 있는 명찰을 달고 있는 선배가 나를 보더니 씽
긋 웃는다. 뭐야, 이 분위기는? 얼빠진 표정인 나를 미영이라는 선배

가 보고 웃는다.

"생각보다 괜찮다. 이미영이 그렇게도 추천하더니만 정말 괜찮은데?"

"네? 뭐가요?"

3명의 선배들은 나를 계속 훑어보며 자기네들끼리 뭐라뭐라 쑥덕거렸다. 꼭 강아지가 된 기분이었다. 귓속말할 거면 자기네들끼리 있을 때 할 것이지. -_-; 사람을 앞에다 두고 어이없게 만들기는······.

"어머!! 어머!! 어머!! 선배님들!! 안녕하세요?"

자다가 벌떡 일어난 지영이가 3명의 선배들을 아는지 무척이나 반가워했다. +_+ 지영이가 아는 사람들이라면 분명 괜찮은 사람일 거야. 에잇! 난 또 강준성 그 새끼 때문에 찾아온 사람들인 줄 알았네. 하핫~ 괜히 쫄았어. -_-;

"어라? 지영이 네가 5반이었구나? 준희랑 잘 알아?"

"그럼요~ 제 베스트예요~"

"아, 그래?"

뭐라는 건지. -_-;; 졸려 죽겠는데 잠이나 깨워놓고 도대체가!!

"준희야, 너 혹시 우리 학교 여신제에 대해서 들어봤니?"

여신제라는 말에 지영이가 방방 뜨며 미영이라는 선배를 붙잡고 대흥분을 했다.

"어머!! 혹시 준희가 추천 들어온 거예요?"

"응. ^-^ 추천이 수십 개도 더 들어왔어."

여신제 초기 때 지영이가 가르쳐 줘서 조금은 안다. 작년에는 윤강연이었던 여신이… 음, 내가 추천된 거구나.

"준희야, 나는 학생 회장 장민정이라고 해. 다음달이면 여신제인 것 알고 있지? 전에 이벤트 행사 이후로 널 추천하는 내용이 많이 들어와서 이렇게 찾아온 거야. 내일 모레 여신제 심사가 있거든? 쟁쟁한 애들이 많이 오니깐 꼭 와! 알겠지?"

"혹시 윤강연도 거기에 포함되어 있나요?"

"응. ^-^ 강연이 역시 추천이 많이 들어왔어. 아무래도 작년 엔딩 때 너무 예뻐서 기억에 오래 남나 봐. 우린 이제 갈 테니깐 내일 수업 끝나고 4시 반까지 학생회 회의실로 오길 바래. 갈게."

"네, 내일 뵙겠습니다."

윤강연도 온다 이거구나. 휴~ 그때 이후로 마주치는 게 괜히 두려워진다. 그 아이 성격에 가만히 있을 것도 아니고, 이번 일은 나의 잘못이 크니 내가 사과하는 수밖에…….

"꺄아~ 애들아, 일어나 봐!"

쾅—! 쾅—!!

지영이는 대흥분을 해서 앞쪽으로 나가 칠판을 쾅쾅 치고 난리를 폈다. 지영이가 나보다 더 좋아한다. 덩달아 나도 기분이 좋아졌다. 하여튼 지영이는 기분 좋게 만드는 데 도사라니까.

"일어나 봐! 글쎄, 우리 반 준희가 여신제 후보에 내일 모레 나가!! 우리 모두 화이팅해 주자!!"

여신제라는 얘기에 자고 있던 애들이 하나둘씩 일어나 수선을 피우기 시작했다. 여신제라는 것이 학교에서 꽤나 유명한가 보다. 모두들 나보다 더 좋아하는 것 같다.

"이야~ 요번에 엔딩 남자는 누굴까? 킹카였음 좋겠다!"

"준희는 좋겠다~"

"준희야, 남자 잘생겼으면 나한테 꼭 넘겨야 해~"

띵. -_-;; 역시 이것들의 관심은 엔딩 때 나올 남자였던 것이다. 그럼 그렇지.

흡. ^-----^ 사실은 나도 조금 궁금하다. 아니, 무척이나 궁금하다.

수업이 끝나고 준성이와 함께 운균이네 놀러갔다. 지훈이가 떡볶이를 해준다며 팔까지 걷어붙이고 나섰다. 그다지 기대는 안 하지만… 곧 주방에선 맛있는 냄새가 나기 시작했다. 아니야. 내가 배고프기에 그렇게 착각하는 걸 거야. 하지만 이운균 또라이는 옆에서 자꾸 지훈이가 요리 못하게 방해하고 있다.

지영이와 민이한테는 준성이에게 여신제 후보에 나간다는 것 얘기하지 말라고 했다. 왜냐하면 으흐~ 당일에 보면 놀랄 것 아니야. >_< 오늘부터 몸매 관리에 힘써야겠다. 끙!

과연 여신은 누가 될까? 또 윤강연이 되는 건… 에잇! 모르겠다.

우리와 같이 오지 않은 준영이와 민이는 한 시간 정도가 지나서 같이 들어왔다. 아무래도 저 둘의 낌새가 수상하다. 정말 야릇하다. 준영이는 잘 모르겠는데 민이가 유난히, 아주 유난히 좋아 보인다. 뭐지??

"준성아, 준영이랑 민이 이상하지?"

"뭐가?"

"전이랑 다른 분위기가 느껴지는데?"

"야! 박준영, 이리 와봐!"

애고, 깜짝이야. +_+;; 갑자기 준영이 부르는 바람에 놀랐다.

"왜?"

"너 민이랑 뭐냐?"

"뭐냐니?"

"사귀냐?"

"응."

헉! 으헉! -0- 너무나도 당당하게 대답해 버리는 박준영! 순식간에 거기 있던 모든 애들은 다 놀라워했고 동시에 당황했다. 준성이도 약간은 당황한 듯. 하지만 더 당황되는 건 박준영의 아무렇지도 않다는 행동이었다. -_-;;

"야, 너 왜 말 안 했냐?"

"자랑이냐, 떠벌리고 다니게?"

"참나, 둘이 사귀는데 당연히 자랑이지."

"내가 너냐? 난 나야."

"우쒸. -_-;;"

"준영아, 자꾸 그렇게 세게 나오면 형아가 때찌해 줄 거야."

"쳇! 벌써 챙기는 거야?"

때찌해 준다는 준성이의 말에 준영이가 인상을 쓴다. 흐흐~ 까불지 마, 자식아! ^___^

준영이 놈은 저렇다 치고 이제껏 한마디도 안 한 민이를 지영이와 난 몰래 방으로 데려와서 한 대씩 살짝 때려줬다. 지영이는 흥분을 감추지 못하고 침대에 있는 베개를 주먹으로 마구마구 쳐댔다. 민이는 미소를 머금고 미안하다며 삼겹살 한번 쏜다고 했다. 그 말에 지영이는 겨우 흥분을 가라앉히고… 사실은… 무척이나 좋아서 보기 안타까웠다. ——;;

72

수업이 끝나자마자 학생회 회의실로 갔다. 종례가 길어져서 조금 늦었는데 애들은 벌써 다 와 있는 듯했다.

드르륵—

"준희 왔구나? 어서 와."

어제 본 미영이라는 선배였다. 모두가 나를 쳐다보는데 조금 째려보는 것 같기도 하고 영 불편했다. 그리고 윤강연도 있었다. 역시나 강연이의 시선은 절대 곱지 않았다. —_—;; 괜찮아. 뭐, 예상하고 있었는걸.

"이제 모두 온 것 같으니 학생 회장의 말이 있겠습니다. 집중해 주세요."

"안녕하세요? 학생 회장 장민정입니다. 추천 받으신 분이 1학년부터 3학년까지 모두 20명입니다. 하지만 이중에서 여신으로 뽑히는 사람은 단 한 명입니다. 모두 아시죠? 여신으로 뽑히는 사람이 엔딩을 맞습니다. 나머지 19명은 드레스, 정장, 캐주얼 부분에서 워킹을 선보이게 되고 파트너도 지정됩니다. 드레스 부분에서는 우리 학교 남학생 여섯 명과 함께 하게 됩니다. 다음달이면 여신제이니만큼 내일 심사에 들어갈 예정입니다. 궁금한 사항 있으시면 말씀해 주세요."

우쒸. 뭐가 이렇게 복잡한지. 가만히 앉아 있으려니 수업 시간 때만큼 졸려왔다. 여긴 왜 이렇게 따뜻한 건지. 더 졸렸다. T_T

"엔딩 때의 남자는 정해졌나요?"

"아직이요. 궁금하시죠? 사실은 한 명이 있어서 지금 열심히 꼬시는 중인데 쉽지가 않네요. ^^;; 워낙 터프해서 이런 것 되게 싫어하는 것 같아요."

"누군데요?"

"비밀입니다. ^^ 며칠 후면 다 아시게 되니깐 조금만 기다려 주시고요. 물론 항상 해왔던 것처럼 엔딩 남자 분은 저희 학교 학생이 아닙니다. 여신제는 전통으로 저희 학교 행사만이 아니란 이유로 엔딩 부분에는 타학교의 남학생을 섭외하기 때문에 다른 학교에서도 관심이 무척이나 많다는 것 다 아시죠? 그만큼 여기 뽑힌 분들께서 모두 각기 부문에서 열심히 해주셔야 합니다. 아시겠죠?"

"네―!!"

회의가 끝난 후 교실로 돌아가는 길에 민우를 볼 수 있었다. 민우도 여신제에 참가하나 보다.

"준희야… 오랜만이네."

"응. 너도 이거 하는구나?"

"그러게. 하기 싫었는데 그냥 하게 됐어. 드레스 부문 파트너로 하는 거야."

"그렇구나. 멋지겠네."

"멋지긴… 준희 너 인기 정말 많은 것 모르지? 우리 반 놈들 중에서 너 몰래 좋아하는 애들 많다. ^-^"

"헉! 그래? 신기하다. -_-;;"

민우와 말하며 걸어가고 있는데 윤강연이 보였다. 별로 마주하고 싶지 않은 인물이었는데.

"나쁜 년."

역시나 윤강연은 한소리를 하고 만다. 하긴 이번엔 이 아이한테 나쁜 년이라는 소리를 들어도 싸다. ——;;

"너 절대 용서하지 않을 거야, 나쁜 년! 여신제 때 두고 봐!"

휙하고 돌아서는 강연이. 완벽한 폭탄 선언인 거야. 어쩐 좀 불안한걸. 무섭게 돌아서기는. -_-;;

"강연아, 윤강연!! 준희야, 미안. 나 먼저 갈게."

강연이를 따라가는 민우의 뒷모습이 안쓰럽기만 하다. 가여운… 녀석. 나쁜 년. 그래, 너한테 난 정말 나쁜 년이겠지? 하지만 이제 그런 소리 듣는다고 해서 준성이 포기하지 않을 거야. 세상 모두를 적으로 돌린다 할지라도 말이야, 나는 지금 이 사랑을 절대로 놓치지 않을 테니까. 두 번 다시는… 또한 내게는 항상 내 편이 되어줄 놈이 있으니깐. 윤강연, 그래서 나는 너한테 당당할 수가 있는 거야. 그래서 말이야. 하지만! 여신제 때 두고 보자니?? 씨잉. ㅠ_ㅠ 괜히 겁주고 난리야. TOT

73

드디어 심사가 끝났다. 뭔 놈의 심사가 이렇게도 오래 걸리는지 벌써 8시다. 우쒸, 너무 깜깜하잖아. ㅡ_ㅡ;; 준성이한테 아무래도 한소리 들을 것 같다. 왜냐하면 핸드폰을 후딱 꺼버렸기 때문에. T_T 삐쳤을 법도 한데… 50명 정도 되는 학생임원들 앞에서 심사가 이루어졌는데… 쩝. 상당히 쪽팔리기도 하고 부끄럽기도 한 게 기분이 묘했다. 윤강연은 작년에도 해봐서 그런지 아주 전문 모델 저리 가라였다. ㅡ_ㅡ;; 혹시 두고 보자는 소리가 그런 걸로 나의 기를 죽이려는 것은 아니겠지? 쳇.

졸립다. 얼른 집에 가서 자야겠다. 회장 언니가 그러는데 발표는 내일 점심 시간에 방송으로 해준단다. 아무나 되겠지. 여신은 좀 무리일 것 같고 그냥 뭐 드레스라도. 크크~ 내 생전에 드레스 입는 날이 없을 것 같아서 관심이 약간, 아니, 아주 듬뿍 간다.

학교와 집이 가까워서 정말 좋다. 정류장에서 내려 콧노래를 부르며 열심히 집으로 향하고 있었다.

"야!"

헉!! 엄마야. ㅜ_ㅜ 깜짝 놀랐잖아. 강준성…

"으응… 어쩐 일이야? 〉_〈"

최대한 비굴한 표정을 지으며 애써 웃어 보였지만 놈은 약간 화가 난 듯했다. 역시 전화기를 꺼놓은 것 때문에 온 거야.

"어쩐 일이야?"

황당한 듯 내 물음을 다시 물어보는 준성이.

"응. 어쩐 일이긴 일이 있어서 왔겠지. ^-^;;"

역시 비굴하다. ㅜㅇㅜ 하지만 내가 잘못한 거니깐.

"전화기 왜 꺼놨어? 집에는 바로 가지도 않고! 사람 걱정시켜서 죽일 일 있냐?"

"아니. 내가 설마 죽일 작정으로 그랬겠어. ^-^;;"

"웃지 마!"

"응! (--)(__)(--)"

"밥 먹었냐?"

"아니."

"밥도 안 먹고 뭐 했어? 아, 혈압 올라. 일단 가자."

"어디?"

"어디긴 어디야? 밥 먹으러 가지! 배고플 것 아니야."

"응, 배고파. ㅜㅇㅜ"

놈의 손을 잡고 쫄래쫄래 따라갔다. 원래는 이렇게 기죽지 않는데 내가 잘못한 거라 비굴하게 잘못을 빌었다. 놈의 인상이 정말 무서웠기 때문인 것도 있었지만. -_-;; 기억하려나 모르겠다. 철우 녀석이

전에 준성이는 인상 하나만으로 무서워 오줌 쌀 것 같다고 한 것. 그럼 안 봐도 알겠지. ㅠ_ㅠ

놈과 간 곳은 돈까스 전문점이었는데 진짜 맛있었다. 조금 비싼 정식을 주문해 줬는데 엄청 맛있어서 줄어드는지도 모르고 먹어댔다. 허겁지겁 먹는 나를 보더니 도대체 그렇게 배고팠으면서 여태까지 뭐 한 거냐며 인상 팍팍 써대는 놈 덕분에 먹은 것 다 체할 뻔했다. ——;;

"어여 들어가."

"응. ^-^ 조심해서 잘 가."

"오냐."

어찌나 뒷모습도 멋있는지. 쓰읍~ 침 닦았다. ㅋㅋ 뒷모습을 보며 한참을 헤벌쭉하고 있다가 방으로 들어왔다. 멋찐 놈, 조심해서 잘 가~ ^——————————^

74

『학생회에서 알려 드리겠습니다.』

점심 시간이 시작되고 10분이 지나자 음악 방송이 멈추고 드디어 발표를 시작하려 하는 것 같았다. 오호~ 긴장된다. ^-^;; 우리 반 지지배들은 자기 일처럼 모두 귀를 쫑긋 세우고 스피커 앞에 모였다. 사실은 자기 일처럼이란 게 내가 여신으로 뽑히면 그 뒤에 있을 남자

의 연락처가 넘어오기에… 나도 사실을 모두 알고 있었다. 쳇. ㅡ_ㅡ;;

『학생 회장 장민정입니다. 모두 다 알고 계시죠? 이제 20일이 지나면 우리 학교의 큰 행사 여신제가 시작됩니다. 모두들 행사 준비하느라 바쁘시죠? 학생회도 무척이나 바쁘답니다. 이제 여러분들이 그렇게도 기다리고 기다리시던 여신제의 하이라이트 미스여신이 총 20명 추천되어 준비를 하게 될 것입니다. 20명 학생 분들은 어제 남아서 심사를 받으셨고요, 그중에서 한 분! 여신이 드디어 뽑혔습니다!』

"우와ㅡ!!"

"올해는 누굴까??"

"아, 빨리 좀 말하지! 되게 뜸들이네!"

회장 언니가 말하면 말할수록 어째 더 긴장된다. 갑자기 손발이 차가워지더니 덜덜 떨리는 건 뭐람. ㅡ_ㅡ;;

『올해 여신은 제가 봐도 무척 여성스럽고 아름다운 것 같네요. 자, 이제 발표해야겠죠?』

"아이쒸! 발표해야겠죠가 아니라 발표해야지!"

"저거 왜 저래!"

아무래도 우리 반 애들이 모두 실성한 듯싶었다. 스피커 부실까 봐 쫌 무서웠다. 더 무서운 건 아예 스피커 밑에 의자를 끌어다 놓고 올라서서 고래고래 소리 지르며 흥분하고 있는 지영이와 민이였다. 저들의 광분을 그 누가 말리랴. ㅡ_ㅡ;;

『발표하겠습니다. 올해 우리 유림 여신은 2학년 5반의 박준희 학생입니다. 준희 학생, 축하합니다!』

"까야―!!"

"아싸―!!"

"남자 연락처는 이제 내 꺼다!"

얼떨떨. (+_+) 정말 나라고 한 것 맞아? 믿어지지가 않는다. 정말 나 맞는 거야? 그런데 아이들이 당최 흥분하는 걸로 보아서, 지영이 와 민이가 방방 뜨는 걸로 보아서 내가 맞는 것 같기도 한데? -_-

『5반 학생들은 지금쯤이면 난리가 났겠죠? 준희 학생에게 축하 많이 해주시고요. 미스여신 분들은 오늘부터 연습에 들어가니깐 수업이 끝나는 대로 강당으로 모여주세요. 지금까지 학생회였습니다.』

방송이 끝나자마자 지영이와 민이가 나를 얼싸안았다.

"어떡해! 준희야, 축하해! 너무 좋다. >_<"

"준희야, 정말 축하해! 잘됐다!"

그 심정은 너무나도 얼떨떨해서 뭐라고 표현할 수 없을 정도였다. 내가 맞긴 맞나 보다.

"하… 하……."

어색한 웃음이 자꾸만 나왔다. 하지만 진짜 쑥스럽다.

수업이 끝나고 우리 반 지지배들의 그 화려한 열광 속에서 무사히 탈출해 강당으로 향했다.

지지배들의 그 화려한 열광의 이유는 지영이 말로 오늘부터 그 남학생도 함께 와서 연습할 거라고 해서였다. 쳇! 얼마나 잘났는지 면상부터 봐야겠다. 지가 아무리 잘생기고 멋있어도 우리 놈만큼이야

멋있겠어?? 쳇! −_−;;

"준희 왔니?"

"아, 네."

"반 애들 난리났지?"

"네, 엄청나요. 사실 저 때문이 아니라 잿밥에 관심이 더 있죠. 하하!!"

"하하! 아마도 그럴 거야."

"오늘 와요, 그 남학생?"

"응. 지금 민정이랑 몇 명 애들이 데리러 갔어. 장난 아니었어. 작년부터 계속 안 한다는 걸 민정이가 한 번만 해달라고 또 그러는 건데… 모르겠다. 안 올지도 모르지."

"그렇게 잘난 인간이에요?"

"히히! 멋있어. ^−^ 너도 보면 반할 거야."

"안 반해요. −_−;; 전 남자 친구 있어요."

"어머! 그래??"

"네. 제 남자 친구 놈이 더 멋져요."

"어머! 그래? 그럼 언제 한번 보여줘~"

"네, 그러죠. ^^*"

미영이 언니와 수다를 떨면서 회장 언니가 올 때까지 기다렸다. 윤강연도 오고, 민우도 오고… 역시 윤강연은 쫌 두려운 존재다.

"씨발! 안 한다고! 왜 이래!!"

밖에서 들려오는 소리. 이게 무슨 소리야?

"준희야, 그 애 오나 보다. ^-^"

"등장부터가 무척 시끄럽군요."

"아무래도 그 아이 성격에 조용하진 않을 거야. 훗."

밖에서 들리는 소리로는 그 남학생이 안 한다고 무척이나 내빼는 것 같았다. -0- 어떤 놈이길래, 원.

"안 하는 건 좋은데 우리 학교 여신의 얼굴이나 한번 보라니깐. 네 마음에 쏙 들 거야."

"됐어!! 난 싫다고!!"

"한 번만~"

"회장이면 다야!!"

"올해만 해죠."

"아! 나 여자 친구 있다고!!"

여자 친구 있다고? 쳇. -_-; 나도 남자 친구 있다! 너만 있냐? 웃기지도 않은 놈 같으니라고.

쾅―!

싫다고, 싫다고 안간힘을 쓰고 있는 남자애를 선배 세 명이 끌고 오고 있었다.

"여보쇼, 회장 누나! 내 여자 친구가 이 학교요! 지 남자 친구가 다른 여자 애랑 팔짱 끼고 룰루랄라 하는데 그 어떤 여자가 좋아하겠수!!"

"어머, 그래? 그래도 해야 돼!"

"씨!!"

헉!! (+_+) 놀랐다. 뭐야, 이 상황?

"뭐야? 회장 누나, 혹시 올해 여신이 얘야?"

나를 가리키는 손가락 하나.

"응. ^-^ 어때?"

"쿡~ 딱인데?"

75

너무 당황하기도 하고, 황당하기도 했다. 역시 나의 놈이다라는 생각도 들기도 하고 한편으로는 이놈이 이렇게 인기가 많아서 뒷수습 어떻게 해야 하나라는 생각이 들기도 했다. -_-;; 선배들이 그렇게 멋있다며 입에 침이 마르도록 칭찬했던 아이가 저 자식이라니… 아, 괴롭구료.

"어머머, 강준성이잖아?"

"꺄아~ 준성이랑 여신제까지 같이 연습하는 거야?"

"야, 준희 부럽다. 쳇!"

쑥덕쑥덕 소곤소곤. 하지만 이놈의 귀는 너무나도! 아주 잘 들리고 있었다. 녀석이 안 했으면 하는 바램 마저 드는데. -_-;;

"준성아, 마음에 들지?"

"응, 회장! 너무나도 마음에 들어. 쿡."

"그렇게나? 여자 친구는 어쩌고?"

"괜찮아. 오히려 회장한테 고마워해야겠는걸?"

"헉! 그렇게나 좋은 거야?"

"매일 볼 수 있게 해주니깐 말이야. 크큭."

"으응? 무슨 말이야?"

"무슨 말이긴 강준성의 말이지."

"아니, 누가 그거 몰라서 묻는 말이니? -_-;;"

"아, 어떻게 회장 됐어? 말귀 진짜 못 알아듣네?"

회장 언니 말고도 모든 애들이 무슨 말인지 못 알아듣는 것 같았다. 하긴 준성이 저 녀석이 어수선하게 말하는 게 좀 있지. 내가 확 그냥 쟤가 제 남자 친구예요… (*_) 이러고 싶었으나 많은 애들한테 몰매 맞을까 봐 그냥 꾹 참았다.

"준희야, 여신 됐다고 왜 말 안 했냐? 네가 한다고 했으면 시간 낭비 안 하고 바로 혀왔을 것 아니야?"

"그게 말이지……. -_-a"

강준성. 그렇게 친한 티 다 내버리면 모든 애들이 나를 째려보잖니. 수습 못할 인간 같으니라고. -_-;;

"준성아… 우리 학교 다니는 여자 친구라는 게 혹시……."

"응, 준희야. 준희야, 안녕~"

준성이의 말 뒤로 나는 아이들의 무서운 눈초리를 느껴야만 했다. 저 눈들의 의미는 참나, 별꼴이다, 안 어울린다, 강준성이 너무 아깝다, 짜증난다였을 것으로 파악된다. 저 겁없는 녀석. 나는 이제 어쩌라고. TOT 하여튼 준성이의 등장은 내게 너무 당황함을 안겨줬다.

그 뒤로 바로 연습에 들어갔고 5명씩 워킹 연습을 했다. 하지만 준성이 녀석 다른 남자 여섯 명 옆에 못 가게 하려고 내 옆에만 졸졸 붙어다니는 바람에 나는 그 수많은 여자애들의 등살에 못 이겨 죽는 줄 알았다.

"야, 너 저리 좀 가."

"말도 안 되는 소리 하고 있네."

"이씨~ 애들이 자꾸만 쳐다보잖아."

"어때? 부러우면 지들도 사귀라고 해."

"그런 뜻이 아니잖아. −_−;;"

"야, 근데 너 워킹 왜 그렇게 못하냐?"

"쳇! 내가 모델이냐, 잘하게? 처음이니깐 서툴지!"

"야, 그럼 쟤네들은 뭐냐? 왜 저렇게 잘해?"

"몰라. 전생에 모델이었나 보지."

"전생에 모델이 있었냐?"

"아이쒸~ 이게 진짜!! 야!! 너도 해봐!! 얼마나 잘하나 구경이나 좀 해보자!"

"싫어. 스타는 벌써부터 나서는 게 아니야."

쳇. 이 녀석 워킹 잘하나 보지? 쳇! 그래, 나 잘하는 것 없다. 얼마나 잘하는지 구경해 주마. 나쁜 놈. 치. T_T 가뜩이나 쪽팔린데 더 쪽팔리게 하고 있어.

"준성아, 너도 워킹 좀 해봐."

회장 언니가 드디어 준성이보고 워킹을 하라고 했다. 언니, 좋아

요! 조금만 더 강력히 해주세요. +_+

"싫소."

"야, 너도 해야지? 싫긴 뭐가 싫어?"

"안 해. 난 원래 실전에 강해서 당일에 해도 돼."

"어쭈~ 너 회장 말 안 들을래?"

"안 들려."

"빨리 해! 못해? 어쭈? 어쭈?"

민정이 언니가 들고 있었던 막대기로 준성이의 여기저기를 쿡쿡 찌르기 시작했다. 큭큭. 고놈 참 고소하다. ^-^ 인상 팍팍 써대며 안 하려고 하는 그놈의 모습이란 씻으라고 협박하는 엄마를 피해 다니는 꼬장물 묻은 장난꾸러기 아이 같은 모습이었다. -_-+

"알았어. 알았다고!! 하면 될 것 아니야! 하면!! 아파 죽겠네. 찌르고 난리야!"

"빨리 해봐. ^_^"

드디어 놈이 걷기 시작했다. 헉! 세상에나. -0- 나는 갑자기 진땀이 나기 시작했고 곧바로 웃음보가 터졌다. 그대로 주저앉아 배를 잡고 눈물까지 흘려가며 웃었다. 저거 진짜 바보 아냐? 강준성 저놈은 아무렇지도 않다는 표정으로 워킹을 하고 있었지만 구경하고 있던 그곳의 아이들과 임원들은 모두 황당하고 어의가 없어서 웃어야 할지 말아야 할지 상당히 고민스러워 보였다.

녀석은… ^^;; 매일 걷던 그대로 팔자 걸음으로 워킹을 해대고 있었다. 저거 조폭 영화 찍으러 왔나 보다. 험상궂은 인상에 큰 키에 딱 벌어진 어깨에 껄렁하게 주머니에 두 손을 집어넣고 엄청 살벌한 팔자 걸음에 왔다 갔다 할 때마다 치켜 세우는 눈썹 묘기란 정말 가관이었다. -_-;;

76

"푸웁!! 강준성 진짜 바보! 큭큭. 뭐야, 그게!"

정말 너무나도 웃겨서 쓰러질 지경이었다. 아우~ 너무 웃기잖아. 하지만 나의 웃음이 너무 오버였나 보다. >.<

"참나, 자기는 얼마나 잘한다고."

"쳇, 자기도 못하면서 비웃고 난리야."

"뭐니? 여자 친구라면서 정말 웃긴다."

아쥬 여기는 내 전용 왕따 클럽인가 보다. -_-;; 어찌나 나를 싫어하는지. 쳇! 웃긴 걸 어떡하라고.

준성이는 워킹을 마치고 내 옆으로 왔다. 가까이에서 보니 더 웃겼다. 큭! 미치겠다. 한번 터진 입이라 주체할 수가 없었다. 어떡해~ 눈물까지 나와. >.< 지영이랑 민이한테 꼭 말해 줘야겠다. -_-v

"뭐가 그렇게 좋다고 웃냐?"

"야, 너 뭐야? 잘한다며? 깡패 영화 찍냐?"

"태생이 팔자 걸음인 걸 어쩌냐?"

"그럼 할 줄 아는 척이나 하지 말지. 으하하!!"

"야! 원래 못해도 잘하는 척하는 거야."

"솔직한 게 낫지 너무 웃기잖아."

"남자는 폼생폼사라는 것도 모르냐?"

"솔직히 말해 봐. 사실은 너도 쪽팔리지? 응?"

"아니."

"에~ 쪽팔리면서. 쪽팔리면서~"

"야, 너 이운균 닮아가냐?"

"헉!"

하다 보니깐 나도 당황했다. 계속 또라이 놈과 같이 지냈더니 이 지경까지 된 거야. TOT 하던 짓을 멈추고 금방 본연의 모습으로 다시 돌아왔다. 나도 미쳤지, 준성이 앞에서 이런 몹쓸 주책을 떨었으니. 하지만 내숭도 이젠 못 떨겠다. ㅡㅡ;; 큰일났다. 때로는 내숭도 필요한데. 쩝.

벌써 9시. 회장 언니가 요번엔 아주 중요하다며 계속 더하자를 외쳐서 집에 갈 수도 없었다. 몇 시간째 계속 워킹만 해댔더니 다리가 많이 아팠다. 그런 우리들이 조금은 불쌍했는지 선배들이 그만 하자고 했다.

겨우겨우 끝나곤 준성이와 함께 집으로 돌아오던 중이었다.

"축하한다."

"응? 뭐가?"

"여신 된 것."

"고마워. ^-^"

"넌 마냥 좋냐?"

"또 시비냐?"

"쳇. 나는 짜증나 죽겠고만."

"왜?"

"너 얼굴 팔리잖아. 새끼들! 쫓아다니기만 해봐! 아주 가서 다리 몽둥이를 분질러 버릴 거야."

역시 인상 한번 써줬더니 간담이 서늘했다. 어휴~ 인상 한번 무서운 놈. -_-+

우리는 그 이후로 매일같이 9시에 끝나서 집에 가야만 했다. 쉽게 쉽게 생각했는데 학교의 행사이자 대표로 하는 것이기 때문에 전문 모델처럼은 아니더라도 그만큼 열성을 보여야 한다고 했다. 처음엔 나나 준성이나 흐지부지하게 몰래몰래 쉬어가며 했지만 모든 애들의 열심히 하는 모습에 반해서 우리도 열심히 하기로 했다. 특히 강연이는 정말로 열심히 했다. 하루도 빠짐없이 나와서 파트너인… 민우와 계속 워킹 연습을 하는 열성을 보였다. +_+

"잘돼가니?"

헉! 윤강연이다. 웬일로 저게 말을 붙인다냐? +_+

"열심히 하기는 하는데… 되게 어렵다. ^-^;;"

"그래, 네가 올해 여신이니깐 이미지상 정말 잘해야 될 거야."

"응, 그래야지."

"그날 선배들도 모두 오는 거 알고 있지?"

"선배들도 와?"

"그럼 당연하지. 당일에 오는 사람들만 해도 몇천 명은 될 거야."

"정말??"

"응."

그랬구나. 그렇게나 많은 사람들이 여신제에 참가하는구나. 그래서 모두들 그렇게 열심이었구나. 정말 잘해야 되겠다. 대충대충 한다고 했던 나를 탓하며 반성의 시간을 좀 가져야겠다. T_T

"준성이는 역시 멋있어. 너무 좋아. 훗~"

웅? 윤강연 이거는 도대체 내가 준성이의 여자 친구라는 사실을 잊고 사는 거야 뭐야. 쳇. −_−

"준희야."

"응?"

"네 옆에 있다고 해서 정말 네 꺼가 될 것이라고는 생각하지 마. 언제든지 변하는 게 사랑이거든? 풋~ 열심히 해."

아오— 악! 윤강연 이게 슬슬 나의 속을 뒤집어놓고 있었다. 내가 웬일로 말을 붙이나 했다. −_−

"그리고 자랑은 아니지만 작년에 나 여신 됐을 때 선배들이나 선생님들이 학교 명성 올려줬다고 엄청 좋아하셨거든? 너 정말 열심히 해야 될 거야. 그런데 지금 그렇게 해가지고 나보다 더 잘할 수 있겠니? 그 정도 가지고 진정한 여신이라 할 수 있겠어? 걱정이다, 얘~"

저 지지배를 그냥 확!! 아우!! 박준희 성질 많이 죽었다. 참나, 저것이 아주 아무렇지도 않은 척 저런 말을 해대서 더 짜증난다. 열.받.았.다. 인.간. 박.준.희!!

아무래도 연습을 더 많이 해야 할 것 같아서 준성이를 데리고 우리들의 아지트 운균이네 가기로 했다.

"준성아, 작년에 강연이 잘했지?"

"글쎄. 나는 안 봐서 모르겠는데 애들 말로는 잘했다던데?"

"그래, 잘했을 것 같아."

"너 괜히 우울해하는구나? 강연이는 겉으론 아무것도 안한 척하면서 속으론 매일같이 연습하고 또 했을 거야. 결과만 보지 말고 과정도 봐야지. 안 그래? 준희는 잘할 거야."

평소 준성이답지 않게 저런 말을 해주니 매우 뜻밖이다. 준성이의 부드러운 음성이 내 가슴을 울렁거리게 해 괜스레 눈물이 떨어질 것만 같다. 사실 요즘 내가 너무 못한다는 생각이 든다. 바보같이 연습은 하지도 않으면서 강연이 하는 모습만 보면 대단하기도 하고 부럽기도 했다. 그런데 준성이가 저렇게 말해 주니 더… 더 눈물이 날 것만 같다.

"처음부터 잘하는 사람이 어디 있어. 그치? 우리 잘하자. 바보같이 못한다는 생각 하지 않기다."

알고 있다, 준성이가 내게 힘을 주려는 것. 오늘따라 유난히 준성이에게 고마워지고 준성이가 내 남자 친구라는 사실에 너무나 행복하다.

슈퍼에 들러 과자만 음료수, 과일을 사들고 운균이네 집으로 갔다. 이운균이 아무것도 안 사 가지고 가면 더 괴롭혀서 꼭 사가야 된다. ㅡ_ㅡ;;

"어서 와~ ^0^"

빙그레 웃고 있는 운균이 뒤로 맛있는 삼겹살과 밥이 보였다. ^0^ 그리고 우리가 오기만을 기다린 건지 멀뚱멀뚱 쳐다만 보고 있는 다섯 명의 아이들도.

"너희 오늘 여기서 뭐 하냐?"

"피곤하지? 매일 늦게까지 연습하고 고생이 많다. 얼른 와! 우리가 삼겹살을 준비했다! 하하."

준성이와 나를 반기는 지훈이. 참 고마운 것들. T_T 갑자기 감수성이 풍부해진 건지 코끝이 시큰거려 참느라 애 많이 썼다.

"대장, 나 예뻐해죠. >_< 사실은 이거 내 생각이었어. >_<"

퍽ㅡ!

태민이의 손이 운균이의 뒤통수를 쳤다. 아싸~ ㅡ_ㅡv

"아! 나 이거 때문에 아주 살 수가 없네! 늦게 온다고 먼저 먹자고 한 게 누군데!"

"대장, 우리의 사랑의 사랑을 질투하는 눈먼 자들이 너무 많아. 흑흑. TOT 우릴 그냥 사랑하게 해주세요!!"

"이것 또 왜 이러냐? 너희들, 애 또 뭐 잘못 먹었냐? 태민아, 방에 가둬놔라. 자꾸 헛소리한다."

준성이는 팔짱을 낀 채 떨어지지 않으려는 운균이를 있는 힘을 다

해 밀며 투덜거렸다.

"하하~ 운균이 형 쇼하는 것 보면 재미있다니깐. 큭!"

"매일 맞으면서도 저러는 것 보면 신기해. ^-^"

운균이가 저러는 게 하루 이틀도 아니고 그냥 내버려 뒀다. 조금은 가여워 보이기도 하지만.

우리들은 빙 둘러앉아 맛있는 삼겹살 파티를 했다. 오랜만에 먹어서인지, 아니면 이 녀석들과 먹어서인지 너무나도 꿀맛 같아서 죽는 줄 알았다. ^-^;; 음, 아마도 녀석들과 함께이기 때문에 그런 거겠지??

우리는 삼겹살 파티를 끝내고 워킹 연습을 했다. 지훈이가 조금 배웠는지 아주 잘해서 우리를 놀라게 했다. 잘한다고 조금 칭찬해 줬더니 아무래도 모델을 해야 될 것 같다며 너스레를 떨어서 모두들 시선을 피해 버렸다. -_-;

음악을 틀어놓고 연습하려 했으나 운균이와 태민이가 죽어도 지들이 노래를 부른다고 해서 부르라고 했다. 못 말리는 것들. -_- 전에 '십오야' 이후로 자기들이 가수인 줄 착각하고 산다. 그때 준성이는 보지 못했다는 이유로 준성이 앞에서 하다가 한 대씩 맞아서 보기 조금 안타까웠다.

"야, 팝송도 좀 불러봐! 준희야, 여기서 같이 나가는 거냐?"

나는 녀석들의 표정을 하나씩 훑어봤다. 팝송이란다, 이 녀석들아!! +_+

"헉!! +_+;;"

놀란 이운균.

"흠흠. (..)(..)"

두리번거리는 태민이.

잠시 후 두 녀석들은 어깨동무를 한 채 열심히 귓속말을 주고받았다.

"준희야, 너는 저것들이 진정으로 팝송을 부를 것 같냐?"

"부를 수도 있지 뭐."

"하하~ 절대 불가능해. 불가능한 것이라 시켜본 거야."

준성이는 녀석에게서 신경을 아예 꺼버린 채 지훈이에게 워킹을 배우느라 정신없었다. 그래도 은근히 저 둘한테 기대를 해보련다. 엉? 드디어 시작인가 봐. +_+ 긴장.

"흠흠. 시작."

운균이의 헛기침 아래 시작된 팝송.

"알라뷰… 알라뷰… 알라뷰. (^^;)(ㅜㅜ;;)"

"풋!! 읍… 큭!!"

준성이에게 워킹을 가르쳐 주다 말고 방을 뒹굴며 웃는 지훈이. 역시 자신의 생각대로였다는 반응을 보이는 준성이.

"미치겠네, 진짜. 하하하."

우리가 정말 저 두 놈들 때문에 웃는다.

한바탕 웃고 나서 워킹 연습을 계속했지만 하는 도중 두 놈들의 표정이 자꾸만 생각나서 웃겨 죽는 줄 알았다. 포지션의 I LOVE YOU 앞 부분만 열심히 불러대던 두 놈들의 어색하고 참 어색했던 그 표정. 자기들도 부르면서 우리에게 많이 미안했을 것이다. 으흐.

연습을 마치고 집으로 돌아가는 길. 준영이는 민이를 데려다 주고 온단다. 얼～ 알세 모르게 많이 챙겨주는 게 눈에 조금씩 보인다.

"나 오늘 많이 괜찮아진 것 같아. 히히."

"거봐! 연습하면 다 그렇게 되는 거야."

"응. 연습 열심히 해야지. 이제 열흘밖에 안 남았잖아."

"그래, 열심히 해야지. 너랑 내가 세 번 옷 갈아입고 너는 두 번 더 하는 거지?"

"응. 참, 강연이는 원래 드레스만 하는 건데 잘해서 선배들이 정장이랑 캐주얼에도 나가라고 했대."

윤강연을 생각하니깐 시무룩해진다. 윤강연은 아주 나를 볼 때마다 눈을 위아래로 아주 냅두지를 않는다. 그 표정 진짜 생각하기도 싫다. >.<

"어서 집에 들어가. 오늘은 아무 생각 말고 푹 자. 알겠지?"

"응, 알았어. 조심해서 잘 가."

준성이는 내게 씽긋 웃어주고는 갔다. 하지만 가는 내내 자꾸만… 자꾸만 뒤돌아보고 안절부절못하는 게 눈에 보였다. 결국 준성이는 가다 말고 다시 왔다. 그리곤 나를 꼭 안아준다.

"네가 자꾸 울 것 같은 표정하고 있으니깐… 못 가겠잖아."

"…미안."

명랑한 척 애쓰려는 내 모습을 눈치 챘나 보다. 티 내지 않으려고 노력했는데.

"많이 부담되지? 작년에 했던 강연이도 같이 하니깐 더 그럴 텐데… 어떻게 하면 우리 준희가 괜찮아질까?"

우쒸! T_T 끝내는 시키지도 않은 눈물이 비 오듯 마구마구 흘러내린다.

"힘내. 울고 싶으면 울어. 내가 있는데 왜 바보같이 눈물을 참아? 내 앞에서는 언제든지 울어도 돼. 내가 있는데도 다른 사람 앞에서라든지 혼자서 울고 있으면 나 정말 화낸다."

"으… 응."

"너무 힘들면 자기 최면을 걸어. 나는 잘한다… 할 수 있다… 하면서 계속 중얼거려 봐. 할 수 있다고 믿으면 정말 뭐든지 할 수 있거든. 모두 어떻게 맘먹느냐에 따라서 달라지는 거야. 알겠지?"

턱 끝을 내 머리에 살짝 부비는 준성이. 고마워. 나 잘 할게. 힘낼게.

준성이 품에서 한참을 울다 집에 들어왔다.

사실은 오늘 연습하러 강당으로 들어가던 중… 윤강연과 다른 애들이 하는 소리를 들었었다.

"준희 말이야, 너무 못하는 거 같지 않아?"

"맞아! 폼이 너무 엉성해. 강연이가 정말 잘하는데 왜 그 딴 애를 여신으로 뽑고 난리래?"

"준희 걔 준성이 믿고 너무 설쳐 대는 것 같아."

"강연이가 더 잘하는데."

애들의 말 뒤로 흐뭇한 듯 웃는 윤강연의 표정을 아무래도 잊을 수 없을 것 같다. 나도 한다고 하는데 왜 이 모양인지. 방으로 들어온 나는 전신 거울을 보며 또다시 연습했다.

잘해야지… 잘해야지… 할 수 있다… 할 수 있다… 할 수 있나… 나는 할 수 있어!

새벽 4시가 돼서야 겨우 잠에 들었다.

78

몇 시간 못 잤는데도 하나도 피곤하지가 않았다. 오히려 얼른 수업이 끝나서 연습을 하고 싶은 심정이었다. 언제 끝나나 시계만 쳐다보다가 선생님한테 걸려서 한 대 맞았다. T_T

"차렷. 경례."

"감사합니다."

종례가 끝나고 미친 듯이 강당으로 뛰어갔다. 그리고 그렇게도 기다리고 기다리던 연습 시간이 돌아왔다. 역시 얄밉지만 윤강연은 잘했다. -_-^ 드디어 내 차례… 떨린다.

천천히… 유연하게… 자신있게… 확실히 돌아주고 본 자세로 침착하게 되돌아온다.

"어머! 준희 연습 많이 했나 보구나? 너무 잘한다. 안 그래, 미영아?"

"그러게. 준희야, 잘했어. ^^"

"헤헤. ^-^"

민정 선배와 미영 선배가 칭찬해 주었다. 힘이 절로 나는 것 같다. 준성이의 말이 내게 너무나 큰 도움을 준 거 같다.

"너무 힘들면 자기 최면을 걸어. 나는 잘한다… 할 수 있다… 하면서 계속 중얼거려 봐. 할 수 있다고 믿으면 정말 뭐든지 할 수 있거든. 모두 어떻게 맘먹느냐에 따라서 달라지는 거야. 알겠지?"

의자에 앉아서 흐뭇한 표정으로 나를 보고 있는 준성이를 향해 활짝 웃어줬다. 강준성 너 모르지? 네가 그렇게 웃어주는 것만으로도 내겐 얼마나 큰 힘이 되는지. 넌 말야, 항상 내가 울 땐 늘 웃어. 왜 그런지는 모르겠는데 늘 웃는 것 같아. 그래서… 그래서 말이야, 사실은 내가 더 울 수 있다는 거 너 모르지? 네가 언제나 자상하게 웃어주고 있어서 마음 푹 놓고 울 수가 있어. 네 품에서 한없이 울고 나면 얼마나 마음이 나아지는지 너 알기나 하니?

"얘들아, 조금 쉬었다가 해. 음료수 사 왔으니깐 이거 먹구."

미영 선배의 말에 우리는 연습을 멈추고 휴식 시간을 가졌다. 오늘은 기분이 날아갈 듯 좋다. ^0^

"이제 9일 남았어. 동네방네 여신제 포스터가 붙어 있다. 우리 잘하자."

"네!"

나만큼이나 민정 선배도 그 위치에서 많이, 아니, 더 힘들 텐데. 어

쩌면 나보다 더 떨리고 마음이 조급할 텐데. 선배, 저 잘할 거예요. 걱정 마세요. ^-^)/

"옷 입고 한번 해봐야 하는데 아직 옷이 도착을 안 했어. 아마 삼사 일 후에나 도착할 것 같아. 그때까지만 교복 입고 하자. 알겠지?"

"네!!"

오늘도 9시가 좀 넘어서야 끝나고 집으로 돌아왔다. 칭찬은 받았지만 마음이 안 놓여서 또 연습을 하다 잠에 들었다. 그 뒤로도 매일같이 새벽 늦도록 연습을 하다 자서 그런지 실력이 매우 나아졌다. 전에 나를 욕하던 아이들도 조금씩 다른 눈으로 나를 보는 것 같았다. ^-^ 가끔씩 얼굴이 핼쑥해졌다며 우유를 사다주는 애들도 있었다.

그런 나를 보고 준성이는 여전히 인상을 팍팍 쓰며 민정 선배한테 연습 그만 시키라고 말도 안 되는 소리를 하며 우겼다. -_-^

참, 나 못지 않게 준성이도 몰래 연습을 했는지 너무나 잘했다. 근사했다. +_+ 여섯 명 남자애들에 비해 실력이 월등히 뛰어났다.

"내가 한 살만 어렸어도. -_-;;"

"민정아, 주책이다. 준희가 널 본다."

"호호~ ^-^"

그 후로 며칠이 더 지나고 드디어 여신제 때 입을 옷들이 도착했다. 내가 입을 옷은 엔딩 드레스를 포함해 전부 다섯 벌이었다. 옷들이 다 예뻤다. 우와~ +_+

"올해 옷은 작년보다 더 예쁜 것 같다?"

민정 선배는 옷들을 보며 감격스러워했다. 우리들은 옷을 입어보기로 했다. 어찌나 긴장되던지 찢어질까 봐 조심스럽게 입었다. 내 옷 중에는 검은색 치마 정장이 있었는데 옆단이 좀 찢어진 게 무척이나 섹시했다. ㅡ_ㅡb

"회장! 이 옷 다른 걸로 바꿔줘. 이게 뭐요!"

"어때? 예쁘기만 하구만~"

"준희 옷은 전부 바지만 줘요!!"

"그렇게는 못하겠네요! ^-^"

"아우!! >_<"

씩씩대는 준성이가 어찌나 귀엽던지. 강연이의 정장은 세련된 회색 치마 정장이었는데 정말 잘 어울리고 아주 예뻤다. 며칠 전에 앞머리를 잘랐는데 얼굴도 더 작아 보이고 예뻐 보여서 자꾸만 쳐다봤다. 흥. ㅡㅡ^

"자~ 준희야, 준성아, 너희 엔딩 때 입을 드레스야."

"헤~"

너무너무 예뻐서 입을 다물 수가 없었다. 하얀색 드레스였는데 화려한 장식은 아니었지만 웨딩드레스라는 이유 하나만으로도 너무너무 예쁘고 아름다웠다. 내가 이걸 입게 되는 거구나. 준성이의 엔딩 옷도 너무나 멋졌다. 깔끔한 검은색이었는데 조끼에 턱시도가 준성이의 큰 키에 아주 잘 어울릴 것 같았다.

"한번 입어봐."

민정 선배와 미영 선배와 함께 탈의실로 들어갔다. 옷이 워낙에 커서 선배들이 도와줬다.

"어머~ 요번 건 야하다. 큭!"

"그러게. 준성이가 또 한바탕 뭐라고 하겠네."

웨딩드레스는 등판이 다 보이는 거였다. ㅡ_ㅡ^ 난 몰라~ 준성이의 그 등살을 어떻게 이겨낼런지. 목에 중심을 맞추고 입어야 하는 드레스였는데 예쁘기도 예뻤지만 야하기도 엄청 야했다.

"괜찮아, 준희야. 어차피 면사포 쓸 건데 뭐. 가려질 거야."

"네. 드레스가 진짜 예쁘네요."

"너랑 준성이랑 여신제 때 그대로 결혼식 올리면 되겠다."

"네? 쑥스럽게 왜 그러세요? ★^^★"

"뒤풀이를 너희 결혼식으로 해야겠어. ˆ０ˆ"

"선배님도 참. ^ㅡ^"

목 주위를 단단히 조여놔야겠다. 풀어지기라도 하면… 엄마야! 생각하기도 싫다. >_< 끔찍해. 윽! 드레스 입을 땐 위에 속옷도 입지도 않는다는데. 어휴~ 조심해야지.

드디어! 드디어 우리들의 여신제가 내일로 돌아왔다.

79

"준희야!! 어서 일어나라!! 벌써 8시야!!"

헥!! 8시라고??! 큰일 났다. 큰일 났어!! 빨리!!

우당탕탕—

참, 오늘은 여신제지. 쳇. -_-;; 늦게 가도 되는데 괜히 혼자 놀라서 설쳤네. 9시까지 가는 거니깐 안 늦었다. ^-^ 오늘은 유난히 더 신경 써서 준비를 했다. 오늘이다, 오늘이야. 으~ >_< 도대체 이거 너무 떨려서 넘어지는 불상사가 있는 건 아니겠지? 하하. 설마.

"준영아!! 가자!!"

잠이 덜 깬 준영이를 데리고 버스를 타러 갔다. 오늘따라 유난히 거울에 비치는 내 얼굴이 예쁘기만 하네. 오늘만 봐주이소. -_-;;

"야, 너 오늘 떨리겠다?"

"응, 무지막지하게 떨려."

"떨리면 준성이 형 손 꼭 잡고 해라. 준성이 형한테 어제 전화하니깐 형도 약간은 긴장되나 보더라."

"왜?"

"잠이 안 온대. 큭."

준성이도 나처럼 떨릴 거야, 아마. 에구, 착한 녀석. 나 때문에 떨린다고 말도 못하고 고생이 많았어. 멋진 녀석 같으니라고. '00'

간단한 조회를 한 후 모두들 다른 행사장으로 가고 미스여신들은 학생 회의실에 모여서 최종 리허설을 했다. 미스여신 행사는 오후 3시쯤에 있다고 했는데 벌써부터 빨리 좀 하라고 독촉이 오고 난리가 났다고 한다.

"손이 왜 이렇게 차가워?"

준성이가 내 손을 잡더니 차갑다고 궁시렁거린다. 긴장의 연속이

다. 우쒸. −_−;; 내 손을 만지작거리더니 결국은 자기 교복 재킷 주머니에 자기 손과 함께 집어 넣는다. 한결 따뜻하다.

"너 엔딩 때 입는 거 아하다며? −_−"

또 어떻게 안 건지. ——^ 한동안 시달리겠군. 끙.

"면사포에 가려서 안 보여. 걱정 마. ^^;;"

"에이씨!! 망할 회장!"

"민정 언니가 고른 거 아니잖아."

"몰라. 아무튼!"

녀석은 역시나 똥 씹은 표정을 지어가며 화를 내고 있었다. 그래도 내 손을 꼭 잡고 있어줘서 다행이었다.

"나 이거 해서 안 그래도 많은 인기 더 많아지면 어쩌나?"

"풋! 읍~ 왜 그러냐?? 하하."

"쳇. 이제야 웃는고만! 긴장 그만 해. 든든한 내 갑빠가 있잖아."

"든든하긴."

"뭐야!! 내가 얼마나 멋진 근육이 있는데!! 만져 봐!! 빨리!!"

녀석은 또다시 흥분한 채 한쪽 가슴에 힘을 주며 갑빠 부분을 가리키고 있었다. −_−;;

아무튼 남자들은 근육이라면 왜 저렇게들 흥분하는지 모르겠다. 모르는 척하면 소심해져서 삐칠까 봐 얼른 살짝 만져 보며 놀라는 표정을 지어줬다. =_=

"어머머!! 장난 아니네? 우와!! 너무 멋있다. >_<"

"훗~ 네 남자 친구가 이런 사람이야."

"어머!! 그러게. 너무 멋있는걸? >_<"

"어째 말에 가시가 있는 것 같다?"

"아니야, 너무 좋아서 그래."

녀석에게 안기는 시늉을 하고 있을 때였다.

"흠."

강연이와 민우였다. 에효. ㅜ_ㅜ 이런 반 주접적인 모습을 들키다니. 쪽팔렸다. -_-;;

"뭐 하니?"

"아침부터 러브 모드구나?"

강연이는 떨떠름한 표정이었고, 민우는 재밌다는 표정이었다.

"흠흠. 준희야, 연습하러 가자."

녀석도 사실은 좀 창피했나 보다. 내 손목을 잡고는 무척이나 빠른 걸음으로 나와 버렸다.

마지막 연습을 끝내고 우리는 모두 메이크업 강사들에게 화장을 받기 시작했다. 준성이가 자꾸 화장하고 있는 날 빤히 쳐다봐서 민망해 죽는 줄 알았다. 주책바가지!! -_-^ 전문 강사들한테 화장을 받으니 정말 다르긴 달랐다. 이야~ 이게 나야? 하는 생각이 들 정도로… 에이~ 몰라. 예뻤어. 치. ^-^;;

화장이 끝나고 한 시간 정도 휴식을 갖기로 했다. 애들과 모여서 수다를 떨고 있기는 하지만 모두들 긴장하고 있다는 것이 느껴졌다.

"준성아, 준희야, 밖에 친구들 왔어."

밖에 나가보니 운균, 태민, 지훈, 준영, 민이, 지영이가 있었다. 모두들 나의 화장한 모습을 보고 놀라고 있었다. 아, 창피해.

"아악! 화장발 귀신이다. >_< 이 못된 화장발 귀신아, 얼른 준희를 내놓지 못해!! >_<"

내 저 인간을 그냥 확! …참아야지. 참아야 하느니라.

"우와~ 준희야, 너 진짜 예쁘다."

"이야~ 반했어."

"음하하~ 원래 우리 준희 예뻤어. 몰랐냐?"

"그럼 대장! 대장은 원래의 준희를 갖고 화장발 소녀 준희는 내 꺼 할래. >_<"

펙―!

아나나 다를까, 내가 너 준성이한테 한 대 맞을 줄 알았다.

"흑. 대장 질투하는 거지? 피이~ 걱정 마. 그래도 난 대장 본처잖아. >_<"

"아~ 나 진짜!! 이놈 때문에 스트레스 받아서 미치겠네!!"

"아잉~ 그래도 귀엽잖아~ >_<"

풋~ 촐싹이가 없으면 우리가 무슨 이유로 웃을까? 정말 웃긴 녀석이었다.

촐싹이와 지훈이는 조그마한 플래카드를 만들어 와서 준성이와 내 앞에서 흔들어 보였다. 플래카드를 보니 기분이 좋아졌다.

"준희야, 떨지 말고 차근차근 잘해. 알겠지?"

"응. 지영아, 민이랑 앞에 앉아 있어. 알겠지?"

"알았어, 맨 앞에 있을 테니깐 긴장하지 말고 잘해."

"응. ^^＊"

"너랑 준성이가 젤 예쁘고 멋질 거야. 잘해. 화이팅."

민이의 화이팅에 힘입어 준성이와 나는 다시 강당 안으로 들어왔다. 지지배들이 준성이를 알아보고 좋다고 소리를 질러대서 깜짝 놀랐다. 우쒸. ㅡ_ㅡ＋ 이놈의 인기가 하늘 높은 줄 모르고 솟아올라서 걱정이다. 어떤 아이들은 사진기를 가져와 한 장만 찍자며 애걸복걸을 했다. 당연히 내가 여자 친구인 줄은 모르고.

난 안 찍겠다는 준성이를 너무 튕기지 말고 가서 찍고 오라고 했다. 그랬더니 지지배들 무척이나 방방 뜨고 좋아하더군. ㅜ_ㅜ

『방송실에서 알립니다. 이제 30분 후면 여신제의 하이라이트 미스여신이 시작됩니다. 운동장이나 교실에 계신 학생 여러분과 내빈 여러분들께서는 속히 강당으로 입실하여 주시기 바랍니다. 다시 한 번 알립니다. 정각 3시부터 여신제의 하이라이트 미스여신이 시작됩니다. 속히 강당으로 입실하여 주시기 바랍니다.』

방송실에서 안내하는 소리가 들렸다. 드디어 시작이구나!

화려한 음악 소리와 함께 미스여신이 시작되는 사회자의 첫 멘트가 시작되었다.

"모두들 떨지 말고 잘해라! 알겠지? 자, 시작이야. 이제 제1팀부터 나가. 화이팅!"

제1팀 캐주얼부터 나가기 시작했다. 그곳엔 윤강연도 있었다. 뒤편에서 힐끔힐끔 쳐다봤는데 강연이는 정말 예뻤다. 저 애가 저렇게 밝았나?

"자, 1팀 캐주얼 끝나면 2팀 정장 있다. 준비해라."

정장이라… 내 차례다. 잘하자, 박준희. 잘하자, 화이팅!

80

"미영아, 강연이가 작년보다 더 예뻐진 거 같지 않니?"

"그러게. 올해 역시 참 잘한다."

민정 선배와 미영 선배가 강연이 얘기를 하고 있었다. 나도 윤강연
처럼 잘해야지. 잘할 거야. 검은색 치마 정장을 입었다. 머리를 풀어
가지런히 빗어놓았다. 강연이도 캐주얼을 벗고 다시 회색 치마 정장
을 입었다. 윤강연과 나… 같이 나간다. 휴… 떨려.

"준희야, 잘해. ^^★"

내게 화이팅을 외치는 미영 선배 뒤로 항상 그래왔던 것처럼 미소
를 머금고 있는 나의 그놈이 보인다. 걱정 마. 나 잘하고 올게. ^-^

윤강연과 함께 나갔다. 헉!! 사람들이 너무 많아서 하마터면 긴장해
서 설 뻔했다. 하지만 재빨리 정신을 차리고 아무렇지도 않은 척 애
써 밝은 표정을 보이며 앞쪽까지 워킹을 하며 갔다.

웅성웅성─

학생들과 선생님들이 활짝 웃는다. 분위기는 그런대로 성공이었
다. 윽! 다행. ^-^

한번 나가보고 나니 왠지 모를 자신감이 생겼다. 으흐~ 검은색 치

마 정장과 흰색 바지 정장을 입고 딱 두 번 나갔는데 자신감이 마구마구… 으흐~ 앞자리에서 내게 승리의 브이를 날리고 있는 지영이와 민이, 그리고 촐싹이가 보였다. 얘들아, 나 잘하고 있는 거지? 그 뒤로 한 벌의 원피스를 입고 멋있게 턴하고 왔다. 원피스를 입고 나갈 때는 정말 하나도 떨리지 않았다. 오히려 재밌었다. 드디어 드레스 부분이었다. 강연이는 머리를 틀어 올리고 앞머리를 가지런히 옆으로 모셔(?)놨다. 강연이가 입은 드레스는 연한 레몬 빛이었는데 정말 아름다웠다. 그리고 민우도 역시 멋있었다. 드레스 부분 사상 가장 큰 박수를 받았고 지명도도 가장 높았다.

"잠시 후면 유림의 전통 여신이 나옵니다. 올해 드레스 부분에서 가장 큰 찬사를 받은 윤강연 양은 작년 여신이었는데 올해도 무척이나 아름답군요. 앞으로도 많이 지켜봐 주시고요. 여신이 준비하는 동안 잠시 음악 공연을 보시겠습니다."

흰색 너무나 예쁜 웨딩드레스, 그리고 화려하고 아름다운 부케. 이 순간 너무나 떨린다. 많은 관객들에게 보여져서가 아니라 웨딩드레스를 입고 준성이 앞에 선다는 것이 나를 너무나도 설레게 했고 가슴 벅차게 만들었다. 공연하는 동안 나는 드레스에 맞춰 머리 장식을 다시 했다. 앞머리가 없는 나는 가르마를 타서 살짝 붙이고, 긴 머리를 틀어 올려 보기 좋게 만들어놓았다. 그리고 환하게 보여지기 위해서 화이트 펄로 눈가를 장식했고 빨간 립스틱으로 입술에 포인트도 줬다.

"이야~ 미영아, 주례사 좀 불러라. 바로 시집보내야겠다."

"선배님도 참~"

"민정아, 걱정 마. 교장 선생님이 계시잖아."

"하하! 맞다. 주례사 안 불러도 되겠어. 큭."

조심스럽게 드레스를 입었다. 목 중심 라인도 확실히 세워주고 단단하게 조여놨다. 이만 하면 되겠지?

"어? 준희야, 잠깐만!"

강연이었다.

"응? 왜?"

"뒷부분이 좀 이상하게 됐어."

"그래? 잘 좀 해줄래?"

"그래, 알았어. 떨지 말고 잘해."

"응. 고마워. ^^＊"

"자~ 됐다. 너는 정말 잘할 거야. 큭."

강연이가 마무리해 주고 난 뒤 면사포로 마무리를 지었다. 떨린다. 곧 있으면 저 문을 향해서 나간다. 그럼 나의 녀석이 웃고 있겠지? 준성아, 어떡하지? 나 네가 정말 너무 좋아.

"공연이 너무 멋있었죠? 자, 이제 미스여신의 피날레를 장식해 줄 남자 분을 모십니다. 강준성 군! 나와주세요!"

준성이가 나갔다. 너무나 멋진 나의 남자 친구가 수많은 사람들 속에서, 열렬한 환호 속에서 마지막을 장식하고 있었다. 멋있었다. 그 말밖에는 더 이상 표현할 수 없을 것 같다. 조금은 상기된 얼굴에, 너무나 부드러운 자상한 표정에… 사실 저런 표정은 간만에 본다. 매일

인상만 써서 그때마다 꼬집어주고 싶었지만 저렇게 멋진 표정을 짓고 있으면 달려가 안기고 싶다. ㅜㅜ

준성이는 뒤를 돌아 내가 있는 곳으로 한쪽 손을 펼쳤다. 이제는 내가 나갈 차례였다. 천천히 준성이가 있는 곳으로 걸어갔다. 준성아, 우리 정말 예쁘게 잘하자. 준성이의 손을 잡았다. 준성이가 나를 쳐다본다. 그리고 조용한 목소리로 내게 중얼거린다.

"내가 있잖아. 떨지 마."

81

모두들 숨죽여 우리를 바라보고 있었다. 조금 전까지만 해도 떠들썩했던 강당이 쥐 죽은 듯 너무나 조용해져 있었다. 기분이 정말 묘했다. 녀석의 손을 잡고 있는 이 순간 우리는 함께라는 생각에 자꾸만 웃음이 나온다. 행복에 겨워, 사랑에 겨워 너무나 눈물이 난다. 나중에 우리가 더 나이를 먹게 되어 우리들의 사랑에 대해 진실로 책임질줄 알게 된다면 그때는 나 이놈한테 시집가고 싶다. 이놈을 아무한테도 못 줄 것 같다. 아니지, 안 줄란다. -_-;; 그래, 나 욕심쟁이야.

스르… 륵.

움찔! 이상하다. 이상하다. 자꾸만 목 언저리가 느슨해지고 있다는 느낌이 들었다. 아냐, 설마… 얼마나 세게 조여놨는데. -0-

"어? 준희야, 잠깐만! 뒷부분이 좀 이상하게 됐어."

설마… 설마!! 이 지지배가 확실히 조여놓은 걸 풀어놓은 거 아니야? 말도 안 돼!! 여신제 때 두고 보자는 게 혹시 이거였던 거야? 앞자리에서 나를 비웃고 있는 윤강연의 싸가지없는 면상이 보였다. 저걸 그냥 확! 당장 내려가서 죽일 수도 없는 노릇이고 어떡하지? 아직도 많이 남았는데 정말 어떡해. ㅜㅜ 아무 생각도 나지 않았다. 어떻게 해야 할지 아무것도 생각이 안 나서 미치겠다. 그냥 뛰어들어가면 분명히 미스여신을 망치게 될 게 뻔하고 여기서 그냥 있으려니 그것 또한 망신 중에 아주 개망신이었다. 그 짧았던 시간 동안 별의별 생각이 다 들었다. 내려간 윗부분을 잡고 뛰어들어 갈 것인가, 그전에 먼저 뛰어들어 갈 것인가? 이 많은 사람들 속에서 나의 고통의 심정을 그 누가 알리요. ㅜㅜ

스르륵—

난 몰라. >.< 헉! 젠장!

하지만… 하지만… 하지만… 하지만!! 전혀 생각하지도 못한 일이 벌어지고 있었다. 준성이가 어떻게 안 건지 재빨리 내 앞으로 서서 날 가려주었다.

"옷 잡아라."

나는 내 앞에 서 있는 준성이 덕분에 나의 이 놀랍고도 묘한 모습이 보이지가 않았다. 모든 사람들은 이게 우리들의 연기인 줄 알고 상당히 흥미로워했다.

"우와—!!"

"멋있다—!!"

"둘 다 죽이는데?"

당신들은 정작 모를 것이오. 화려함 속에서 나와 강준성은 미칠 노릇이란 것을. -_-;

"너 안 보고 있었으면 큰일 날 뻔했다."

그 수많았던 사람들 속에서 우리 둘만이 전부인 것 같았다. 창가에 비춰지는 햇살에 녀석이 너무나 근사해 보였다. 백마 탄 왕자님이라 하고 싶었다. 순간 떨리지도 않았고 아무런 걱정도 되지 않았다. 나의 녀석이 있으니까… 우린 함께니까… 윤강연, 아무래도 이번에는 내가 이긴 것 같아. ^-^ 또 미안하게 생겼는걸?

준성이는 자신이 입고 있던 재킷을 벗어 나를 감싸줬다.

"꺄악— 난 몰라 준성이 오빠!! 너무 멋있어요!!"

"짱이에요—!!"

"올해가 최고다—!!"

강당은 흥분의 도가니였다. 모두들 이것이 모두 준성이의 애드리브인지도 모르고 극본이 짜여져 있는 줄로만 알고 있다. 좋기는 좋다만 이러고 걸어가면 무척이나 어색할 텐데. 준성이는 도대체 무슨 생각으로 나에게 재킷을 입힌 건지. -_-a 아무래도 나 때문에 망치게 될 것 같다.

하지만 강준성 이 녀석은 정말 이 세상에서 제일로 멋지고 근사하고 터프한 최고의 남자였다. 나를 번쩍 들어 올렸다. 아무래도 평생이 순간 잊지 못할 것 같다. 정말 아무래도… 나 아무래도 이 녀석 없이는 못살 것 같다. 모든 학생들과 선생님들의 큰 박수 소리, 앞에서 진땀을 닦고 있는 스탭 선배들, 활짝 웃으며 함께 박수를 치고 있는 미영 선배와 민정 선배, 그리고 너무나 좋아하고 있는 나의 친구들… 감동이었다.

"걱정하지 말랬잖아."

"응. 나 이제 걱정 안 할 거야. ^^＊"

"내가 너 하나 못 지키겠냐?"

"바보야… 나 그만 울려."

최고였다. 정말이지 내 짧은 18년 동안 지금 이 순간이 최고의 순간이었다. 그놈 품 안에 있는 이 순간이 최고! 정말 최고의 순간! 스탭들이 따져도 할 수 없다. 정말 내게는 잊지 못할 순간이었으니깐.

피날레를 마치고 대기실로 들어왔다. 모두들 왜 그랬냐고 화낼 줄 알았는데… 그랬는데…

짝짝짝—!!

"최고야—!! 멋있었어!!"

"너희 둘 정말 환상의 커플이다!!"

"내가 십 년 동안 미스여신 지켜봤는데 이렇게 멋있었던 적은 처음이다. 수고했다."

눈물이 났다. 꿈만 같았다. 성공이라는 그 축복 아래 너무 행복해서 눈물이 났다.

아직도 가슴이 콩닥콩닥 뛴다.

"아, 회장! 회장 어디 있어? 도대체 옷을 왜 저딴 걸 줘가지고 애를 잔뜩 쫄게 만드냐고! 아! 회장! 회장 어디 갔어!!"

준성이는 민정 선배를 찾아 옷이 저게 뭐냐며 따지고 난리 법석을 부렸다. 괜찮아, 준성아. 네가 있어서 나 아무렇지도 않았잖아.

정신없이 미스여신을 끝내고 선생님들과 기념 촬영을 했다. 선생님들이 준성이가 대림 공고라는 말에 무척 흡족해하셨다. 학생들의 소중한 꽃다발도 받을 수가 있었고 후배들의 한 송이 꽃들도 무척이나 많이 받았다. 넘쳐 나는 후배들의 인사에 준성이와 나는 정말 뿌듯했다.

윤강연 그 가시네를 찾으러 다녔지만 어디로 숨은 건지 도대체 찾을 수가 없었다. -_-^

내가 너 때문에 간 떨어질 뻔한 것 생각하면 울화가 치민다!

촬영 팀은 마지막으로 준성이와 나를 찍었다. 여러 장 찍어서 잘 나온 것을 11대 여신기념 사진으로 간직해 놓을 거라고 하셨다.

우리들의 여신제는 이렇게 끝을 맺었지만 영원히 내 기억 속에서 멋진 연속의 행진이 되어 남겨지게 될 것 같다.

"브라보~!!"

우리들은 역시나 우리들의 아지트 운균이네서 모였다. 모두들 마지막에 너무나 설레었다고 했다. 그리고 나중에 들은 사실이지만 스탭들과 민정 선배는 너무 설레어서 준성이한테 뛰어갈 뻔했다고. 어딜 뛰어와. 우쒸!!

"야! 우리 이제부터 딱 십 년 후에 결혼하자!"

태민이의 말에 모두들 두 눈이 휘둥그레졌다. +_+

"뜬금없이 무슨 결혼이야?"

"합동 결혼식 있잖아. ^-^"

합동 결혼식? -_- 그러니까 모두 다 같이 결혼하자는 소리야? 태
민이가 살짝 미쳤나? 갑자기 왜 결혼식을 하자는 말을 하고 그러지?
영 이해할 수가 없네. -_-a

"좋아좋아! 오케이다."

뭐가 오케이라고 하는 건지. -_-; 강준성 오늘 흥분 많이 하네.

"돈 적게 들어가겠다."

역시 박준영다운 발언이다. -_-;;

"십 년 후라? 히히. 우리들은 과연 어떻게 되어 있을까?"

민이는 십 년 후의 우리들 모습을 상상이라도 하는 듯 피식피식 웃
었다.

"다들 명심해야 돼! 알았지? 꼭!! 십 년 후에 합동 결혼식 올리는
거다. 꼭! 늦게 해서도 안 되고 빨리 해서도 안 돼!"

"야! 만약에 그때도 애인이 없는 사람은 어떻게 해?"

지훈이의 말에 우리는 잠시 머뭇거렸다. 그러게 말이다. 그때까지
도 애인이 없을 인간이 있으면 어째? 다른 사람들은 걱정은 안 된다
만 운균이 너는 참 걱정된다. 박준영의 박준영다운 발언. -_-^

"결혼하는 커플들 신혼 여행비 다 대주기."

"역시 너다. -_-^"

나는 준영이 놈에게로 박수를 쳐주었다. 버스비도 내기 귀찮아하는 인간이 어련하시겠어.

"이야~ 진짜 좋은 생각이다. 큭."

너무나도 좋아하는 강준성 뒤로 너무나도 분개하는 이운균이 보인다.

"싫어싫어!! >_< 말도 안 돼! 돈 너무 많이 들잖아!!"

"야! 누가 너보고 내래? 내기 싫으면 빨리 애인 만들어!"

운균이는 태민이의 말에 눈을 번쩍 뜨고는 좋아했다. 멍청한 놈.

"아항~ 좋아!! 오케바리~ 내일부터 무조건 작업이다!!"

"얘들아, 딱 십 년 후다!!"

우리들의 십 년 후 합동 결혼식 사건은 이래서 만들어지게 됐다. 정말 십 년 후에 우리들은 어떻게 변해 있을까? 과연 태민이의 말대로 결혼하게 될까, 아니면 뿔뿔이 다 흩어지게 될까? 궁금하다. ^-^ 만약 결혼하게 된다면 안 하게 되는 사람은 누구일까? 누군지는 모르겠지만 돈 무척이나 많이 나가겠군. 홋~ 나의 작은 바램이지만 신혼 여행비 내는 사람이 없었으면 좋겠다. 모두모두 십 년 후에는 행복해져 있었으면 좋겠다. 그때도 나의 멋진 녀석은 내 곁에 있을지 모르겠다. 그때도 녀석에겐 변함없이 내가 전부일까? 벌써부터 십 년이 빨리 지났으면 좋겠다는 생각이……. ^-^;;

9

나는 그놈의 전부였다

82
나는 그놈의 전부였다

여신제가 성공으로 끝난 후 나에게 무척이나 큰 타격이 생겼다. 그건 바로 중학교 지지배들과 다른 고등학교 지지배들이 대림 공고 앞에서 진을 치고 있었기 때문이다. 얄밉도록 짜증났다. 하긴 마지막 엔딩 녀석이 멋있기 멋있었지. ^-^;;

준성이는 거들떠보지도 않았지만 그래도 내심 긴장되고 신경이 무진장 쓰였다.

"준희야, 가자."

오늘은 우리 반이 너무 일찍 끝났다. 그래서 하는 수 없이 녀석의 학교 정문에서 지영이와 민이와 함께 기다리기로 했다. 역시나 공고 앞에는 준성이를 기다리는 애들로 가득했다. 그런데 처음보다는 약

간 줄어든 듯하다. 그놈의 싸가지 덕이야! 으흐. ^-^

앗!! 준성이다!! +_+

"히히."

"준희야, 요즘 너 준성이 상당히 좋아한다?"

"응, 좋아. ^0^ 아주 좋아."

"그렇게 오버할 거까진 없잖아."

"아윽~ 너무 좋아. >_<"

지영이는 나의 오버된 모습에 많이 당황해하는 것 같았지만 좋은 걸 어떡해. >_<

"나도 준영이 너무너무 좋아!! >_<"

"쳇! 그래, 너희들 잘났다!! 남자 친구 없는 인간은 어디 서러워서 살겠냐?"

그렇다. 지영이의 풀리지 않은 수수께끼… 태민이와 도대체 어떻게 된 것일까? 우리 앞에선 전과 같은 행동을 보이며 서로 잘 지내고 있는 것 같지만 나는 느낄 수 있다. 둘 다 우리에게 일부러 그렇게 보이고 있음을. 지금 지영이의 마음 너무나도 잘 알 것 같다. 나도 그랬으니깐. 하지만 내가 지영이한테 꼭 해줄 수 있는 말은 그 마음 숨기지 말라는 것, 그 사람의 행복을 위해서 뒤돌아선다는 것은 철부지의 어리광에 불과하다는 것, 사랑한다면 어떠한 어려움이 다가와도 그 사람 손을 절대 놓지 말라는 것, 그대로 꼭 잡고 있으면 언젠간 기쁨이 찾아오기 마련이다. 그러니깐 그 사람의 손을 잡기까지의 과정은 매우 어렵지만… 그 뒤엔 엄청난 행복과 기쁨이 있다는 것을 꼭 말해

주고 싶다.

박준희라는 바보가 강준성이라는 엄청난 바보의 손을 꼭 잡고 있다는 것 절대 잊지 말라고 말해 주고 싶다.

"오늘은 일찍 끝났네?"

"응. 담임 선생님이 일찍 끝내줬어."

"오늘 영어 단어 시험 봤는데 한 개 틀렸다. 하하."

"흠… 너도 공부란 걸 하는구나."

"아!! 나 진짜!! 나도 공부해! 다만 어쩌다 한 번 해서 탈이지 할 땐 한다구."

"알았어. 할 땐 한다고 해줄게."

"쳇."

강준성이 공부 어쩌다 하는 건 모두가 다 아는 사실인데 뭘 그걸 그렇게 가르쳐 주고 계실까? 쩝. 이놈 대학 가게 하려면 꽤나 고생하겠어. -_-;;

"꺄아~ 준성이 오빠!!"

헉!! 저 교복은 분명 상림여중 교복이었다. 중학교 교복을 입은 가시네들이 떼를 지어 엄청나게 뛰어오고 있었다. 어쩐지 조용하다 싶었다. 참나.

"야, 너 인기 많아서 좋겠다?"

"됐어, 필요없다."

"준성이 오빠, 안녕하세요? 저는 중학교 3학년 신정은이라고 해요. 오빠 너무너무 멋있어요!!"

"그래."

하고 바로 뒤돌아서는 우리의 강준성! 그 싸가지의 명성이 날로날로 높아지고 있는 게 난 왜 이렇게 신이 나는지. 음하하. ^0^

"얘, 준성이 오빠는 이미 여자 친구가 계신단다. 여신제 때 파트너였던 이 아가씨 기억나지? 이미 버스는 떠났단다. 얘, 그만 돌아가서 공부나 더 하렴. 이제 고등학교 가야지."

주책스럽게 온 주접을 떨며 상황 설명하고 있는 우리의 또라이. 하지만 저런 예술적인 표정을 지으며 주접을 떨 땐 약간 봐줄 만하다. 정은이라는 아이는 나를 보곤 매우 실망스러운 표정을 짓는다.

"에이~ 그랬구나. 저 언니 너무 예뻤는데. 에이~ 너무 늦었네."

눈물까지 그렁그렁거리는 저 아이 귀여웠다. 쫌 미안해지는데.

"웬일이야!! 어머머!! 이 오빠는 뭘 믿고 이렇게 귀엽게 생겼니??"

거기 있던 우리 모두는 너무나 순식간에 벌어진 이 상황에 대하여 어떠한 대처 방안도 모색할 수 없이 그저 입만 헤 벌리고 있었다. 정은이라는 아이 옆에 서서 우리들은 지켜보고 있었던 참으로 귀엽게 생긴 조그만한 여자애가 저런 말을 하고 있었다. 그것도 더 황당한 것은 이운균 놈의 얼굴을 자신의 조그만한 두 손으로 감싼 채 너무너무 좋아해하고 있다는 것.

발광하는 이운균. ㅡㅡ;

"야야!! 너 이 손 못 놔!! 조그만 게 까불고 있어!!"

"어쩜 부비적거리는 모습도 이렇게 귀여울까?"

"이씨!! 야! 나 열여덟이야!!"

"아우~ 딱이네. 2살 차이는 어디다 내놔도 깨질 위험이 없다는데."

음… 저런 말 한 번도 들어본 적 없는데. 우리는 대체 이 조그만한 여자애가 무슨 깡으로 촐싹이한테 이러는 건지 대견스럽기도 하고 한편으로는 귀여웠다.

"오빠! 이름이 뭐예요?"

"알 필요 없어!"

"알 필요 없어요? 어머, 어쩌지? 난 들을 필요 있는데."

태민이는 재미있다는 듯 운균이의 이름을 가르쳐 주었다.

"이운균이야. ^-^ 너는 이름이 뭐냐? 되게 재밌다."

"저요? 저 재밌죠? 제 이름은요. 오~예은이에요. 줄여서 오~예 라고도 해요! 이름도 어쩜 이렇게 재밌는지. 재밌죠?"

"큭!!"

"하하!! 오예라구? 귀엽네. ^^"

잠자코 있던 준성이도 오예라는 아이가 귀여운 짓 웃어버렸다. 예은이라는 애는 잡고 있던 손을 내리고 운균이를 주위를 빙빙 돌며 한참을 훑어보았다.

"키는 좀 작지만 괜찮아. 나도 작은데 뭘. 머리스타일은 죽이고. 음… 어쩜 히프도 이렇게 귀여운지 모르겠네."

라고 말하며 운균이의 히프를 만지는 예은이. -0- 너무 엽기적인 저 아이!!

"야!! 어딜 만져!! 이노무 가시네가!! 오빠한테 못하는 짓이 없어!"

"화내는 것도 어쩜 이렇게 귀여운지."

환장할 노릇이었다. 예은이라는 애 정말 보통이 아니었다. 한마디로 엽기라고 해도 과언이 아닐 정도로 재밌는 아이. ^-^ 운균이가 아주 된통 걸렸다. 큭큭! 앞으로 이주 볼 만하겠어. 하하!! 그 옆에 있던 예은이 친구들은 이런 모습을 아는지 웃지도 않고 멍한 표정으로 우리들을 바라보고 있었다. 원래 만나러 온 사람은 정은이라는 앤데 예은이가 이러고 있으니 황당할 만도 하겠다.

"음… 잠깐만요."

우리는 모두 예은이가 뭘 하는지 쳐다보았다. 예은이는 주머니에서 핸드폰을 꺼내더니 열심히 눌러대고 있었다. 뭘 할까?

"음… 오늘 내 이상형을 만나다. 메모했음. ^-^"

역시 보통이 아니었다.

"이운균 오라버니, 번호 불러주세요~♡"

"싫어! 내가 총 맞았냐?"

운균이의 말이 끝나자마자 주저없이 운균이의 번호를 부르는 못말리는 태민이. 키키.

"011-99XX-37XX."

"역시 우리 서방님과 나의 사랑을 모두 도와주는군요. 고마워요! 오빠 이름이 뭐예요?"

서방님이래~ 으하하. ^-^ 정말 재밌다.

"너의 서방님 베스트 프랜 서태민 오빠야."

"어머, 그래요? 앞으로 자주 뵙겠습니다. 준성이 오빠는 너무 잘생겼고 예쁜 여자 친구도 있도, 정은아, 포기해라. 안 되겠다. 그러니

나처럼 좀 낮추라니깐. 이거 봐, 얼마나 앙증맞고 귀엽게 생겼니? 아웅~ 깨물어주고 싶어라."

돌아가시겠다. 너무 웃긴 나머지 우리들은 모두 그 자리에서 자지러지고 말았다. 운균이만 혼자서 씩씩댔지만 우린 정말 너무너무 웃겨서 눈물이 다 났다.

"쫌 있다 전화할 게요."

"하지 마! 해도 안 받아!"

"안 받으면 집으로 찾아갈 거예요."

"참나, 네가 우리 집을 어떻게 아냐? 헛소리도 참 다양하게 한다."

띠— 띠— 띠—

예은이는 어디론가 전화를 한다. 흥미로운 아이. +_+

"대림 공고죠? 주소 좀 알아보려고 하는데요. 저희 친척오빠데 이사를 가서 집이 바뀌었어요. 찾아야 하는데 말이죠."

"야! 너 미쳤어? 알았어! 전화 받으면 되잖아!!"

"진작에 그렇게 나와야죠. 남자가 너무 튕기면 그것도 밥맛이에요."

"아우!! 혈압 올라."

"그럼 예은이는 이만 물러갈게요. 언니오빠들, 안녕히 계시구요. 모임이 있을 땐 항상 저를 불러주세요. ^-V"

그러면서 예은이는 우리에게 자신의 명함 한 장씩을 돌리고 친구들과 유유히 사라졌다.

나는 저 아이의 당당함에 너무나도 박수를 치고 싶다. 멋있다!! 사

랑을 쟁취하는 저 아름다운 모습! 와~ 아름답도다! +_+

"하하하!! 아~ 너무 웃겨!! 하하!! 우와~ 진짜 뭐 저런 애가 다 있냐? 하하하!!"

"그러게! 진짜 재밌다!! 이운균이랑 딱이다!!"

"야, 민지훈! 됐어!! 딱이긴 뭐가 딱이야! 다 싫어!"

활활 타오르는 운균이. 미치기 일보 직전 같다. 태민이와 지훈이는 박수까지 쳐가며 운균이를 놀리느라 정신이 없었다. 준영이는 살살 웃으며 운균이에게 말했다.

"형, 전화 오면 받을 거야?"

"내가 총 맞았냐, 그 전활 받게!"

"그러다 정말 집까지 찾아오면 어쩌려고?? 큭큭."

"지가 어딜 알고 찾아와!"

운균이는 흥분했다. 굴러온 복을 차려고 하다니. 너무 강하게 나가는 것 아닌가 모르겠다. 다시는 저렇게 당신을 좋아해 줄 아이 없을 텐데. -_-; 그냥 무리하지 말고, 절이라도 하고 받아들였으면 참 좋겠는데. 당신을 구제해 줄 사람은 아무래도 그 아이밖에는 없는데.

"운균아, 귀엽던데 잘해봐. 너랑 너무 잘 어울리잖아."

최대한 운균이를 설득해 보려 했지만 운균이는 내 말에 더욱더 광분을 하기 시작했다.

"악! 박준희! 그런 소리 하지 마! 싫어싫어! 싫어!!"

운균이 녀석은 정말 싫었는지 방방 뛰어다니며 온갖 싫은 표정을 다 지어 보였다. 운균이는 싫어했지만 우리들은 너무나 즐거워하고

있었다. ˆ0ˆ

83

예은이의 사건이 있은 후로 운균이는 매일 밤낮을 예은이한테 시달려야 했다. 아침이면 일어나라고 아침 전화에, 학교에 있으면 문자를 지우고 또 지워도 20개나 더 지워야 하는 상황, 수업이 끝나고 나면 몇 시간이고 교문 앞에서 기다리고 있으며 운균이가 가라고 해도 싱글벙글 웃으며 무진장 좋아했다. 운균이는 예은이를 스토커라고 불렀다. -_-;; 자기도 또라이인 주제에 예은이보고 스토커라고 하는데 황당해서 죽는 줄 알았다. 또라이를 좋다고 따라다니는 애 감지덕지인 줄도 모르고. 쯧쯧. 하늘 높은 줄 모르는구나. -_-;;

우리는 옆에서 계속 사귀라고 말했지만 이운균은 곧 죽어도 싫다고 했다. ――ˆ

사실 예은이는 보통 애가 아니었다. 내가 만약 예은이라면 자존심이 상해서라도 더 이상 그러지 않을 텐데 몇 번이고, 몇 번이고 활짝 웃기만 한다. 운균이가 욕을 해도 앵긴다.

짜증난다며 가라고 해도 내일 또 봐요 하며 간다. 예은이는 많이 착한 것 같다. 예은이를 보면 애기 같아서 운균이가 화낼 때마다 옆에서 지켜보는 우리가 더 미안해진다.

"아우!! 짜증나. 요즘 스트레스 받아서 술 생각만 나네."

"넌 예은이가 불쌍하지도 않냐?"

지훈이의 말에 운균이는 거의 울상 직전이었다.

"뭐가 불쌍해? 싫다는 사람 자꾸 따라다녀서 귀찮게나 하고."

"새끼야! 한번 정식으로 만나는 것도 좋잖아. 왜 처음부터 벽을 만들어놓냐?"

"그래, 만나보지도 않고 왜 그래?"

"씨발! 싫은 걸 어쩌라고!!"

태민이에 준영이까지 뭐라고 하자 소리를 질러 버리는 운균이었다. 운균이가 소리 지르는 거 간만에 본다. 웬만하면 우리 앞에서 화도 안 내는 녀석인데. 쩝. 그렇게도 예은이가 싫을까? 운균이는 예은이가 왜 싫을까?

그날 운균이는 냅다 술만 마셨다. 매일 분위기 업시키는 데 일인자였던 녀석이 다운돼 술만 마셔대니 분위기가 영 아니었다. 준성이는 그런 운균이를 보더니 애들한테 한마디 했다.

"본인이 싫다는데 그만 해라, 다들."

운균이는 준성이의 말에 갑자기 두 눈에 눈물이 맺히기 시작했다. 헉!! 정말 싫긴 싫은가 보구나. 그리고 운균이는 담배를 가지고 밖으로 쑝— 나가 버렸다. 더 썰렁해진 우리들. ㅡ_ㅡ;;

"촐싹이 새끼 왜 싫다고 하지? 아, 어이없네."

영 어이없어하는 태민이. ㅡ_ㅡ;

"그러게."

"운균이 저 자식 여자 사귀어 본 적 별로 없잖아. 운균이는 모두 친구처럼 지내서 아직 그런 거 잘 모르잖냐. 그래서 받아들이는 게 어려운 걸지도 몰라. 새끼가 장난기 많고 세상 다 산 듯해도 아직 애란다."

준성이 혼자만 운균이를 이해하고 있었다. 저러니까 운균이가 좋다고 매일 시집갈 거라고 하지.

"큭. 형은 운균이 형이 좋아할 수밖에 없다니깐. 운균이 형에 대해 모르는 게 없잖아."

"아냐! 준성이는 우리 다 알아! 장난 아니야! 예은이가 스토커가 아니라 사실은 강준성이 스토커란 것 몰랐냐? 하하."

"암! 그렇고말고!"

모두들 준성이를 보며 키득키득 웃고 있었지만 준성이는 정말 그렇다. 절대 신경 쓰지 않는 것 같아 보이고 때론 아무 생각 없이 사는 것 같지만. -_-;; 사실은 누구보다 배려할 줄 알고 하나하나 모두 눈치 채고, 비밀을 지켜줄 줄도 안다. 알고 보면 정말 괜찮은 놈이지 않나요? -0- 그러니 나의 남자 친구지. 으흐.

시간이 지나도 오지 않는 운균이가 걱정됐는지 준성이는 밖으로 나갔다. 무슨 얘기를 할지 너무도 궁금해서 지영이와 몰래 빠져나왔다. 엇! 놈들이 계단에 앉아서 얘기를 하는 것 같다. 지영이와 살금살금 걸어가 몰래 엿들었다. -_-^ 콩닥콩닥—

"우냐?"

"괜히 나쁜 놈 된 것 같잖아."

"예은이 싫은 것 아니지?"

"몰라. 용기 안 나."

"뭐가?"

"누군가를 좋아하는 것. 그런 거 할 줄 몰라."

"알아, 임마."

"대장 알지? 대장은 내 맘 알지? 씨잉."

세상에, 웬일이래. -0- 이운균이 울고 있다. 세상에나, 이운균이 울 줄도 안다니. 정말 애 맞구나. -_-;; 운균이의 우는 모습이 황당하기도 하고 약간 귀여워 보이기도 했다. 사랑하는 방법을 몰라 고민하는 운균이. 우리 바보. 얼른 사랑에 눈을 떠야 할 텐데. -_-a

"사내 새끼가 이런 일로 울어서야 쓰겠냐?"

"화나잖아. 나 너무 등신 같지? 그치? 에이, 젠장!"

"운균아."

"응?"

"우리들은 모를 수 있겠지만 너는 네 마음 알 거다. 너도 다 알면서 인정하고 싶지 않은 것도 있을 테지. 누군가에게 마음을 열어주는 거 정말 힘들다. 그건 누구보다 내가 잘 안다. 사실 처음에 준희도 그랬으니깐. 아직 잊지 못하는 민우 녀석 때문에 많이 힘들어하는 준희를 보면서 나 처음으로 지켜주고 싶다는 생각을 했었다. 저 아이를 내 것으로 만들어서 내가 행복하게 해주고 싶었어. 그래서 무작정 따라다니고 내 마음대로 키스도 하고… 미친놈처럼 그랬지. 하지만 놓치고 싶지 않았다. 내가 한낱 미친놈이 되어도 다른 놈한테 주는 것… 그건 싫었다. 예은이를 보면서 날 보는 것 같았어. 싫다는 널 그렇게도 열심히 쫓아다니는 예은이가 나를 보는 것 같아서 참 안타까웠다. 저 녀석, 저렇게 네 앞에선 아무렇지 않은 척 웃고 있지만 뒤돌아서서는 울겠구나라는 생각이 들더라."

씨잉~ TOT 그랬구나. 갑자기 준성이 놈 처음 만났을 때가 생각난다. 그때 내 자신이 느끼기에도 내가 준성이를 싫어하는 줄 알았는데… 운균이도 그런 거구나. 이제 운균이를 이해할 수 있겠다.

"준희가 처음에 그랬을 때 대장도 많이 힘들었어?"

"안 힘들었다면 거짓말이겠지? 하지만 헤어졌을 때와 비교하면 그건 정말 아무것도 아니지."

"헤어지자고 했을 때는 어땠는데?"

"준희가 헤어지자고 하면서 밖으로 뛰어나갔을 때 엄청 찾으러 다녔었지. 울고 있을까 봐 걱정돼서. 그런 사람이 있다. 우는 것을 남 앞에선 잘 보이지 않으면서 혼자선 잘 우는 사람… 준희가 그래. 그렇게 보내고선 그날 한숨도 못 잤어. 몇 번이나 핸드폰을 열었다 닫았다 했는지… 몇 번이나 택시를 잡았다 다시 보냈다 탔다 내렸다 했는지… 후훗~ 사랑이 사람을 그렇게 만들더군."

에이쒸!! 감동의 물결이다. 난 몰라~ ㅠOㅠ

"대장은 준희 많이 좋아하잖아. 준희도 그렇고."

"임마, 많이 좋아하기만 하냐? 미치도록 사랑하지. 하하."

"씨잉~ 나는 못하겠어."

"짜식, 네가 하고 싶은 대로 해. 하지만 사랑을 할 줄 모른다는 이유로 포기했다간 나한테 죽을 줄 알아. 그건 너나 상대방한테 상처만 주는 일이란 거 명심해라."

"대장! 우쒸. ㅜoㅜ 나 대장 사랑하면 안 돼?"

"운균아, 오늘만큼은 너를 때려주고 싶지 않다. 내 주먹 좀 움직이게 하지 말아줄래?"

하여튼 이운균은 정말 못 말리는 인간이야. 하하. >.< 웃음보가 터져서 수습하느라 혼났다.

"대장."

"왜, 임마."

"우리 늙고 병 걸려도 같이 놀자."

"병신."

"나 늙고 병들었다고 그때 버리면 안 돼."

"그런 일은 아마 해가 서쪽에서 뜨는 날 생길 거다."

"웅, 고마워."

"징그럽게 울다가 왜 웃고 지랄이야!"

"헤헤."

"이 어린 놈아."

"예은이가 기다려 줄까?"

"뭘?"

"내가 그 애를 받아들이기까지 말이야."

"예은이가 널 정말 아끼면 기다리겠지?"

"그래. 그럼 대장! 나는 대장 엄청 아끼는데 대장도 나 기다려 주는 거야?"

"아! 이 새끼 끝까지 골 때리는 소리만 하네! 너 정말 맞아야 정신 차리겠냐?"

"헤헤."

"훗. 자식아, 너무 조급해하지 마. 알겠냐? 아무도 너 욕할 사람 없으니깐."

씽긋 웃으며 운균이의 머리를 쓰다듬어 주는 준성이의 모습에 다시 한 번 반했다. -_- 저것이 내 남자 친구란 게 또 한 번 자랑스러워지는 순간이다. T_T 넌 대체 부족한 게 뭐니? 운균이가 좋아하는 준성이. 준성이가 아끼는 운균이. 너무나 소중해하는 둘을 보며… 우정이란 게 생각보다 너무 값지다는 걸 깨달았다. 그리고 그 둘이 너무나도 예뻐 보였다. 친구… 너무 좋은 존재 같다.

지영이와 나는 괜히 뿌듯해져 두 손을 꼭 잡고 다시 호프집 안으로 들어왔다. 나는 늙어 죽을 때까지 이 녀석들과 영원히 함께할 거다. 물론 내 사랑과도 함께! 히히. ^-^

"준희야, 내가 너무너무 사랑하는 것 알지?"

"치, 알아."

"오늘 강준성이 내 친구란 게 정말 좋다. 그리고 운균이, 태민이, 지훈이, 준영이, 민이, 우리 준희랑 이렇게 같이 지내서 너무너무 좋아."

"나도."

친구란 주는 것 없이 좋다. 그냥 무작정 할 말이 없어도, 돈이 없어도… 얘기할 수 있어서, 걸을 수 있어서, 함께 있을 수 있어서 그저 좋은 게 친구란 존재 같다. 나는 오늘 놈한테 또 하나를 배웠다. 처음엔 사랑을 알고 배우더니 이젠 친구란 게 얼마나 소중하고 멋지단 걸 배웠다. 우리 멋진 녀석은 얼마만큼의 시간이 지나야 들 멋있어질 까? ^-^;;

84

오랜만에 그놈 집에서 둘이 오붓하게 있었다. 큭! 이게 얼마 만이냐? ^-^ 준성이가 끓여주는 치즈 라면. 혹시 그 맛 아실런가? 너무너무 맛있어서 죽음이야. >.<

드르륵―

준성이의 폰이 진동 소리를 내고 있다. -0- 전화가 왔나 보다.

"어, 그래."

쫑긋―

[대장, 나야.]

에잇~ 이운균이다. 하여튼 이놈은 평생 도움을 주지를 않는다. 분위기 깨는 데 뭐 있는 놈이라니깐. -_-;

"오냐."

[대장! 나 예은이랑 사귄다.]

"그래? 잘했네."

참나. 이 어이없음! -_- 예은이랑 사귄다고?

"전화 이리 줘봐! 야, 이운균 이 촐싹아! 싫다며? 싫다고 하더니 뭐? 사귄다고? 너 당장 이리 와!!"

[으하하! 준희 너 준성이네야?]

"그래! 얼른 와!"

[알았어.]

발랄하게 대답하는 운균이 새끼. 오기만 해봐. 닦달할 거야!! 오늘 아침까지만 해도 싫다고 난리더니 사귄다고? 하여튼 이놈 예전부터 알아봤다. 쳇.

"쿡. 왜 그렇게 씩씩대?"

"촐싹이 오기만 해봐! 죽었어!"

"축하해 줘. 뭐라 하지 말고. 운균이 자식, 잘 몰라서 그런 거야."

"알았어. 조금만 닦달할게. ^-^"

"훗, 그래."

준성이의 얼굴을 빤히 쳐다봤다. 아무리 생각해 보아도…

"준성아?"

"응?"

"너는 왜 그렇게 멋있어?"

"뭐어?!"

"아니, 너무 멋있어서. ^-^;; 그렇게 놀란 필요는 없잖아."

역시나 준성이의 얼굴은 빨개진다. 쿡쿡, 정말 재미어 죽겠다니깐. 매일 강한 모습만 보다가 가끔 이런 귀여운 모습을 보고 있을 때면 너무 깜찍해서 깨물어주고 싶은 심정이다. -_-^

쾅쾅—!!

"나야, 나 왔어. 문 열어줘!"

"새끼야! 벨 누르지 동네 시끄럽게 왜 두들거?!"

"대장, 나 예은이랑 사귄다. ^0^"

"아까 말했잖아."

운균이는 상당히 행복해하고 있다. 정말 별꼴이다. 사람은 말이다, 자고로 솔직해야 행복해지는 법이란다. -_-^

"이운균, 너 이리 와. 이리 와!!"

운균이 옆에 가서 계속 쥐어박았다. 다른 때 같았으면 때리면 마구마구 소리치고 난났을 텐데 이거 약이 떨어진 건지, 아니면 애당초 또라이였는지 운균이는 때려도 좋다고 웃는다. 바보 아냐?? 이만큼 예은이 좋아했으면서 바보같이 튕기기는 왜 튕겨. -_-+ 우리는 그날 밤새도록 운균이가 너무 업된 마음에 자꾸 오버하는 탓에 죽는 줄 알았다. ㅜ_ㅜ 그래도 촐싹이가 잘돼서 너무 다행이다. 촐싹이도 이제 정신 차려야지. 헤헤.

하지만 더 웃긴 건 이운균이 꼴에 남자라고 예은이 앞에선 절대 좋은 티를 안 냈다. 못말려. ^-^;; 오히려 예은이가 좋아서 미칠 것 같은 행동을 하고 있으니. 하여튼 너무 엽기적인 커플이었다.

드디어 우리가 그렇게 기다리고 기다리던 방학이 이주일 남았다. 으하하~ 너무 신났다. 방학 땐 애들과 준성이와 같이 겨울 바다에 놀러가기로 했다. 빨리빨리 방학이 왔으면 너무너무 좋겠다.

이운균 사건 이후로 조용했던 우리에게 또다시 어려움이 닥치고 말았다. 우리에게는 처음 있는 시련… 그건 항상 우리 곁에서 묵묵히 있어주고 챙겨주던 지훈이가 방학을 일주일 앞두고 자취를 감춰 버렸다는 것. 학교도 나오지 않았다. 집에 전화해도 받지 않았고 핸드폰 역시 일주일째 꺼둔 상태였다. 준성이와 태민이, 운균이는 많이 당황해 어쩔 줄을 몰라 했다. 지훈이는 한 번도 이런 적이 없었댄다. 지훈이를 알면서 이렇게 아무 연락 없이 자취를 감춘 적은 정말 처음 이랜다. 어쩜 좋아. 민지훈 너 어디 있는 거니?

"에이, 씨발!!"

핸드폰이 또 꺼져 있는 모양이다. 준성이는 화가 잔뜩 나 핸드폰을 던져 버렸다. 알다시피 네 남자의 우정은 무척이나 돈독하다. 그 뒤로 우리와 알게 되어 더 친해지게 되었지만 늘 그렇게 있어주던 지훈 이의 묘한 잠적은 준성이나 태민이, 운균이, 그리고 준영이, 아니, 우리 모두한테 큰 아픔이 되어가고 있었다.

"무슨 일이지? 젠장! 걱정된다."

"한 번도 조퇴하거나 결석한 적 없는 새끼가 왜 이러지?"

"휴~ 지훈이 형 뭐 할까?"

우리는 모두 시무룩해져서 아무런 말도 못했다. 무슨 일인지라도 알았으면 좋겠는데… 그럼 이렇게 답답하지는 않을 텐데… 우리는 아무것도 할 수가 없었다.

"지훈이네 가보자."

"어제도 가봤잖아."

"또 가! 민지훈한테 분명히 무슨 일 있어. 아무 일도 없으면서 이럴 새끼 아니야. 절대! 무슨 일 있어!"

우리는 모두 지훈이네로 향했다. 요즘 준성이가 제정신이 아닌 거 같나. 밤낮으로 태민이, 운균이, 준영이와 지훈이를 찾으러 다녔다. 남문, 인계동, 역전… 심지어는 인천까지. 하지만 아무 곳에서도 지훈이를 찾을 수가 없었다.

지훈이네 집 앞. 모두 불이 꺼져 있는 상태였다. 집이 비어 있는 것 같았다. 하지만 아무도 갈 생각을 하지 않고 골목에서 지훈이 대문만 계속 쳐다보고 있었다.

새벽이 되어서야 집으로 돌아왔다. 오늘도 지훈이를 보지 못했다. 이제 곧 방학인데… 바다로 여행 가자고 그렇게 들떠했는데 지훈이가 없다. 무슨 일인지도 모른 채 우리는 마냥 기다리만 했다.

85

오늘도 준성이와 운균이, 태민이와 함께 지훈이네로 왔다. 여전히 어둡기만 했다. 또 못 만나고 그냥 가야 하는 걸까? 지훈이의 웃는 모습이 자꾸만 생각났다. 내가 이렇게까지 보고 싶은데 세 녀석들은 정말 오죽이나 보고 싶을까. 그렇게 잠바와 코트를 푹 뒤집어쓰고 바보처럼 골목길에 서서 지훈이가 오기만을 기다리고 있었다. 그때였다!!

"야!! 지훈이네 엄마 아니셔??"

운균이의 외침에 태민이가 뛰어갔다.

"맞다!! 어머니!!"

순간 왜 그렇게 기쁜지. 준성이는 지훈이네 엄마께 인사를 했다.

"어머니! 저희 왔어요!!"

"아이고, 지훈이 때문에 왔구나? 춥지 않았니? 언제부터 여기 있었던 거야?"

"저희는 괜찮습니다. 지훈이는요?"

"추운데 들어가서 얘기하자. 춥지?? 아이고, 준희 손 차가운 거 봐라."

우리는 지금 뭔가가 심상치 않음을 느끼고 있었다. 얼굴이 많이 야위신 지훈이의 어머니는 뭔가 할 말이 있으신 것 같았다. 왜 그렇게 슬퍼 보이시는 건지… 무슨 일이 일어난 것인지 우리는 집으로 들어가고 나서야 알 수 있었다.

"준성아, 집이 이상하지?"

"어떻게 된 거예요?"

"지훈이 아빠 사업이 부도가 났어. 그래서 이렇게 됐지. 휴……."

집 안에 온통 붙어 있는 빨간 딱지. 말로만 듣던 압류라는 것이었다. 처음 보는 일이라 뭐라 위로의 말을 드려야 할지 우리는 모두 할 말을 잃고 말았다.

"부도난 걸 막느라 부족하기만 한 상황에서 지훈이 아빠가 교통사고까지 나서서 수술했는데… 흑……."

그랬구나. 지훈이에게 아픈 일들이 많이 일어났었구나. 우린 정말 아무것도 몰랐는데 마음이 너무 아프다.

"많이 다치셨어요?"

"흑… 아무래도 다음주쯤에 다시 한 번 수술을 해야 할 것 같아. 왜 갑자기 이런 일들이 들이닥치는지 모르겠다."

"어머니, 이럴수록 힘내셔야죠. 저희가 있잖아요. 걱정 마세요."

"울지 마세요. 네? 울지 마세요."

지훈이 어머니의 손을 잡고 위로를 해드렸지만 바보같이 떨어지는 눈물은 막을 길이 없었다.

"지훈이랑 지연이는요?"

"지연이는 아직 어려서 감당하기 힘들어할 것 같아 친척집으로 보냈어. 지훈이는 그 녀석은 장남이라며 지 아빠 수술비라도 벌어온다고 냉동 공장에서 쉬지도 않고 일해. 말려도 소용없어. 학교 가라고 해도 말을 안 듣는구나. 그걸 아줌마가 무슨 수로 말리니? 우리 착한 지훈이가 처음으로 그러는데 아줌마가 무슨 수로 혼내서 가라고 하니?"

마음이 아팠다. 바보… 그렇게 혼자서 울고 또 울고… 힘든 거 모두 견디면서 혼자 아파했을 거 생각하니깐 마음이 너무나도 아파서 죽을 것만 같다.

"냉동 공장이 어디예요?"

"갈려고? 싫어할 텐데……."

"걱정 마세요. 저흰 친구잖아요."

"고맙다. 정말 고마워. 아줌마가 나중에 잘되면 너희들 잊지 않을 게. 우리 지훈이 좀 지켜줘. 지훈이 알잖니? 가장 가까이에서 있었던 너희는… 우리 지훈이가 어떤 애인지 알잖니? 흑……."

"네, 어떤 놈인지 알아요. 저희가 지훈이랑 같이 있을게요. 큰 걱정 마세요."

운균이는 어머니의 손을 꼭 잡고 쓴웃음을 지었다. 운균이의 눈에선 금방이라도 뚝 하고 떨어질 것 같은 눈물이 보였다.

"아버님은 잘되실 거니깐 어머니도 몸조리 잘하세요. 이럴수록 건강 챙기셔야 돼요."

"그래, 정말 고맙구나. 밥들은 먹었니? 밥 좀 차려줄게. 먹고 가."

"아니에요. 그보다 지훈이 녀석을 빨리 만나고 싶어요. 그 녀석 만나서 같이 먹을게요."

"갈게요."

"걱정 마세요. 아셨죠?"

"그래. 조심히들 가거라."

우리는 모두 지훈이네서 나왔다. 나뿐만 아니라 모두들 씁쓸해하는 것 같다. 지훈이는 알았을까, 자기한테 이런 일이 생길 거란 걸……. 아마 몰랐겠지? 상상하지도 못한 일이 생겼을 땐 어마어마하게 큰 아픔이 되어 상처로 남는다는 걸 우리 모두는 알고 있다.

지훈이를 찾으러 갔다. 준성이는 지훈이네서 나온 후부터 아무런 말도 하지 않았다. 혼자 무슨 생각을 하는 건지 무표정으로 그저 가만히 있었다. 화가 나서 뭔 일이라도 저지를까 봐 겁이 난다.

"바보 같은 새끼!!"

"병신 새끼! 우리한테 말하면 되는데!!"

운균이와 태민이는 많이 답답한 듯 쓰레기통을 발로 찼다.

지훈이네 어머니가 가르쳐 준 냉동 공장 앞이다. 일하고 있는 많은 아저씨들이 눈에 보였다. 모두들 많이 힘든지 무표정이다. 웃지도 않는 저들 사이에 지훈이가 있다는 말이지…….

"아저씨, 사람을 찾습니다. 여기 민지훈이라는 학생 일하죠?"

준성이는 나이가 지긋해 보이는 어른께 정중하게 물었다.

"민지훈?"

"네."

"아! 며칠 전에 들어온 알바생을 말하는 것 같네. 곱상하게 생기고 안경 낀 학생 말하는 거냐?"

"네, 맞습니다. 지금 어디 있어요?"

"저 오른쪽으로 꺾어서 쭉 가면 동굴같이 생긴 아주 큰 냉장고 쪽에 있을 게다."

"네, 감사합니다."

우리는 모두 아저씨가 말해 준 곳으로 뛰어갔다. 아무 생각 없이 그저 마음만 아프다. 지훈이를 보고 울면 어쩌지? 울면 안 되는데.

아저씨가 말씀해 주신 쪽으로 갔을 때 우리 네 명은 멍하니 지훈이만 바라보았다. 부를 생각도 못한 채 그저 멍하니 지훈이를 봤다. 며칠째 보지 못했던 지훈이의 얼굴은 지치고 많이 힘들어 보였다. 밥이나 제대로 먹은 건지… 이런 추운 날씨에 지훈이는 수건으로 땀을 닦고 있었다.

"야!! 이 나쁜 새끼야!!"

태민이의 말끝이 떨리는 것을 느꼈다. 우리 쪽을 바라보곤 씽끗 웃는 우리 지훈이.

　저 바보… 그래도… 그래도… 아직까지 저 미소는 잃지 않아서 다행이다. 정말 다행이다.

　"전화하려고 했는데… 어떻게 알고 왔어? ^^*"

　"이 새끼야!! 웃지 마!! 이 나쁜 놈아!! 웃지 마!! 씹!! 흑……."

　"서태민! 왜 울어, 임마!"

　"씨발!! 에이! 흑……."

　"어라? 운균이 너까지 우냐? 아 자식들! 왜 우냐? 내가 그렇게 보고 싶었냐?"

　"그래, 이 자식아! 보고 싶어서 죽을 줄 알았다!"

　울지 않으려고 애썼는데… 끝까지 웃고 있으려고 했는데… 결국은 눈물이 나오고 말았다.

　"지훈아, 밥은 먹고 하는 거야?"

　"이젠 준희도 우네? 아주 바보들이구나? 이제 먹어야지."

　"먹으러 가자."

　지훈이의 웃음이 우리를 많이 아프게 했다. 슬픈 마음을 숨긴 채애써 웃는 지훈이의 그런 모습이 우리를 많이 괴롭혔다.

　식당 안으로 들어온 우리는 따뜻한 갈비탕 다섯 개를 시켰다.

　"이야～ 맛있겠다!! 얼른 먹자! 우와～ 진짜 맛있다. 정말 진짜 맛… 있… 다… 흑……."

　지훈이는 갈비탕을 먹다 말고 끝내는 눈물을 보였다. 지훈아… 지훈아…….

"씨발… 진짜 맛있어. 흑흑……."

우리들의 두 눈에선 끝없이 눈물이 흘러내렸지만… 아주 맛있게 갈비탕을 먹었다. 우리들은 코까지 빨개지며 울었지만 그랬지만 끝까지 웃으며 맛있게 갈비탕 한 그릇을 해치웠다. 식당 아줌마들은 놀라서 힐끔힐끔 쳐다봤지만 우리는 눈물을 쓰윽 닦으며, 하지만 웃음을 잊지 않고 맛있게… 아주 맛있게 먹었다.

그렇게 눈물겹도록 맛있는 갈비탕은 정말 처음이었다.

86

"전화하려고 했는데 일하느라 너무 바빴어. 변명 아니야. 진짜 미안하다, 연락 못해서."

"알았으면 됐어, 이 새끼야."

"훗. ^-^"

"웃지 마, 나쁜 놈아."

"나 수업 끝나고 집에 갔다가 엄청 놀랐다. 우리 집 가구에 온통 빨간 딱지가 붙어 있는데 이게 말로만 듣던 압류구나 그랬지. 아, 우리 집에도 이런 일이 생기는구나. 누가 알았겠어, 우리 집이 이렇게 될 줄. 그때까지도 아빠가 알아서 하시겠지라고 생각했는데 그날 밤 아빠가 교통사고를 당하신 거야. 어머니랑 지연이랑 병원으로 뛰면서 그때 정말 아빠한테 죄송했었어. 아빠한테 모든 짐을 맡기려 했던 내 잘못이 너무 컸다는 걸 알았어. 의사가 엄마랑 나한테 그러더라. 요번 수술에서 잘 안 되면 재수술을 받아야 한다고… 수술비를 준비해 놔야 한다고."

우리는 그저 묵묵히 지훈이의 말을 들어주었다. 혼자서 많이 힘들었을 우리 지훈이…….

"그때 뒤도 안 돌아보고 나와서 여기로 왔어. 빨리 돈을 모아야겠다는 생각만 했어. 그때 처음으로 내가 장남이구나… 이게 장남으로서 해야 되는 도리구나라고 깨달았어."

그때였다. 준성이가 참지 못하고 일어섰다.

"민지훈! 일어나!"

"준성아, 왜 그래?"

그런 준성이를 태민이가 말렸지만 소용없었다.

"일어나!"

지훈이가 일어났다.

퍽—!

하지만 준성이의 갑작스런 주먹에 넘어졌다.

"이 새끼야! 우리가 너한테 뭐냐? 말해 봐! 뭐냐고!! 여태까지 우리가 일 저지르고 나면 네가 해결했던 거 다 우릴 위해서 그런 것 아니었어? 아니야? 엉?! 말해 봐! 대답해 보라고!"

"그래, 너희를 위해서 그런 거야. 내 친구들이니깐… 목숨을 내주어도 아깝지 않은 내 친구들이니까."

"그래! 우린 네 친구다!! 이 새끼야! 그런데 너 이렇게 밥도 제대로 못 처먹고 학교도 못 나오고… 씨발, 힘들다 하면서도 웃는데!! 미친 새끼가 끝까지 웃는데! 빌어먹을!!"

준성이의 눈물에 그만 나도 같이 울고 말았다. 슬프다는 말… 마음이 많이 아프다는 말… 이럴 때도 쓰는 거구나.

"대장… 울지 마."

준성이의 눈물 처음 본다. 놈의 눈물 때문인지 더 서러워진다.

"준성아… 강준성… 미안… 정말 미안해. 울지 마. 내가 잘못했어… 정말 미안해."

"새끼야! 친구야!! 우리 친구라고!! 이럴 때 우리한테 도움 청해도 되는 사이!! 우린 너한테 친구라고! 힘들면 힘들다고 하고 어려우면 도와달라고 해도 되는 존재라고! 뭐가 그렇게 어려워서 혼자 이 지랄이냐? 네가 도와달라고 하면 우리가 싫다고 도망이라도 갈 것 같냐? 빌어먹을!"

"아냐, 아니야. 그런 것 아니야. 내가 도와달라고 하면 발 벗고 나설 너희들이라는 거 알아. 알면서도 미안해서 차마 그러지 못했어. 나만 힘들어도 되는데 괜히 너희들까지 힘들게 하면 내가 더 괴로워."

"네가 이러고 있는데 우리가 발 뻗고 편히 잘 수 있겠냐? 병신아, 네가 우리한테 어떤 존재인데… 안 그래, 이윤균?"

"당연하지! 흑흑… 젠장! 누가 내 눈에 뭐 뿌렸나 봐."

우리들은 또다시 울음바다가 되었다. 지훈이를 꼭 안고 있는 태민이와 운균이, 뒤에는 뒤돌아서서 울고 있는 준성이가 있다.

"고마워… 고맙다… 진짜 고맙다. 친구가 이런 거였냐? 진짜 몰랐는데 생각보다 너무 크다. 힘이 막 생기면서 정말 이제는 뭐든지 할 수 있을 것 같아. 정말 고마워. 강준성, 서태민, 이운균, 박준희, 그리고 준영이, 민이, 지영이… 다들 고마워."

그 뒤로 지훈이는 방학식 때 학교에 왔다. 그리고 다섯 명의 남자들은 방학식이 끝나자마자 모두 지훈이가 일하는 곳에 함께 일을 하기 위해 갔다. 지훈이는 더 이상 울지 않는다. 더 이상 울지 않을 생각이라고 한다. 녀석들이 곁에 있는 한 절대 울 일 없을 거라고 했다. 그리고 세상에서 가장 값진 놈들을 보내주신 하나님한테 감사드린다고 했다.

가끔 내가 처해 있는 상황이 너무 힘들어 남의 아픔쯤은 아주 작아 보일 때가 있다. 나만큼 하겠어 하며 무마시키려던 적이 있다. 하지만 모두 그렇듯이 자신이 처해 있는 그 상황에 길들여지기란 매우 어려운 일이다. 그럴 때 같이 울어줄 존재가 있다. 남들 앞에선 애써 참으며 웃어야 하지만 웃지 않아도… 애써 힘든 모습 감추려 하지 않아도, 힘들면 나 너무 힘들다고… 괴로우면 나 너무 괴로워 죽겠다고 자신의 모든 것을 꺼내놓아도 될 만한 존재… 그게 친구다. 그래서… 그래서… 우리가 친구다.

지훈아, 기쁨을 함께 나누면 어떻게 되는지 알아? 지금의 그 기쁨보다 훨씬 더 커져서 두 배가 된대. 그럼 슬픔을 함께 나누게 되면 어떻게 되는지는 아니? 네가 울 때 같이 울어주고, 아무 말 없이 네 손

잡아주고 하기 때문에 그 슬픔이 훨씬 작아져서 절반이 된대.

그것을 함께해 줄 친구들을 너도 갖고 있어. 바보야… 바로 우리잖아. ^-^ 우리가 네 친구잖아.

남자 녀석들은 매일같이 냉동 공장에서 아르바이트를 했다. 우리 여자들도 아무것도 안 하고 있기가 뭐해 오늘부터 뭔가를 하기로 했다. 지영이, 민이, 예은이와 함께 남문으로 나왔지만 네 명이서 같이 할 만한 건 아무것도 없었다. ㅜㅇㅜ

"우리 뭐 하지??"

"그러게. 뭐 좋은 거 없나?"

"아, 맞다! 나 아는 선배가 있는데 그 선배가 이벤트 공연 같은 것 하거든? 자리 있나 전화해 볼까?"

지영이의 말에 우리에게도 희망이 빛이 생기는 듯했다. +_+

"이야!! 그거 좋은 생각이다!! 어서 해봐!!"

우리 전에도 이벤트 행사에 참여해서 춤이라면 자신이 있었다. 제발 일자리가 있었으면 매우 좋겠다. >_<

"여보세요? 선배님! 저 지영이에요! 네! 잘 지내셨어요? 아, 저기요. 요즘 이벤트 자리 있나 해서요. 네, 돈 좀 벌게요. 네 명인데. 네? 정말요? 진짜요? 네! 네! 당근이죠! 네! 지금 바로 갈게요!!"

"뭐래? 우리가 할 자리 있대??"

"으하하!! 옛썰."

"우와! 정말 다행이다!!"

"언니들 얼른 가요. 빨리빨리!! 너무 좋다!!"

우리는 그 뒤로 아주 바쁘게 방학을 보냈다. 다른 애들은 거의 놀면서 방학을 보냈다고 하지만 녀석들은 냉동 공장에, 우리들은 이벤트 행사를 하러 여기저기를 바쁘게 다녔기 때문에 보람된 방학을 보낼 수가 있었다. 거의 한 달 동안 맘껏 놀지도 못하고, 준성이도 자주 보지 못하고 그랬지만 그래도 우리는 행복했다. 우리들 아홉 명이 한 달 동안 모은 돈은 무려 7백만 원이었다. +0+ 감동의 물결이었다.

우리 아홉 명은 모두 병원으로 찾아갔다. 다행히도 지훈이 아버지의 2차 대수술은 대성공으로 끝났고 어머니와 지연이도 한결 나아진 모습이었다. 우리들이 애써 모은 돈 다 받고 싶지 않다며 반을 다시 주셨다. 준성이는 마구마구 흥분하며 다 받으셔야 한다고 떼를 썼지만 지훈이네 어머니는 활짝 웃으시며,

"아이고, 정말 고마워서 어쩌니? 내가 너무 좋다. 너희들 같은 자식들이 생겨서 너무 좋구나. 그러지 말고 남은 돈으로 지훈이랑 같이 여행이라도 다녀와. 놀지도 못하고 고생만 하면 엄마가 마음이 아프잖니?"

"우와~ 저희 놀러갔다 와도 돼요? >_<"

윤균이의 말이 끝나자마자 퍽! 준성이와 태민이, 그리고 준영이의 주먹. 저놈은 맞을 걸 알면서도 꼭 저런다. 못 말려. -_-;;

"준성아, 부탁이야. 여행이라도 다녀와. 이제 지훈이 아빠 거의 나으셨어. 너희들 때문에 용기가 나서 이제부터 더 열심히 하실 거래. 나는 정말 너무 고마워서 어찌할 바를 모르겠어."

지훈이의 어머니와 아버지의 간절한 부탁에 우리는 어쩔 수 없이

남은 돈을 가지고 운균이네 집으로 갔다. 그리고 간절한 부탁에 어쩔 수 없이 ^-^;; 헤헤~ 어쩔 수 없이야. 몰라. >_< 3박 4일 여행을 가기로 했다. 부산으로 말이다. 크하하~

"아~ 드디어 우리가 부산으로 우리가 가는 거야?? 예얍~ 베이비~ 예~"

"오빠 너무너무 신나죠?? 어머!! 너무 좋아!! 오빠랑 3박 4일을 같이 있네?"

"쳇. -_-;;"

그리하여 우리 아홉 명은 한 달 동안 열심히 일한 덕택에 부산에 가게 됐다. 겨울 바다라… 기대되는걸. 애들아, 우리 멋진 추억 만들어서 돌아오자. 물론 우리 그놈과도. 으흐. ^0^

87

아빠 친구 분의 콘도를 빌려서 다행히도 잠자리는 해결됐다.

오늘 준성이와 함께 역전에 가서 수원행 9장 끊어 왔다. 갈 때는 아빠가 태워다 주신다고 하셨다. 음하하~ 여러 가지로 하늘이 우리를 돕는구나. 드디어 내일 모레면 부산으로 떠난다. 왜 이렇게 설레고 신나는지 모르겠어. 으하하. ^0^

"박준희."

"응?"

"가서 너무 예쁘게 하고 있지 마."

"왜?"

"내가 너 잡아먹을지도 모르거든. 쿡."

움찔. −_−;; 놈이랑 3박 4일을 같이 있는다는 건 나보단 놈에게 매우 힘든 일이겠지?? 음하하. ^−^ 애들이 기다리고 있을 마트로 얼른 갔다. 녀석들과 지지배들은 오래 기다렸는지 인상을 팍팍 쓰고 있길래 준성이가 딱 한마디 했다.

"내 손에 차표 있다."

"어서 와, 대장. >_<)o"

금세 웃는 이운균. 역시 너였어. 우리는 모두 마트로 들어갔다. 그리고 미리 적어간 종이를 꺼내서 순서대로 챙겼다. 라면에 과자에 햄, 음료수, 그리고 맥주에 소주까지. −_−^

과연 이것을 누가 다 마실 것인가? 쳇! 얼마나 마셔대나 구경해 주마! 참치에 아주 별의별 걸 다 사서 계산하고 나왔다. 그 엄청난 보따리를 들고 우리 집으로 다들 왔다. 우리는 회의 아닌 회의를 하기로 했다. 하여튼 다 기분이 업되어서 난리 부르스를 추고 있었다! 하긴 들뜨는 건 사실이다.

"준희네 집 앞에서 화요일 날 아침 9시까지 모이자. 늦게 오면……"

"한 대 맞기. >_<"

"부산에 도착할 때까지 맞을 줄 알아! −_−+"

"아잉~ 대장. >_< 웅. TOT 절대 일찍 올 거야. 에이씨."

"서방님, 걱정 말아요. 내가 일찍 깨워줄게요."

"아! 서방님 좀 빼. 쪽팔려!"

"그럼 자기야는?"

"아휴~ 네 멋대로 해. T_T"

이운균 사실은 좋으면서 싫은 척을 하고 있다니. 자식, 자기도 연기하면서 조금 힘들 거다. 안 봐도 비디오지. -_-+

"야!! 마지막 날은 우리 나이트 가자!"

"나이트??"

"이야~ 재밌겠다. >_<"

"우리 쫓겨날걸?"

다들 좋아하다 지훈이의 말에 금세 풀이 죽어버렸다. 하지만 우리의 주접 덩어리가 입을 열었다.

"홋~ 걱정 마. 정장을 챙겨 가는 거야! >.< 우리가 정장을 입으면 대장을 닮아 한인상 하잖아. 아웅! >_<"

"아는 이가 아무도 없는 부산에 가서 나이트 가는 것도 재미있겠네."

"준희야, 너희들도 정장 준비 완벽히 해. 알지? 으와! 엄청 기대된다!"

흥분한 태민이를 보곤 지영이가 흘겨보며 묻는다.

"나이트에 대한 기대야, 아니면 부킹에 대한 기대야?"

"나이트. ^-^;;"

"그래, 믿어줄게."

"믿어줘. TOT "

신경 쓸 일이 하나 더 생겼다. 우쒸! 최대한 늙어 보이게 꾸미겠지만 내가 너무 예쁘고 어려 보여서 그게 잘될지는 모르겠구나. ^-^;; 알았어. 갑자기 흥분해서 돌 던지면 나 너무 놀라잖아. >.<

우리는 그리하여 일정표를 짰는데… 첫째 날과 둘째 날은 여러 가지 게임을 하며 논다. 그리고 셋째 날! 그날은 올나이트하기로 했다! 잠자는 사람은 수원에 도착할 때까지 때릴 거라고 준성이가 협박했다. -_-;; 때리는 것에 한이 맺힌 놈. ㅡ,.ㅡ

애들이 모두 가고 준영이와 나는 짐을 챙기기 시작했다. 나는 박준영과 함께 살면서 저렇게 열심히 짐 챙기는 모습 처음 봤다. +0+ 저놈도 기대가 되긴 되는 모양이었다. 혼자 실실대며 여기저기를 왔다 갔다 하는데 얼마나 재밌던지. 하하. 3박 4일이라 그런지 짐이 무척이나 많았다. 짐이 많아도 좋다. 부산이 우리를 부르고 있었기 때문에. ^0^

드디어 수요일이다! 내가 알람 소리 없이도 새벽에 눈이 떠진 건 아마 오늘이 처음일지 싶다. 그 정도로 잔뜩 기대가 된다.

띠리리—

열심히 울려대는 나의 폰. '그이' 였다. 으흐. ^-^;;

"응. 일어났어?"

[응. 목소리가 쌩쌩하네?]

"응. 어제 제대로 자지도 못했는데 전혀 피곤하지가 않아. 너도 그렇지?"

[그래. 나 이제 씻고 간다.]

"응, 얼른 와."

[오냐.]

놈의 들떠 있는 목소리에 나도 덩달아 신이 난다. 방학 동안 학교 다닐 때보다도 못 봐서 그런지 요즘은 같이 있으면 시간 지나가는 줄 모르고 산다. 원래는 9시였지만 이것들도 다 들떴는지 우리는 8시 반에 모두 모여 있었다. ㅡ_ㅡ;; 엄마가 우리보고 대단하단다. 그런 성의로 공부했으면 서울대를 무조건 합격할 것이라고 하시는 바람에 민망해서 혼났다. 엄마의 말에 운균이가 대답했다.

"공부하기 위해 모이라면 저녁쯤 돼서야 다 모일 거예요. ㅡ_ㅡ^ 아니, 어쩌면 안 올 수도 있어요."

"쯧쯧. 역시 이운균 너다운 말이었어. ㅡ_ㅡb"

우리는 봉고차를 타고 부산으로 출발했다.

차 안에서 369게임을 했는데 박준영 자꾸 틀려서 웃겨 죽을 줄 알았다. 큭. 30번 대는 말을 안 하고 계속 박수만 쳐야 하는데 잘났다고,

"삼십일."

그래서 한 대 맞고,

"삼십구."

이래서 한 대 더 맞고, 옆에서 민이는 살살 때리라고 협박하고. 맞는 준영이보다 옆에서 왜 이렇게 세게 때리냐며 닦달하는 민이가 더무서웠다. ㅡ_ㅡ^

5시간쯤 차 안에 있었을까? 드디어 우리의 눈에 확 펼쳐진 바다! 도착했다!

우리는 모두 콘도에 들러서 짐을 풀어놓고 곧바로 바닷가로 달려 갔다. 겨울 바다다. 음하하!! 생각보다 너무 좋았다. 여름이었으면 당장 들어갔을 테지만 그냥 다들 열심히 쳐다보고 있었다.

찰싹찰싹—

찰랑거리는 파도 소리에 얼마나 가슴이 설레던지. ^-^

"예은아!!"

이운균이 바다를 보더니 실성했나 보다. 바다를 보며 예은이의 이름을 크게 불렀다. 예은이가 무척이나 좋아한다.

"저 하늘에 네 손으로 크게 원 하나를 그려봐. 될 수 있는 한 아주 크게! 아주 크게 말이야!"

역시 정말 실성했던지, 아니면 차 안에서 먹은 김밥에 체한 것이 틀림없다. 저게 사랑한다고 말하려는 모양인데 아주 쇼하고 있군. 쳇! -_-^

"오빠! 이렇게요?"

"그래! 정말 크게! 잘했어. >_<"

이운균은 우리들의 일그러진 표정이 눈에 절대 안 보이나 보다. 오죽하면 지훈이가 혼자 바다를 바라보며 성질을 내고 있겠어? 쿡쿡. 준성이는 매우 아니꼽다는 표정으로 운균이를 쳐다보고 있었고, 예은이는 좋아라 아주 입이 찢어지고 있었다. 아주 이 바다가 지들 껀 줄 안다. -_-^

"그만큼!"

"네에!! >_< "

저놈은 그걸 뺀 만큼 널 사랑해… 이렇게 말하려나 보다. 쳇. -_-
그런데 생각지도 못했던 운균이 놈의 말.

"그만큼이 네 머리통 크기야!"

"아!! 오빠아아!! ㅜoㅜ "

배 아프다. 너무 웃겨서 배가 엉키는 듯하다. 저놈 진짜 살짝 미친
거 아니야? 여기저기서 자지러지는 소리가 들려온다.

"큭큭! 하하하! 골 때려. 하하!"

"아우!! 운균이 진짜 웃겨!!"

준영이의 팔에 팔짱을 끼고 있던 민이는 운균이를 가리키며 어쩔
줄 몰라 했다. 태민이와 지영이는 아주 배꼽 잡고 쓰러지려고까지 했
다. 좋다고 웃고 있는 이운균에게 잔뜩 기대하고 있었던 예은이는 풀
죽어 삐쳐 있었다. 이운균 저 주접 정말 오랜만에 본다.

"얘들아!"

지훈이가 바다를 향해 크게, 아주 크게 소리를 쳤다.

"우리 열심히 살자!! 그래서 우리 행복하자!! 나중에 커서도 우리
헤어지지 말고 영원히 같이 웃으며 살자!! 내가 너희들 전부 다 사랑
하는 것 알지? 얘들아―! 사랑해!!"

준성이가 나의 머리카락을 만진다. 눈가엔 웃음이 잔잔하게 퍼져
있었다. 놈이 요즘 많이 행복해한다. 그래서 나도 더없이 행복하다.
그리고 살짝 내 귓가에 대고 속삭여 준다. ^-^

"사랑해."

88

우리는 모두 간단하게 라면을 끓여 먹고 바로 밖으로 나왔다. 우리가 뭐 하기로 했냐면?? 그건 바로 편 갈라서 족구를 하기로 했다. 추우니깐 모래사장에선 절대 못하고 체육실 시설이 있어 그쪽에 가서 하기로 했다.

"준희랑 민이가 가위바위보 해서 편 갈라라!"

"알았어."

무조건 이겨주마! 나의 그놈 처음으로 내 팀 만들어놓을 거다!

"가위! 바위! 보!"

하하하!! 이겼다. −0−

"말 안 해도 알지? 얼른 와."

내 말에 준성이는 살며시 내 옆에 선다. 그리곤 아주 조용히…

"촐싹이만 빼고 다 해."

"큭큭… 알았어. 화이팅!"

민이는 당연히 준영이를 택했고, 나는 태민이, 그리고 민이는 지훈이, 나는 지영이, 그리고 민이는 예은이… 마지막 남은 우리들의 또라이는 광분하기 시작했다.

"이건 말도 안 돼! 니들 다 나 시기하는 거지? 다 알아! 말도 안 돼.

거짓말! ㅠ0ㅠ"

"운균이는 깍두기야. 준영아, 너희 쪽에서 데려가."

"태민이 형, 그냥 양보할게."

"아니야, 꼭 그럴 필요는 없어. 그냥 데려가."

"꼭 그래야겠어?"

심각한 얼굴의 준영이와 태민이. 쿡쿡 웃고 있는 우리를 보며 소심해지는 운균이. 정말 재미있다.

"응, 미안해. 하지만 네 심정 다 알아."

"쳇. 운균이 형."

"응? 응? +_+"

준영이의 부름에 운균이 촐랑거리며 좋아한다.

"심판 봐."

"싫어. 말도 안 돼. 거짓말!! ㅠ_ㅠ"

소심하게 삐쳐 있는 운균이를 준영이가 다시 가서 예은이 있으니깐 얼른 오라고 다독거려서 겨우 데리고 왔다. 드디어 족구 시작이다. 지는 팀이 오늘 저녁 하기로 했다. 설거지까지. 큭.

"준희야, 받아."

나는 준성이가 준 공을 가볍게 받아 태민이에게 넘겼다. 태민이는 그 공을 받아 촐싹이 쪽으로 강타시켜 버렸다. 크하하. 1대 0.

10대 7. 1회전은 우리의 승리였다. 음하하. ^-^ 준영이는 밥 하기 싫어서 마구 흥분했지만 아무래도 우리의 팀웍이 너무 딱이라 지지는 않을 것 같다. ^0^

"여기서 끝내주자! 3회전까지 안 가게! 하하!"

역시 우리가 이겨가고 있었다. 이제 거의 라스트일 때쯤 지훈이가 공을 준영이에게로 넘겼다. 준영이 왠지 뒤쪽인데도 무척 세게 바로 넘길 것 같았다.

"이겨야 돼!! 우싸!"

팍!

"윽!"

하지만 그 공은 앞에 있던 촐싹이의 뒤통수가 뭐가 좋다고 콕 하고 바로 접수시켰다.

"말도 안 돼. 거짓말!! 에잉~ 아파."

"형, 괜찮아? 미안해. 고의였어."

"정말 고의야? 그런 거야? T_T"

"장난이야. 하하. 괜찮아? 에이~ 우리가 아무래도 밥 해야 되는 운명인가 보다."

그날 우리팀이 승리를 했고 촐싹이네 팀은 씩씩대며 맛있는 저녁을 준비했다. 우리들의 여행 첫날은 그렇게 저물어가고 있었다.

둘째 날도 우리는 게임을 했는데 바로 무언의 공공칠빵을 했다. 이거 하는데 정말 웃겨서 죽는 줄 알았다. 준영이는 암튼 게임이라면 다 못하는 것 같았다. 내 동생이지만 참 웃긴다. -_-; 공공칠빵을 하는데 계속 혼자 뭐라고 해야 되는지 몰라서 헤매다가 이불 뒤집어쓰고 맞았다. 말을 하려면 엄지손가락을 먼저 들고 동의를 얻어야 되는데 무턱 대고 말을 해서 냉정하게 발길질을 당했다. -_-^ 그러다 태민이가 걸렸는데 때릴 때 신나서 소리 질렀다가 다시 준영이가 맞는 헤프닝도 있었다. =_= 멍청한 놈. 암튼 공공칠빵은 준영이 때문에 엄청 웃겼다. 그렇게 하루가 저물고 우리들은 맥주에 소주에 엄청나게 마셨고 예은이는 마시지도 못하는지 맥주 한 캔 먹고 바로 뻗어서 자버렸다. 그런 예은이를 보며 운균이가 처음으로 말했다.

"가시네, 귀엽네. ^-^"

자고 있는 예은이를 낑낑대고 안아서 방으로 잘 모셔놓고 나온다. 자식, 쫌 하는구나? 쿡.

한층 분위기가 무르익어 가고 있을 때 준성이와 같이 바닷가로 나왔다. ^-^ 신난다. 패딩 잠바 때문인지 몰라도 그렇게 안 춥다. 참, 이번에 패딩 잠바 커플로 샀다. ^-^v

"재밌어?"

"응, 재밌어. 애들이랑 같이 놀러 오니깐 더 재밌는 것 같아."

"아까 공공칠할 때 준영이 새끼 웃겼어."

"그치? 나 죽는 줄 알았다니깐!"

"손 이리 줘봐."

준성이는 내 손에 깍지를 끼더니 잠바 주머니 안으로 넣었다. 어찌나 따뜻한지. T_T 우리는 그렇게도 매섭게 부는 강바람에도 아랑곳하지 않고 진한 키스를 나누었다. 강바람이 아무래도 질투를 하나 보다. 큭큭. 사랑하는 준성이랑 영원히 늙어 죽을 때까지, 아니, 늙어 죽을 때도 이렇게 두 손 꼭 잡고 있었으면 좋겠다. ^-^ 사랑해.

마지막 삼 일이 되는 날, 우리 모두는 회를 먹으러 갔다. 부산에서 먹는 회는 정말 맛있었다. 으하하~ 어쩜 그렇게도 신선하고 가격도 싼지.

저녁 시간이 돌아왔다. 오늘밤 굉장한 하이라이트다. 나이트! 두 번째 가는 건데 약간 긴장되면서 기분이 묘하다. 지영이와 민이와 예은이와 함께 방으로 들어와 우리는 변신을 하기 시작했다. +_+ 변해도 너무 변한 지영이의 모습에 나는 홀딱 반하고야 말았다.

"너무 예쁜 것 아니야?"

"나의 외모가 어디 하루 이틀이니?"

"짐 싸서 가라. -_-^"

"아앙~ 미안. T_T"

"헤헤. ^-^"

우리들의 정장발은 굉장했다. 하지만 아무도 예상치 못했던 오예의 가발은 압권이었다. 오예가 키도 작고 머리도 짧아서 가장 위험성이 있었는데 어떻게 이런 가발을 구해온 건지. 거기다가 높은 힐까지!! +_+

"오예가 짱해라!"

"오호호~ ^0^"

우리들도 꽤 했지만 놈들은 쫌 더 했다. 간만에 정장 입은 모습을 봤더니 어찌나 강준성이 젤 멋있던지. 다 멋있다고 할 줄 알았지?

그리하여 우리들은 나이트 앞으로 갔다. 긴장한 우리들은 나이트 앞의 동태를 살피기 시작했고, 태민이는 우리를 쭉 훑어보며 불안한 듯 말했다.

"절대 앞에 가서 떨지 마! 무조건 태연한 칙에나가 뻔뻔한 표정! 알지? 만약에 민증 보여달라고 하면 그때부턴 인상이여!"

"쫓겨나면 웨이터 때릴 거야! 절대 안 돼! ><"

우리가 나이트를 들어갔을까, 아니면 못 들어갔을까?

당연히 들어왔지!! 으하하. 웨이터 오빠가 신분증 보여달라는 말을 하려다가 놈들의 인상에 쫄은 건지 몰라도 그냥 들어가라고 해서 간신히 들어왔다.

오랜만에 온 나이트는 정말 재밌었다. 우리는 괜한 자축에 케이크를 사 왔다. 그리고 웨이터 오빠한테 생일이라며 샴페인 준비도 해달라고 거짓말까지 했다. 그날 생일도 아니면서 나는 생일인 척하느라 엄청 쇼했다. -_-V

댄스 타임이 끝나고 발라드가 나오고 있는데 엄정화의 '초대'가 나오고 있었다. 이운균이 부산까지 와서 가만히 있으면 절대 이운균이 아니지. 역시나 주접스럽게 태민이와 함께 스테이지로 나가 초대춤을 추고 있었다. 정말 쌍으로 또라이 짓을 해대고 있었지만 무척이나 행복해 보였다. -_-;;

새벽 4시가 되어서야 나이트에서 나왔다. 정말 자~알 놀았다.

놈들이 음료수를 사러 간 사이 어떤 남자들이 우리가 서 있는 곳으로 걸어오고 있었다. 역시 우리들의 미모는 부산에 와서도 바래지 않았다. -_-^

"여어~ 예쁜데? 같이 놀래? 오빠들 돈 많은데?"

엄청 재수없게 생기고 느끼한 다섯 명의 놈들이 우리에게 헌팅을 신청했다.

"됐어요. 저희 남자 친구 있어요."

"이야~ 네가 젤 예쁘면서 이렇게 튕기면 안 되지?"

새끼, 예쁜 건 알아가지고. 쩝. -_-;; 느끼한 놈이 내 머리카락을 만지기 시작했다. 이거 우리 준성이 특허인데. 이것들, 왜 안 와? >.<

"미친 새끼! 씨발! 어딜 만져!"

퍽—!!

욕과 함께 날아온 주먹. 크하하!! 우리 그놈이다. +_+ 내가 너 맞을 줄 알았다! 으하하~

"씨발! 이 새끼 뭐야?"

"이 아이 서방이다!"

퍽—!

또다시 날아가는 주먹. 뿌듯뿌듯! +_+ 하지만 옆에서 보고 있던 친구 놈들이 덩달아 열받아 우리들의 놈들과 싸우기 시작했다. 5대 5. 저렇게 싸우는 것을 보고 있으려니 무서웠다.

나쁜 놈들. 자세히 보니깐 머리도 다 깍두기 머리였다. 필시 저것들은 조직 생활 하는 것들이 아닐까 하는. TOT

"꺄아~ 꺄아~"

예은이의 비명이 놀라서 지르는 비명이라 착각하면 절대 안 된다. 이건 비명이 아니라 즐거워하는 행복의 소리였다.

"어쩜 좋아! 우리 오빠들, 너무 멋있다! 준성이 오빠랑 준영이 오빠 봐! 웬일이야. 너무 멋있는 것 아냐?? 아흑~ >_< 전부 다 내 꺼 할래!"

"예은아, 언니 여기 있다."

"하핫. 멋있는 걸 어떡해요. >_<"

"지영아, 같이 산으로 좀 가자. 예은이 묻어버리게. -_-^"

"웅, 알았어요. ㅜ^ㅜ"

일단 싸움은 우리 멋진 놈들의 승리 같았다. ^-^v

"새끼들! 쨉도 안 되는 것들이 까불고 있어!"

"얼른 꺼져라!"

"간만에 몸 좀 풀었네. 그치, 대장?"

대장이라는 말은 그저 준성이 애칭일 뿐인데 나쁜 놈들은 조금 당황해하고 있었다. 우리가 뒤돌아 천천히 가려고 하고 있을 때쯤 나쁜 놈들 중 하나가 뒤에서 소리쳤다.

"야!! 씨발, 너희 어느 파야? 우리는 철두파다. 너희는 어떤 조직 새끼들이야!!"

헉! 역시나 조직 애들이었어. 잘못 건드려도 한참을 잘못 건드린 거다. ㅜㅇㅜ 우리 놈들도 약간 당황해 걷다 말고 멈췄다. 태민이는 많이 당황한 듯 깍두기들에게 넌지시 물었다.

"너희가 그 철두파냐?"

"씨발, 그래! 너희 누구 밑에 있는 거야??"

확실한 조직들이다. 이제 우린 어떻게 되는 건가? 운균이의 한마디에 우리는 쫄아야 했다. -_-;

"누구 밑이긴 대장 밑에 있는 거지."

망할 이운균. -_-^

"그럼 너희 신진 세력이냐? 제길."

이럴 땐 어떻게 해야 하는 거지? 큰일 났다. 우리보고 신진 세력이란다. ㅜㅇㅜ 이럴 땐 아무래도 그저 빨리 가야 하는 게 상책이다. 우리는 누가 먼저 빨리 걸으라고 한 사람도 없었는데 보통 걸음보다 빨리 걷고 있었다. -_-;;

"씨발!! 무슨 파냐니깐!!"

그때 강준성이 일을 저지르고야 말았다.

"알고 싶냐?!"

조직들과 조금 멀리 떨어져 있는 곳에서 뒤돌아 소리치는 준성이. 무슨 말을 하려고. -_- 도망치기에도 바빠 죽겠고만.

"빨리 말해!!"

준성이는 살짝 우리만 들리게 조용히 말했다.

"내가 저 새끼들한테 말하면 그때부터 뒤도 안 돌아보고 뛰는 거다. 남자들은 여자애들 한 명씩 챙겨. 힐 벗고 뛰어. 부산에 와서 사건만 저지르고 가는구나. 큭."

그리고 준성이는 조직들을 보며 큰 소리로 말했다. 나는 정말 후환

이 두려워진다. −＿−＾

"우리! 고딩파!"

큭. 전혀 예상하지 못했던 준성이의 대답. 못 알아듣는 깍두기 아저씨들 모습 뒤로 우리들의 비웃음은 시작됐다. 너무 웃겨서 웃음 참느라 죽는 줄 알았다. ＾−＾;; 고딩파래. 하하!

"고딩파? 그게 어떤 파야?!"

"그거!! 우리 고등학생이라는 뜻이야! 뛰어!!"

"씨발! 저 새끼들 잡아!! 잡아!!"

"아저씨들!! 헥헥. 열받아 죽겠지?? 우리 고등학생이란 말이야. 에이, 바보들. ＞_＜"

"애새끼들!! 너희 잡히면 전부 몽땅 다 죽었어!!"

혹시 아실런지?? 새벽녘에 미친 듯이 힐을 들고 뛰는 여자 네 명과 그녀들을 챙기는 다섯 명의 남자들, 그 뒤로 광분한 채 뛰어오고 있는 다섯 명의 조폭들을. ＾−＾;; 얼마나 열받을까? 고딩들한테 당한 무서운 조폭들. −＿−＾ 내가 만약 저들이었음 그날 바로 조폭에서 탈퇴한다.

"아찌들! 나는 중학생인데~ 중학생인데~"

재밌어하는 예은이를 이운균은 업고 무척 빠르게 뛰었다. 앞에 보이는 택시 딱 세 대!!

저거다! 우리는 바로 택시를 타고 콘도로 돌아왔다. 아무래도 부산여행은 정말 하나도 잊지 못할 것 같다. ＾−＾ 내 기억 속에 아주 오래도록 남을 것만 같다. 정말 재밌었다.

수원으로 내려가면서 태민이는 합동 결혼식 하자는 말 이후 또 황당한 말을 했다.

"야, 우리 대학교 들어가면 그때부터 20만원씩 내서 적금 시작하자! 그래서 그 돈으로 같이 장사하는 게 어때?"

암튼 태민이는 끝까지 못 말렸다. ^-^;;

"진심이야! 진짜야!! 믿어줘!! 진짜로 하자니깐!! 진짜로!!"

우리가 과연? 합동 결혼식도 할까 말까 생각중인데 합동 사업이라니 할까? 말까? 우헤헤!! 우리가 27살이 되는 그날까지 기다려야 한다. 말이 십 년 후지 우린 27살이 되는 해에 합동 결혼식을 하기로 했다. 우리들은 십 년 후에 어떤 모습이 되어 있을까? 내 작은 바램으로는 십 년 후에도 변함없이 모두 함께였으면 좋겠다. 너무 큰 바램인가? ^-^

강준성, 이운균, 박준영, 서태민, 민지훈, 신지영, 한민이, 오예은, 그리고 나 박준희. 우리 아홉 명에게 앞으로 어떤 일이 일어날지는 아무도 모르지만 우리 힘든 일이 생겨도, 가슴 아픈 일이 생겨도 지금처럼 늘 그래왔던 것처럼 한 명도 빠짐없이 함께였으면 좋겠다.

하나는 약속할 수 있다! 난 우리 그놈한테 꼭 시집갈 거다!! 꼭! 왜냐하면… 나는 그놈의 전부이니까. ^-^

십 년 후—

"곧 있으면 식이 거행될 예정이오니 장외에 계신 내빈 여러분께서는 속히 안으로 들어오시기 바랍니다. 다시 한 번 알려드리겠습니다. 곧 있으면 우리 형님들 장가갈 시간 다 되어오니 어서 안으로 들어와 주시와요. 큭."

뭐가 그리 웃긴지 철우가 아까부터 계속 킥킥 된다 안 본 사이 주접이 많이 늘어난 것 같아 철우한테 주먹을 냅다 보여줬다. 너, 죽어. 이 실내 체육관 빌리느라 고생한 거 생각하면 내 그냥! 에효. T0T 이곳에 처음 왔을 때 여기서 결혼식을 올리는 거야? 라는 약간의 실망스러움이 들었지만 꾸미고 보니 다른 몇 백만 원짜리의 예식장보다 더 근사했다.

"형님! 저 왔습니다!"

"그래, 어서와라!"

계속 들이닥치고 있는 후배 녀석들을 보며 환하게 웃고 있는 크하하!! 우리 그놈. 아직까지도 그놈이라 부르는 나를 용서해다오. 우리 그놈 나이 많이 먹었는데 어떻게 변했냐고? 쳇. 저놈은 나이를 거꾸로 먹나 보다. 지금도 그렇듯 예전 내가 저놈을 처음 봤을 때 그때처럼 여전히 멋있다. 대학 때 친구 지지배들이 우리 그놈 얼굴 보더니 날 때리더군. T_T 벌써 녀석과 함께 해온 시간. 햇수로만 해도 십 년이 다 되어간다. 그리고 이제부터 영원까지 저놈과 더욱 함께하기 위해 오늘을 만든 것이다. 강준성. 앞으로 저놈 때문에 살 것이고 저놈 때문에 죽을 작정이다. 별다른 프로포즈는 없었다. 어느 날 군대를 제대하고 더욱 멋진 놈이 되어 오더니만… 그래서 내 가슴 자꾸만 설레게 하더니만 밥 먹다 말고 내 얼굴을 빤히 쳐다보며 말했다.

"준희야, 우리 지금까지 매일 떨어져서 잤잖아. 지겹지도 않냐? 이 제는 눈을 떴을 때 멍청한 곰 인형 말고 예쁜 네가 있었으면 참 좋겠다."

그게 그놈의… 그놈다운 프로포즈였다. −_−;; 나도 매일 떨어져서 자는 게 지겨워 승낙했다. ——;; 나도 이제 아침에 눈 뜨자마자 저놈 얼굴 보며 햇살 가득 담긴 아침을 만들고 싶었다. 그놈과 함께.
그동안 헤어질 위기? 없었다면 거짓말이겠지. 하지만 우리는 그때마다 열여덟 때 사랑하면서도 헤어질 뻔했었던 일을 떠올렸다. 그렇게 헤어지는 것이 얼마나 가슴 아프고 힘든 건지 알기 때문에 그리고 나는 그놈 없이는, 그놈도 나 없이는 못 사는 걸 이제는 알기에… 우리에게 이별이란 것은 너무 멀리 있는 일이었다.
"준희 언니, 드레스가 너무 길어! 난 몰라!! 힝. T_T"
이 아이가 누구냐면… 십 년 전 이운균을 죽자 사자 쫓아다녔던 그 귀여운 아이 운균이의 스토커 오예은이었다. ^^*

"하하!! 예은아, 너 왜 이렇게 웃기니??"

신부 대기실에서 드레스로 갈아입고 있던 중 예은이는 드레스 길이가 너무 길다며 투덜된다.

"뭐야, 언니들은 다 예쁜데. 씽! 우리 자기야한테 잘 보여야 하는데."

"오예은! 우리 자기야는 좀 빼주겠니?!"

그렇다면 예은이의 옆에서 느끼한 말은 빼달라며 소리를 버럭 지르는 이 사람은 누구? 바로 내 친구 지영이었다. 지영이의 평생 반려자는 바로 태민이었다. 화장을 고치고 있는 지영이가 인상을 팍팍 쓰며 궁시렁거렸다. ^-^;; 지영이는 닭살스러운 말 하는 걸 예전부터 제일 싫어했다. 그래서 매일 예은이가 촐싹이 놈한테 '자기야', '여보야' 이러면 매번 옆에서 예은이를 꼬집었다. 그래서 예은이는 아마 멍도 많이 들었다지. -_-

"어떻게 해. 나 너무 떨려. 너희는 안 떨려? 어떻게… 사실은 첫날밤 때문에 너무 떨려서 어제 잠도 못 잤어. ^-^;;"

이제는 나의 친구에서 동서가 될 민이. 하하하!

"하하, 한민이!! 진짜 웃겨!!"

네 명의 들떠 있는 신부들을 뒤로하고 한 명의 또 다른 신부가 들어온다. 다름 아닌 딱 부러지는 성격의 아주 완벽하리만치 도도해 보이는 그녀. 하지만 진짜 착한 그녀 최영은. 바로 우리의 핸섬가이 지훈이의 마누라가 되실 세 살 많은 누님. ^-^;; 영은 언니만 들어오면 우리들은 항상 애써 조신한 척을 하게 된다. 이유는 모르겠지만 저절

로 그렇게 되어버린다. ㅡ_ㅡ;

"오셨어요?"

"네. 제가 너무 늦었죠?"

"아니에요. 언니, 어서 화장 하셔야죠? 곧 있으면 시작한대요."

"어머! 그래요? 모두 좀 도와줄래요?"

모든 지지배들 시키지도 않았는데 일제히…

"아, 넵! 당연하죠!!"

이런다. ㅡ_ㅡ^ 영은 언니 메이크업하는 것 좀 도와주고 드레스 입는 것 좀 거들어주고 하다 보니 식이 시작할 시간이 되어가고 있었다. 이제 나가면 우리 그놈이 예전처럼 활짝 웃고 있겠지? 자식아, 내가 드디어 내 인생을 네놈에게 맡기러 간다! 행복하다는 말 이제 정말로 실감한다.

똑똑ㅡ

"신부님들, 어서 나오세요!"

우리 다섯 명의 신부들은 대기실에서 나와 두근거리는 마음을 가다듬고 식장으로 수줍게 걸어갔다.

"안 되겠다. 언니들, 나 신발 벗어야 할까 봐! 우리 자기가 작아서 나 힐 신으면 키 똑같잖아. T_T 그럼 사람들이 우리 자기 보면서 웃을 거야. 그러니깐 안 돼! >_<"

라고 말하며 신고 있던 신발을 벗어 던지는 예은이. 아무튼 정말 못 말린다.

신지영, 한민이, 오예은, 최영은, 그리고 박준희는 평생토록 한 사람을 만나 한 사람을 마지막으로 사랑한 채 그 사람과 이제는 늙어서도 영원히 사랑하기 위해… 그 사람들의 손을 잡기 위해 걸어갔다. 내 가슴속에서 뭔가 울렁거린다.

그래, 힘든 날도 많았어. 널 사랑하면서 나한테 힘들고 괴로운 날 많았지만 그러면서도 나한테 항상 한결같은 너를 보면서 생각했어. 네가 내게 했던 그 말… 내가 전부라는 말… 가장 흔한 말이지만 때로는 그 흔한 말이 진심일 때가 있다는 네 말… 그 말… 이젠 믿기로 했어. 그리고 행복해, 나는 그놈의 전부여서. ^-^

나는 그놈의 전부였다. 그리고 이제는 네놈도 나한테 전부란다. 강준성, 진심으로 사랑해.

"신랑 입장!"

멋진 우리 놈들의 힘찬 행진이 더없이 멋있어 보인다. 힘차게 걷고 있는 서태민, 박준영, 이운균, 민지훈, 그리고 나의 그놈 강준성.

너희들, 오늘 너무 멋있는 거 아니야? >_<

"형님들! 멋져요!!"

"하하!! 최고다!!"

"잘살아요!"

"첫날밤 화끈하게!! 알죠? 화이팅!!"

옆에서 친구들이며, 후배들이며, 선배들까지 흥분하며 난리를 쳤다. 제일 엄청난 반응을 보인 게 대림 공고 선후배 친구들이었다. 강준성이 옆 학교 다니던 박준희랑 결혼한다는 말부터 시작해서 그때 만난 커플들이 싸그리 다 합동으로 결혼한다는 말을 듣고선 모두들

까무러치는 시늉을 보이며 자지러졌다. 그들은 우리보고 정말 엽기적인 애들이라고 했다. −_−^ 합동이 뭐 어때서!! 우리는 약속을 지켰는걸 뭘. 십 년 전 서태민이 장난 삼아 던진 그 말이 이제는 현실로 이루어지고 있으니깐. ^−^ 우리는 모두 행복한 결말로 신혼 여행비를 내는 사람은 없었다.

"자, 이제는 우리 아리따운 신부님들 입장이 있겠습니다. 애고, 형님들 너무 좋아하시는 거 아니에요? 너무 웃네!!"

"철우야! 빨리 마누라 보고 싶다! 얼른 불러라!"

"넵! 알아 모시겠습니다! 제가 감히 대장 형님의 말을… 크!! 자, 신부 입장!"

한 걸음 한 걸음 내디딜 때마다 내게서 조금씩 가까워지는 그놈을 보자 내 가슴속의 설레임은 요동을 친다. 그리고 드디어 그놈의 손을 잡았다. 놈의 팔짱을 낀 채 옆에 섰다. 이 순간 진한 감동이 몰려와 그만 눈물이 다 나올 지경이다.

너무나 좋아하시는 우리 부모님들, 그리고 시부모님들. 걱정 마세요. 우리 잘살게요. 전 걱정없어요. 이놈과 함께라면 테러범들이 무시무시한 테러를 일으킨다 할지라도 행복할 거거든요. ^−^

사람이 사람을 만나 하나가 되기까지 그 과정을 하나하나 밟으면서 험난한 고난과 역경이 불어닥친다 할지라도 함께라는 이름 하나로 힘이 나고 무엇이든지 할 수 있다는 그런 믿음에 내가 있고, 우리 준성이가 있다. 뿐만 아니라 네 명의 녀석들과 지지배들, 그리고 언니가 있어 오늘이 더없이 행복하다. 옆에서 활짝 웃고 있는 우리 그놈에게 조용히 속삭였다.

"나 여전히 너한테 전부지? 아직도 나 사랑하지??"

"이제는 너밖에 없어서… 네가 없으면 웃지도, 울지도 못할걸? 큭."

"나도… 나도 그래."

"처음부터 너는 나한테 전부였어. 지금도… 바보야."

"응. 우리 행복하게 살자."

"미치도록 행복하게 해줄게. 나만 믿어."

"응."

우리들의 주례는 지금은 정년 퇴직을 하셨지만 대림 공고에 인자하시기로 소문난, 녀석들이 가장 좋아하는, 영원토록 존경할 거라던 박철근 학생 주임 선생님이셨다.

"신랑 민지훈 군은 신부 최영은 양을 맞아 평생 존중하며 아끼고 사랑할 것을 맹세합니까?"

"네에!!"

"대답 한번 우렁차서 좋다! 신부 최영은 양은 신랑 민지훈 군을 맞아 지아비로서 섬기며 사랑할 것을 맹세합니까?"

"네."

"신랑 박준영 군은 신부 한민이 양을 맞아 평생 존중하며 아끼고 사랑할 것을 맹세합니까?"

"네, 뼈가 으스러지게 아껴주겠습니다!"

"대답 좋습니다. 자, 그럼 신부 한민이 양은 신랑 박준영 군을 맞아 지아비로서 섬기며 사랑할 것을 맹세합니까?"

"네······."

민이는 어느새 울고 있다. T_T 나도 괜히 훌쩍~ 박준영은 이제 민이에게 엄청 잘하고 산다. 대단한 놈이지. 예전엔 엄청 갈구더만 지도 이제 민이 없으면 안 되는 걸 절실히 깨달았나 보다.

"신랑 서태민 군은 신부 신지영 양을 맞아 평생 존중하며 아끼고 사랑할 것을 맹세합니까?"

"네! 이제는 눈물나는 일이 없도록 항상 지켜주겠습니다!"

"음, 태민 군, 눈물나게 하면 못써요. 신부 신지영 양은 신랑 서태민 군을 맞아 지아비로서 섬기며 사랑할 것을 맹세합니까?"

"···네."

지영이의 음성이 가늘게 떨린다. 가장 힘든 사랑을 했던 지영이. 하지만 힘들었던 시간만큼 이제는 기쁨으로 태민이와 함께할 것이다.

"자, 우리들의 영원한 이촐싹 이운균 군은··· 발음도 참 힘들구나, 운균아. 하하! 흠, 다시 신랑 이운균 군은 신부 오예은 양을 맞이하여······."

"평~엉~생 존중하며 아끼고 사랑할 것을 맹세합니다!"

"하하!! 요놈아, 내가 어째 조용하나 했다. 운균아, 장가가면 그만 촐싹거려야 한다. 그러다 네 자식도 너처럼 촐싹거리면 어쩌려고. 하하!"

"하하, 선생님도 참~ 제 촐싹이 어디 하루 이틀인가요? 그리고 걱

정없어요! 부인도 촐싹맞아요!! 하하.”

“우쒸~ 오빠아!!”

크하하!! 장내가 모두 이운균 말 한마디에 난리가 났다. 저 인간은 끝까지 촐싹맞다. -_-;; 제대하곤 진짜 얌전하게 사는 줄 알았더니 일주일도 못 가서 다시 촐싹거린 놈이 바로 이운균 저놈이었다.

“자, 우리 신부 오예은 양은 신랑 이운균 군은 맞이하여…….”

“지아비로서 섬기며 사랑할 것을 맹세합니다! 히히. 우리 자기야 따라한 거예요.”

그 누가 저 촐싹 커플을 말리겠는가? 아무튼 정말 영원한 촐싹 커플이다.

“이제 마지막이네. 강준성 이 자식! 고등학교 때 그렇게도 싸움질만 하고 다니더니 아직도 싸움질하는 거 아니지?”

“안 합니다!”

“정말이지?”

“남자는 한입 갖고 두말하지 않습니다!”

“그래, 지켜보마. 자, 신랑 강준성 군은 신부 박준희 양을 맞아 평생 존중하며 아끼고 사랑할 것을 맹세합니까?”

“죽을 때까지! 나이 들고 병들어 아파도! 그때까지도 사랑하며 아껴주겠습니다!”

뚝뚝―

그렇게도 울지 않으려고 이를 악물고 있었는데 놈의 말 한마디에… 뚝뚝.

"신부 박준희 양은 신랑 강준성 군을 맞아 지아비로서 섬기며 사랑할 것을 맹세합니까?"

"네."

"자, 이로써 새 출발 하는 다섯 커플들이 힘찬 행진이 있겠습니다! 큰 박수로 맞이하여 주십시요!!"

5월의 화려함 속에서 시작된 우리들의 결혼식은 그렇게 멋지고 아름답게 끝을 맺었다.

3박 4일의 신혼여행을 마치고 우리가 모인 곳은 다름 아닌 우리들의 합동 사업이 펼쳐지는 곳 '갈비 형님과 삼겹살 아우'. 움하하. >_<

주방장에는 서태민, 민지훈, 최영은. 카운터는? 8년 동안 적금 관리하느라 고생했던 나 박준희. 우리 '갈비 형님과 삼겹살 아우' 집의 마담이다! 돈 없다며 못 낸다는 운균이에게 돈 받으러 다니느라 죽도록 고생한 걸 생각하면 쩝. -_-;; 써빙 웨이터는? 촐싹의 이운균! 터프맨의 박준영! 귀염이의 오예은! 여왕의 신지영! 화이트의 한민이! 그리고 영원한 대장 강준성! 조금씩 느꼈겠지만 우리들의 비장한 머리에서 나오는 주체할 수 없는 아이디어는 바로? 지명 웨이터가 있는 삼겹살 집! 이라면 아시려나? 웬 삼겹살 집에서 지명이냐고? 그것이 바로 우리들의 이벤트 사업이다.

자, 여러분 우리 '갈비 형님과 삼겹살 아우' 집에 오실 때는 현관에서 외쳐 주세요! 대장! 이라고. 그러면 강준성이 미친 듯이 맞으러 뛰어나갈 것이다.

우리들은 십 년 전 그 약속 모두 지켰다. 합동 결혼식, 그리고 합동 사업까지. 멋지고 행복하게 잘살 것이다.

"오늘이 첫날인데 사람들이 많이 올까?"

"당연하지! 얼마나 홍보를 많이 했는데! 걱정 마!"

그놈과 가게 앞에 나와 거리에 있는 사람들을 보며 가련한 심정으로 어서 오시오만을 궁시렁거리고 있을 때였다.

"이야~ 예쁜데??"

"이야~ 몸매도 죽이는데!"

"캬~ 꼬셔볼까?"

퍽ㅡ!

"까불지 마! 새끼들아!!"

헉!! ㅡ0ㅡ 어디서 많이 본 것 같은 저 모습. 그놈과 내가 처음 만났던 18살 때 7번 버스 안에서의 일이 생각나고 있었다.

그 모습을 말없이 지켜보던 조용한 남자 아이. 발차기를 멋지게 했던 그 여자아이 앞으로 간다.

"너 내 꺼 하자!"

+0+ 오마오마오마! 어쩜 저리도 우리 그놈과 같은지. ㅡㅡ^

다시 떠들썩하게 무리 지어 가는 아이들. 심히 저 아이들의 미래가 내 눈에 보이는 듯하다.

"준희야, 쟤네들도 십 년 후에는 삼겹살 집 차리겠다! 큭."

아무래도 그럴 듯. ㅡㅡ;; 그놈의 손이 올려져 있는 나의 허리. 무진장 행복하다. 행복해서 눈물이 끄억~ 헤헤. ㅡ0ㅡ

자식들아! 십 년간의 사랑이라고 들어는 봤냐? 열여덟… 그놈 처음 만났을 때부터 스물일곱… 우리 그놈 옆에 있는 현재에도 나는 그놈의 전부였다!

〈완결〉

번외

—강준성 번외

하나님, 바보 힘들지 않게 저를 조금만 더 불행하게 해주세요

누군가를 좋아한다는 것… 내게는 무척이나 생소한 일이었다. 사랑이라는 단어 자체가 말이다. 그렇다고 해서 여자를 한 번도 사귀어보지 않았다는 건 아니다. 알 만큼 많이 사귀어봤고 많이 겪어봤지만 훗~ 아무래도 사랑이라는 것이 나와는 너무도 멀리 있는 일 같다.

"강연이랑 헤어졌다며?"

"응."

"강연이 미치기 일보 직전이라고 하던데?"

"누가 그래?"

"누구긴 나의 사랑이 그러지."

벌써 일 년째 사귀고 있는 태민이 녀석을 보면 너무 대단해서 박수라도 쳐주고 싶은 심정이다. 존경한다, 서태민. ㅡㅡ; 저 녀석이 말하는 것이 진정 사랑일까? 나도 서태민 저놈처럼 누군가를 사랑하게 되기는 할까? 쿡쿡. 진짜 웃긴다. 강준성이 사랑이라… 킥킥. 진짜 너무 웃겨.

"아, 벌써 아침이야? 젠장. ㅡㅡ; 그래, 어서 학교나 가야지."

똑같은 하루였다. 아무도 없는 집에서 혼자 일어나 물을 붓고 라면을 끓여 훌훌 먹어버리고 조용히 집을 나오는 일. 엄마는 아빠와 이혼을 하시곤… 젠장할, 이모가 계시는 미국으로 떠나셨다. 언젠가는 나를 데리러 올 거라나 뭐라나. 하지만 이제는 관여치 않는다. 데리러 오든 말든 나는 가지 않을 거니깐……

아빠는 내게 원룸 열쇠 하나와 돈이 들어오는 통장을 주시고는 휑하니 다른 여자와 살림을 차렸다. 그렇다. 사실 우리 집 정말 엿 같다. 너무 엿 같아서 이제는 가족이란 현실을 묵살시켜 버리고 싶다. 참, 이제는 가족이 아니지. 홋.

그날도 그랬다. 똑같은 하루였다.

"준성아, 여기야!"

지훈이가 맡아놓은 뒷자리에 앉아서 오늘 하루는 어떻게 지내나 하는 생각만 하며 시간이 빨리 흐르기만을 바라고 있었다. 버스를 타고 뒷자리에 앉아 내 삶의 전부라 해도 될 듯한 녀석들과 함께 버스에 탄 기지배들을 보며 몸매가 뭐니 하며 생 쇼를 할 때였다. 상당한 외모에 조금은 말 걸기 어려운 듯한 우리 교복을 입은 녀석이 버스에 올라 탔다. 그런데 어디서 좀 본 듯하다. 그리고 그 뒤에서 앞에 들어온 놈보다 더 말 걸기 어려울 듯 무척이나 차가워 보이는 인상에 유림 상고 교복을 입은 여자애가 올라 탔다. 여자에게 관심이 많은 운균이와 태민이의 장난이 또 발동됐다. 새끼들. 훗.

"이야~ 몸매 죽이는데?? 안 그러냐?"

"얼~ 진짜 괜찮은데?? 역시 상고 여자애들은 이뻐!! 하하."

녀석들은 일부러 여자애가 다 들릴 정도의 목소리로 말했다. 아마 들었을 거다.

"머리 엄청 길다! 나는 생머리 애들이 좋아."

"나도! 꼬실까?"

운균이와 태민이는 서로 얼굴을 붉히며 흥분하고 있었다. 하지만 이놈들보다 그 여자 아이는 더 황당한 말을 했다.

"너희가 나를 꼬시게?? 그 얼굴로?? 웃기지도 않는다? 엉?!"

황당했다는 표현이 맞을 것이다. -_-; 보통 기지배들은 남자들이 저런 말을 건네며 장난치면 얌전히 있거나 조금 흘겨보고 마는데 이 여자애는 도대체 무슨 깡으로 이렇게 나오는 거지? 골 때린다. 크~ 운균이 놈은 계속 씩씩댄다.

"너 죽는다. 조용히 하고 있어라."

여자애 옆에 있는 남자 새끼가 말했다. 그러더니 아무 말도 못하고 뽀로통해서 창밖을 바라봤다. 그 표정이 엄청 귀여웠다. 귀여워서 자꾸 그 여자애만 쳐다봤다. 그러다 나도 모르게 그만 말이 튀어나오고야 말았다.

"진짜 예쁜데."

씨발. 후회했다.

"그래서 어쩌라고? 엉?! 자꾸 짜증나게 할래!!"

그 아이는 또 한 번 나를 당황케 했다. 보통 여자애들과는 너무나도 다른 이 아이… 뒤돌아서 나를 보더니 약간은 당황한 표정을 짓는다. 훗~ 정말 매력있게 생겼잖아? 젠장할, 그런데 왠지 옆에 있는 애새끼가 저 애의 남자 친구 같았다.

"너 자꾸 나불거리면 한 대 맞는다!"

드디어 운균이 놈 성질이 나긴 났나 보다. 하긴 저 새끼가 여자라고 해서 주먹을 안 쓰거나 그런 일은 절대 없다. 상대편이 잘못했다 싶으면 성별에 관계없이 주먹이 먼저 나가는 새끼다.

"맞는다고? 그 말에 내가 겁이라도 낼 것 같니? 어디 때려보지 그래??"

감탄했다. 우와~ 이 아이 깡 더럽게 셌다. 계단 위로 올라오기까지 하더니 운균이 놈의 멱살을 잡았다.

"이… 이, 이게 죽으려고!! 겁대가리를 상실했냐! 너! 내가 누군지 알고 지랄이야!!"

"내가 너를 어떻게 알겠냐?"

"씨발! 넌 상고 다니면서 나도 모르냐?"

"당연하지! 그럼 넌 나 아냐?"

"당근이지!! 상고 다니는 애들을 내가 왜 모르겠냐, 병신아!"

"쯧쯧, 나 오늘 전학 왔다, 병신아!!"

"이… 씨… 발."

"하하하!! 오늘 운균이 완전히 박살나는 날이구만!!"

웃겼다. 한 치의 오차도 없이 달려드는 저 여자애한테 박수라도 쳐주고 싶은 심정이었다. 큭! 한동안 조용했던 그 아이… 드디어 뭔가를 저지른다.

"이런 나쁜 새끼!! 어디서 변태 짓이야!!"

변태 아저씨의 손을 번쩍 드는 여자애. 도무지 종잡을 수 없는 여자애였다. 내가 여자라면 창피해서라도 저런 소리 못할 텐데 어쩐지 당돌해 보이는 게 아주 예뻐 보인다. 신선한 충격과 동시에 매우 만족스런 매력이 느껴졌다. 쿡쿡—

2

알고 보니 그 남자애는 우리와 아는 사이였다. 박준영이라고 작년에 인천 가서 시비가 붙어 예상외로 싸움이 커졌을 때 별탈없이 마무리 지을 수 있게 극적으로 도와준 녀석이다. 그때 저놈은 우리들 사이에서 일명 매너짱으로 알려졌었다. 박준영을 다시 만나게 되어서 기뻤다. 그런데 한 가지, 나를 더 흥미롭게 한 것은 아까 그 여자애가 준영이의 누나라는 사실이었다. 준영이 이놈이 그 애한테 무척이나 윽박지르는 모양이었다. 뭐라고 종알대는 그 애의 작고 붉은 입술을 나도 모르게 자꾸만 쳐다보고 있었다. 이름이 박준희라고 했다. 박준희… 준희… 음, 나는 진심 아닌 진심으로 말했다.

"얘들아, 드디어 강준성이 임자를 만났다."

하지만 실로 오랜만에 이런 묘한 감정을 느꼈다. 저 아이가 마음에 들었다.

준영이 녀석과 함께 다니기로 했다. 준영이 녀석도 성격이 워낙 급하고 난폭(?)해서 선배들한테 맞을까 봐 걱정돼 우리와 함께 다닌다는 선포를 내려 버렸다.

듣기도 싫은 수업이 끝나고 오늘은 준영이를 만난 기념으로 운균이네서 모이기로 했다.

"준성아!! 너무 보고 싶었어~"

강연이다. 휴… 또 골치 아프게 생겼군. -_-; 내 일생일대의 실수가 바로 얘랑 사귀었던 일이다. 그때 울며불며 한 번만 사귀어달라고 하는 간절한 부탁에 잘난 것도 없는 새끼가 너무 튕기는 게 내가 생각해도 역겨워서 알았다고 했다. 그래서 사귀게 됐는데 역시 사람을 좋아한다거나 사랑한다는 것은 나와 거리가 멀었다. 금방 헤어졌는데… 강연이는 나한테 질리지도 않는 모양이다. 지겨워서 이제는 그냥 두기로 했다. 윤강연이 귀찮다.

3

술 취한 준영이와 준희를 데리고 택시를 잡으러 나갔다. 준희는 고집이 여간 센 것이 아니다. 진짜로 이렇게 고집 센 여자애는 난생처

음이다. 아주 똥고집이다. 그것도 아주! 데려다 준다고 하는데도 싫
단다. 하지만 나도 한성깔에 열받아서 택시를 타버렸다.

"야, 넌 왜 타?"

"데려다 준댔잖아."

"웃긴다, 내가 집도 못 갈 것 같냐?"

여전히 말은 비꼬지만 술 때문인지 휘청거리고 있다는 느낌이 들
었다. 술 때문인지 준희가 내 품으로 자꾸만 파고들어 왔다. 잠이 들
어버린 준희. 훗… 웃음이 나온다. 정말 귀엽고 도도한 공주님이시구
만!!

"야!! 박준희!! 일어나!!"

준영이가 몇 번이나 흔들어 깨워보았지만 준희는 꼼짝도 하지 않
았다.

"내가 업고 가마. 집이 어디냐?"

깨워도 일어나지 않아 할 수 없이 업었다. 어떤 집 앞에서 준영이
의 발이 멈췄다.

"준영아, 너희 집 여기냐?"

내 목소리가 너무 컸는지 준희가 깼다. 내 등에 업힌 걸 보고는 놀
랐는지 얼른 내려달라고 해서 내려줬다. 들어가는 준영이 자식을 뒤
로하고.

"야… 잘 가."

"잠깐만."

"왜? 읍……!!"

뒤돌아가는 그 애의 팔목을 잡았다. 그리고 재빨리 안아서 아침 내 내 내 눈을 괴롭혔던 그 애의 입술을 가졌다.

"야! 강준… 읍!"

처음이다, 너무나도 키스를 하고 싶었던 적이. 이 애가 이상할 정도로 자꾸만 내 마음을 뒤흔들어 놓는다.

"하아…… 야… 너… 너!! 뭐 하는 짓이야!!"

흠흠. ——;; 화내는 모습도 어쩜 이렇게 앙칼스러운 게 귀여워 보이는 걸까?

"너 나 좋아해라."

쿡쿡. 내 말에 준희의 얼굴이 똥 씹은 표정으로 바뀌었다. 이 애랑 사귀게 된다면 진짜 재밌을 것 같다는 생각이 들어서였을까? 무턱대고 이따위 이상한 말을 내 입은 제멋대로 지껄이고 있었다.

"이미 넌 내 여자 하기로 했다. 싫든 말든 넌 내 여자야."

내 여자라니? 놈들이 내가 이런 느끼한 말 했다는 거 알면 아마 지랄 생쇼를 할 거다. 쿡쿡. 하지만 자신있다. 박준희… 내 여자로 만들 자신이 있다.

그 뒤로 나는 준희와 좀 더 가까워졌다. 아침마다 같이 등교하는 일, 아침마다 준희의 얼굴을 보며 웃어보는 일, 준희는 나를 바보 같은 놈으로 자꾸만 만들고 있었다.

"어? 오늘도 준희 안 와?"

"응. 일어나니까 먼저 갔어. 요즘 이상해. 뭐가 그리 급한지 쏜살

같이 나가더라."

며칠 동안 아침에 준희를 볼 수가 없었다. 젠장, 하루면 될 것 같았는데 며칠이 지나도 준희를 볼 수가 없었다. 마음이 왜 이렇게 급해지지? 믿을 수 없을 만큼 준희가 보고 싶어졌다. 아니, 안 보면 수업이고 나발이고 아무것도 못하겠다. =_=;; 어떤 이유이든 준희의 얼굴을 봐야 했다.

"강준성, 너 뭐야?"

오늘은 아침 일찍부터 준희네 집 앞에서 준희를 기다렸다. 준희는 일찍부터 여기 서 있는 나를 보더니 무척 당황한 표정을 짓는다. 그래, 나 미쳤다. 눈이 제멋대로 떠지는 걸 나더러 어쩌라는 거냐?

"뭐 하길래 이렇게 이른 시간에 등교하냐?"

"아침 일찍 할 게 있어서 그랬다."

"언제까지 해야 되는 건데?"

"이제 한 5일 남았지."

"그래? 저번주 너희 집 갔던 날 빼고 그동안 한 번도 못 만났잖냐. 그래서 보러 왔다."

아예 눈에다 준희의 얼굴을 묻어놔야겠다. 그래야 오늘처럼 병신 같은 짓 하지 않지. -_-;;

"야야!! 너 왜 그래? 돌았냐!"

"얼굴 봤으니깐 됐다. 공부 열심히 해라."

에이쒸!! 창피했다. 그것도 아주 상당히!! 내가 지금 뭐 하는 짓이야? 얼굴 한번 보자고 아침부터 이 지랄을 해야 하는 건가? 나도 골 때리는 새끼다. 그런데 오랜만에 보는 준희의 얼굴이 이렇게 반가울 줄이야.

"니!! 괜히 박준영 껴서 싸움질하고 다니면 나한테 죽는다!!"

"걱정 마. 난 박준희 실망시키는 일 절대 안 하니까. 그럼 바이~"

그래. 박준희, 나는 맹세한다. 나는 남자니깐 한 번 말한 건 죽어도 지킨다. 알았냐? 나는 절대로 시비 걸어서 싸움질 안 한다. 그리고 박준희 너 실망시키는 일도 절대 하지 않는다. 죽어도, 죽어도 안 한 다. 알았냐?

4

녀석들과 기원전에서 술을 마시고 있었다.

"여어― 이거 강준성 아니야?"

박민수와 그 외에 떨거지들이었다.

"너희들이 여기는 웬일이냐?"

"웬일이긴 강준성이 여기 있다길래 면상 좀 구경하려고 왔지."

민수가 내 머리를 쓰다듬었다. 상당히 눈에 거슬리는 행동이었다. 이 자식!

"개새끼야! 뭔 짓 하는 거야!"

화가 난 운균이와 태민이가 벌떡 일어섰다. 성격 급한 준영이도 한 대 칠 기세였다. 이러다간 싸움나기 일보 직전이었다.

"너!! 괜히 박준영 껴서 싸움질하고 다니면 나한테 죽는다!!"

이까짓 놈 때문에 준희를 실망시킬 수는 없었다.
"준영아, 앉아. 태민이, 운균이도. 얼른."
"뭐? 대장 뭐라고 했어? 앉으라고?!"
흥분한 운균이는 어쩔 줄을 몰라 한다.
"조용히 술이나 마시자."
"대장!!"
"준영아, 얼른 앉아."
"씨발!!"
박민수 너 운 좋은 줄 알아라. 박준희 때문에 산 거야. 나중에 만나
면 고맙다고 해, 이 새끼야! 나 오늘 상당히 많이 참고 있거든…….

유림 상고에서 하는 이벤트 축제가 열렸다. 아침부터 놈들이랑 자
리를 맡기 위해서 서둘러 왔다. 그런데 아무래도 이 이벤트에 준희가
참여하나 보다. -_-;;
"자! 이제 하이라이트만 남아 있는데 그게 뭔지 알아요? 하하! 아
시는 분도 있겠지만 유림의 자랑 이벤트 단장팀의 무대지요? 작년에
도 너무나 멋진 춤으로 우리를 홀딱 반하게 했었는데요. 올해도 무척
이나 기대가 됩니다. 자, 불러볼까요?? 유림— 나오세요—!"
"대장대장! 준희다! 준희야!!"

너무나도 깜짝 놀랐다. 준희가 무대 위에서 춤을 출 거라고는 상상도 못했는데. 정말이지 그중에서 가장 눈부셨다고나 해야 할까? 그래, 제기랄. 내 눈깔 미쳤다. 하지만 나는 준희에게서 시선을 뗄 수가 없었다. 세상에서 제일 예뻤다. 그래, 정말 예뻤다.

"철우야! 형이다! 문구점 앞으로 튀어와라! 너만 오지 말고 애들 50명 정도 데리고 와! 그냥 무조건 와!"

나도 내 행동에 점점 놀라고 있었다. 미친놈! 이거 완전히 버터를 뒤집어쓴 건지 뭔지 이렇게 느끼한 짓을 하고 있는 내 행동에 나 역시 경악을 금치 못할 뿐이다.

곧이어 철우와 새끼들이 뛰어오자 나는 그놈들에게 꽃을 하나씩 나눠 주기 시작했다.

"형, 이게 뭐예요??"

철우는 눈을 동그랗게 뜨고선 내게 물었다. 애새끼… 웬만한 것에는 관심 좀 갖지 말지. ㅡ_ㅡ;

"오늘 마지막에 춤췄던 애들 기억나냐?"

"아~ 네! Money 춤춘 애들이요?"

"임마! 애들이 뭐냐? 그중에서 네 형수님이 있다!!"

"응?? 진짜요?? 형, 강연이 누나랑 사귀는 것 아니었어요?"

"헛소리하지 말고!! 그중에서 머리 젤 길고 젤 예쁜 애 있어! 누군지 알겠냐?"

"아! 왼쪽에 있었던 누나요?"

"형수님이라니까!! ㅡ_ㅡ;;"

"아! 네, 형수님이요. ^-^;;"

그래, 인정한다! 나 버터 천국에서 살다 왔다.

"너희들이 한 명씩 가서 꽃을 건네주어라. 그리곤 철우 네가 마지막으로 꽃이랑 카드를 줘. 알겠냐? 잘해야 된다!! 마누라 감동시키기 작전이니깐 너희들이 잘해야지 엉아가 신난다."

"하하!! 암요. 형, 저희만 믿으세요!!"

"알겠다."

"형도 가셔야죠?"

"응? 나? 난 집에 가야지. 수고해라. 바이~"

"형!! 형!! 준성이 형!!"

아무렇지도 않은 척, 여유있는 척, 폼재는 척하며 가기. 진짜 재수 없도록 힘들었다. 큭. 얼굴이 빨개지는 게 느껴진다. 사실 쑥스러워서 미칠 것 같다. 이게 웬 개망신이란 말인가. -0- 하지만 준희를 행복하게 해줄 수 있는 일이라면 내가 뭔들 못하랴? 모르겠다. 이게 사랑일지도 모른다는 그런 착각마저도 든다. 그 흔한 사랑이 내게는 없을 거라 믿고만 살았던 그런 사랑이 벌써 찾아왔는지도 모르겠다. 철우 새끼 잘하겠지? 죽어도 내가 직접 가서는 능글맞은 짓 절대로 못하겠다. 절대로!

집에 와서 생각해 보니 진짜 암만 생각해도… 쪽팔린다. 준희가 꽃을 받고 좋아했을까? 궁금하네. -0-

[형! 저 철우요!]

"그래! 어떻게 됐냐? 꽃 잘 전달했어?"

[당연하죠! 형수님이 무척 좋아했어요.]

"정말?"

[네! 형한테 반한 것 같아요. 여자가 원래 꽃에 약하거든요.]

"하하! 그래? 네 공이 컸다! 한턱 쏘마."

으~ 다행이다. ^-^ 몹시도 좋은 기분에 맥주 한 캔을 들이켰더니 기분이 더 좋아진다. 진짜다. 으하!! 하릴도 없는 놈이 집구석에서 땅바닥이랑 인사만 하다가 그것도 심심해서 라디오를 틀었다. 음악이 나오는데… 가만…

『다음 곡은 부산에 사시는 박진우 씨께서 신청하신 곡입니다. 사랑하는 그녀에게 꼭 들려주고 싶은 노래라고 하시네요. 조성모의 '마지막 사랑' 입니다.』

사랑하는 그녀에게 꼭 들려주고 싶은 노래라고 해서 나도 모르게 귀를 아주 쫑긋 세우고 스피커 옆으로 갔다.

가사가 죽이네. +_+ 모르겠다, 갑자기 노래를 듣는데 준희의 얼굴이 떠오르는 이유를……. 자꾸만… 자꾸만 생각난다. 그와 동시에 준영이가 며칠 전에 했던 말도 기억난다.

"뭐라고? 유림 상고에 김민우가 다닌다고?!"

"응. 그 새끼 아냐?"

"씨발!! 짜증나네!! 원수는 외나무다리에서 만난다더니 완전히 그 꼴이잖아! 개새끼!! 하필이면 수원으로 전학을 왔냐!!"

"왜 그래?? 그 새끼 아냐?"

"씨발! 잘 알지!! 그 새끼가 준희랑 사귀었던 새끼야!! 내숭 새끼야, 내숭! 여자 앞에서 얼마나 내숭을 떠는데. 박준희 그것도 그래서 넘어간 거라고!!"

"준희랑 사귀었었다고??"

"응!"

"얼마나?"

"한 일 년?"

"진짜냐?? 왜 깨졌어??"

"모르지. 김민우 새끼가 헤어지자고 했으니깐. 에잇!! 병신 같은 준희 기지배. 마음 흔들리면 안 되는데."

"왜? 아직도 좋아하냐?"

"좋아하는 상태에서 헤어졌으니깐 오죽하겠어? 그 꼴 보기 싫다!!"

"…그랬구나."

준영이한테 처음으로 김민우와 준희의 이야기를 들었을 때 뭐랄까… 더럽게 착잡했다. 혹시 용량이 꽉 차서 내가 들어갈 빈틈이 전혀 없는 건 아닌지 사실 걱정이 됐다. 그리고 지금도 걱정된다. 어쩌지? 제기랄. 천하의 강준성이 이런 걱정이나 하고. 인생 다 산 것 같다! 그래, 그렇다면 준희에게도 내 마음을 알려야 한다!! 컴퓨터를 켰다. 그리고 음악 사이트에 가서 '마지막 사랑'을 다운받았다. CD 한 장을 꺼내 저장했다. 아니다!! 한 번 가지고는 내 마음이 전달 안 될지도 몰라. 그래, 다 하자!! CD에 '마지막 사랑' 열 곡을 저장했다. 으하하!! 굉장히 뿌듯하다. ^0^

5

　준희한테 CD를 주긴 줬는데 지지배 황당하다고 나 욕하는 건 아닌지 모르겠다. 사실 내가 한 짓이었지만 정말 또라이 같았다. 뭐냐, 이운균도 아니고! >_< 이런 건 이운균만 하는 짓인데…….
　수업이 끝나자마자 준희네 학교 교문에서 나오기만을 기다렸다. 10분쯤 지나자 준희가 보인다.
　"데이트하자."
　"싫어."
　"가자."
　팅기는 준희를 끌고 남문에 가서 맛있는 떡볶이를 사줬다. 떡볶이를 다 먹자 이번에는 준희가 스티커 사진을 찍자고 난리다. 사진 찍는 것 진짜 싫은데. 쪽팔린다. 그것도 스티커 사진은 더 쪽팔린다. 안 찍는다고 박박 우겨대다가 준희의 말이 많다는 말에 알았다며 어쩔 수 없이 안으로 들어갔다. 순전히 이건 홧김에 찍으러 들어간 거다. 준희는 뭐가 그리 좋은지 연실 웃으며 포즈를 취하지만 화면에 나오는 내 얼굴을 보며 표정을 지으려니 이거 여간 어색해서 죽겠다. 할 수 없이 인상만 팍팍 써댔다.

"야, 인상 펴! 웃어!!"

"싫어. -_-+"

"어어~ 이제 찍는단 말야! 웃어!!"

"싫어!"

찰칵!!

"에잇! 뭐야! 네가 조폭이냐? 표정이 왜 이렇게 시비조야!"

"오호~ 이 표정 마음에 든다! +_+"

이야~ 내 표정 진짜 웃기게 나왔다. 마치 범죄자 같았다. 큭. 하지만 준희는 정말 예쁘게 나왔다. 지지배~ 모델 해도 되겠군. 준희 안 볼 때 내 지갑 잘 보이는 곳에 넣어두었다. 우리 둘이 처음 찍은 사진이다. 잘 간직해야지.

준희를 집까지 바래다주는 이 길이 나에겐 너무도 좋다. 너무 좋아서 준희를 꼭 안았다.

"왜?"

"노래 잘 들었냐?"

"응."

"박준희… 너 이제 큰일 났다."

"왜?"

"강준성한테 잡혔으니깐. 너는 이제 아무 데도 못 가. 알았냐?"

"쳇."

"훗, 내 품은 넓어서 말이다. 너 하나쯤은 충분히 지킬 수도 있고 안아줄 수도 있다. 도망가지 못하게 꼭 잡아둘 수도 있고. 그러니까 너도 아무런 생각 말고 아무것도 따지지 말고 나한테 와라.”

“널 어떻게 믿어?”

“믿어. 너만 바라보는 내 눈을 믿어라.”

“네 눈은 느끼하잖아.”

“하하! 박준희, 넌 이래서 좋다.”

쪽!

너무나도 사랑하는 준희. 영원히 이대로 함께할 수만 있다면…….

“헉!! 너 죽어!! 매일 지 마음대로 뽀뽀하네!! 엉?!”

“예뻐서. 잘 자. 나 간다.”

준희야, 진심이다. 너만 바라보는 내 눈을 믿어라. 이게 사랑이란 거라면… 내가 비로소 알게 된 게 이 감정이 사랑이라면 너를 알게 돼서 행복하다. 깨닫게 해준 너에게 감사한다.

6

학교를 가고 있는데 내 눈앞에 김민우 새끼가 보인다. 언덕 위로 올라가고 있었다. 안 되는데… 준희가 보면 안 되는데… 하지만 이놈의 운균이 새끼가 사고를 치고 만다.

“어이! 김민우!!”

젠장!! 준희를 쳐다봤다. 역시나 무척이나 놀란 눈을 하고선 민우를 쳐다보고 있었다. 김민우 역시 놀란 표정이다. 준희 앞으로 와 애기를 하자며 데려가려고 한다. 준희를 쳐다봤다. 하지만 준희는 내 눈을 피해 버렸다. 제기랄!! 기분 진짜 엿 같다.

준희를 끌고 가는 민우 새끼를 쳐다보지도 않고 걸어갔다. 정말 엿 같다. 준희를 빼앗긴 기분마저도 들었다. 하루 종일 인상만 쓰고 다녔다. 운균이 새끼는 웃으라며 내 앞으로 와서 촐랑거려 댔지만 근육이 굳은 건지 웃음도 안 나온다. 진짜 젠장이다. 하루를 어떻게 버틴 건지 모르게 수업이 끝났다. 집에 가서 술이나 진탕 마셔야겠다. 술 생각이 간절하다. -0-

"준성아, 네 각시 왔다."

내 눈앞에는 정말로 준희가 있었다. 사실은 내심 안심했다. 나를 기다리고 있는 준희를 보며 안심했다. 하지만 웃음은 나오질 않는다.

"오해하지 마."

"오해 안 해."

"오해 안 한다구? 그러면 왜 화내고 있는 거야?"

"화 안 냈다."

"웃기지 마. 너 지금 화내고 있어."

"아니야."

"민우는 전에 사귀었던 사람이야. 잊지 못하고 있었는데… 지금은 잊었어. 정말 생각 안 날 정도로 잊… 읍!!"

문득 정신을 차리고 보니 준희를 있는 힘껏 안고 있었다.

"싫다, 다른 놈이 네 손 잡는 거."

그래, 내가 화가 났다면 민우를 따라가던 준희의 모습이 아니라 민우가 잡은 준희의 손이었다. 그리고 그런 민우 때문에 흔들릴지도 모르는 준희의 마음 때문이었다. 바보 같은 나의 조바심 때문이었다.

"그건……."

"흔들리지 마."

"그럴 일 없어. 그런 생각 하지 마."

"지금 네 눈에 내가 보이기 시작했다면 그 눈에 애써 다른 사람까지 끼워 넣으려 애쓰지 마라."

"응."

이제 됐다. 됐다. 나는 박준희를 너무 사랑한다. 사랑한다. 준희가 나를 받아들였다. 진짜 꿈이라면 깨고 싶지 않을 정도로 좋았다. 이게 그런 건가? 태민이가 그리도 좋다는 그런 느낌이라는 건가? 어디가서 소리 좀 맘껏 질러봤으면 좋겠다. 너무 좋아서 꽥꽥 소리라도 지르고 싶은 심정이다. 나 너한테 잘해줄 거다. 알겠냐? 내가 그랬지? 나는 남자라고!! 나는 내가 한 말 평생 지킬 거다. 정말 잘할 거다!

띵동… 띵동… 띵동…… 띵동…….

속도 엄청 아프고 잠도 제대로 못 자서 졸려 죽겠구만 아침부터 누구야? 난 계속 잘 테니깐 꺼져. 지금 9시도 안 됐어!

띵동띵동띵동띵동띵동띵동띵동띵동띵동띵동—

미친 듯이 울리는 초인종. −_−;; 내 예상을 깨고 초인종을 눌러대는 인간은 쫌 끈질긴 인간 같다. 혹시 정유미 아니야?? 정유미라고 미국에서 엄마랑 함께 지내는 이모 딸인데 하여튼 세상에서 가장 끈질긴 인간이 있긴 있다. 유미가 미국으로 이민 가게 됐을 때 솔직히 속으로 엄청 박수 쳤다. 그런데 그 인간이 매일 전화할 때마다 날 데리고 갈 거라고 하더니 이게 진짜로 온 것 아니야? 알았어, 알았으니까 그만 좀 눌러대라. 에잇—!!

쾅—!!

열받아서 주먹으로 현관문 한 번 쳤다.

"아, 씨발! 누구야!!"

쾅!

헉!! −0−

"앗! 너 뭐야! 잠깐만 기다려."

너무 놀랐다. 씹!! 망할!! 하필이면 팬티만 입고 있을 때 올 게 뭐람. 미치겠다. 민망해서 얼굴이나 볼 수 있을런지 모르겠네. −_−; 이래 봬도 내가 부끄러움이 많단 말이다.

대충 츄리닝을 입고 문을 열어주었다. 준희가 아무래도 어제 내 말이 신경 쓰여서 온 것 같았다. 엄마가 없다는 말에 놀란 것 같아서 부산으로 출장 갔다고 얼른 거짓말을 했는데. −0− 그래도 그 말을 믿어서 다행이다. 엄마는 나 버리고 미국으로 갔고, 아빠 나 버리고 딴 여자랑 눈 맞아서 살림 차렸다고 사실대로 말해 버리면 걱정하겠지? 괜한 걱정으로 맘 조리게 하고 싶지는 않다.

아무렇지도 않게 들어온 준희는 아무렇지도 않게 내 침대에 눕더니 자려고 한다. 자면 안 된다고 간곡히 말했는데도 아랑곳하지 않고 정말 잔다. 에이~ 정말이지 잠자긴 다 틀렸다. 준희가 이렇게 내 옆에서 자고 있으면… 젠장! 내가 어떻게 잠을 자겠냐? 나도 남잔데. 쳇. 할 수 없이 곤히 자는 준희 얼굴만 멀뚱멀뚱 쳐다보다가 소파에 와서 새우잠을 잤다. 그런데 준희 자는 얼굴이 무척이나 예뻐서 나도 모르게 뽀뽀할 뻔했다.

"강준성, 일어나!! 빨리!!"

졸려서 미치겠다. T_T

"너 안 일어나면 뽀뽀한다!!"

"나 안 일어난다."

"밥 했어. 밥 먹자."

"진짜?!"

부엌으로 가보니 웬 진수성찬 하나가 식탁에 차려져 있었다.

이야~ 신기하다. 집에는 음식할 만한 반찬이 하나도 없었는데 준희는 어떻게 이리도 잘 만들었을까? +_+ 예뻐 죽겠다. 준희가 만들어준 음식은 정말로 맛있었다. 엄마가 해준 음식보다도 더 맛있었다. 아~ 감동 그 자체다.

오늘은 이래저래 잠은 잘 못 잔 하루지만 그래도 기분은 좋다. 준희랑 하루 종일 같이 있고, 준희가 만들어준 밥도 먹고 말이다. 그런데 준희가 노래방을 가자며 난리를 친다. 안 간다고 그랬더니 자기 얼굴을 들이대며 가자고 한다. 준희 얼굴이 눈앞에 바로 왔을 때, 심장이 너무 놀라서 멈출 뻔했다. 제기랄. -_-;; 아마 이런 내 모습을 박민수가 본다면 미친 새끼라고 할 게 분명했다. 안 간다고 우겼지만 또 한 번 준희의 얼굴에 그만 두 손 두 발 다 든 채 옷을 입고 나왔다. 하지만 젠장맞게도 진짜로 제일 입기 싫은 청바지랑 스웨터에 떡볶이 코트까지 입고 나왔다. 망할 정유미 년!! 저번에 미국에서 왔을 때 이 옷들을 내 옷장에 놓고 간 것이다. 이 옷만 준희 눈에 보이지 않더라면 안 입을 수 있었을 텐데 아깝다. 이러다가 유한 공고 새끼들이라도 만나면 그 새끼들 황당해할 텐데……. 에라, 모르겠다. 준희가 좋다는데 별수있나. 휴~ 내 신세야. T_T

나는 오늘 또 준희한테 반했다. 준희는 꼭 하늘에서 내려온 선녀 같았다. 애간장 녹아서 죽는 줄 알았다는 것만 기억하라. 킥킥. 준희가 자꾸만 나를 빠져들게 한다. 헤어나오지 못하도록… 이러다가 준희 없단 이유로 숨도 못 쉬게 되면 어쩌지 하는 생각이 들어 바보같이 피식 웃고는 집으로 돌아왔다.

7

"한민이… 울지 말고 네가 말해 봐."

준영이의 물음에 민이는 울먹이기 시작했다. 뭐야… 무슨 일이 있길래 나리와 싸우고 있었던 거지?

"준희가… 준희가……."

준희라는 말에 정신이 확 든다.

"준희한테 무슨 일 있어?!"

민이가 아무런 말도 못하고 또다시 울기만 했다. 무슨 소리야… 무슨 소리야! 준희한테 무슨 일이라도 생긴 건가? 한시가 급했다.

"준희가 수업 시간이 다 돼도 오지 않는 거야. 지영이랑 계속 전화를 해도 받지도 않고 이상해서 계속 기다리는데… 2교시 끝날 때쯤 준희가… 흑흑… 준희가 들어왔는데……."

"그런데?!"

"흑… 나리랑 강연이한테 맞고 들어왔어. 그것도 엄청 많이……."

순간 머리가 돌았다.

"누구야, 때린 게? 박나리 너냐? 아니면 윤강연 너냐? 너희들 또 단체로 준희 두고 그랬냐? 너희들 하는 짓이 왜 매일 그 따위야? 어?!"

태민이를 봐서 참았다. 태민이가 사랑하는 인간이라서 참았다. 뛰었다. 준희가 있는 교실로 뛰었다. 준희야, 조금만 참아. 내가 갈게. 하지만 내가 생각했던 것보다 준희는 심하게 맞은 것 같았다. 제기랄! 누가 내 가슴을 때렸나 보다. 가슴이 너무나도 아프다. 씨발!! 아주 돌로 쳤나 보다. 이렇게 죽을 것 같은 걸 보면.

"집에 가자."

"싫어. 넌 됐으니까 저리 가. 박준영. 준영아, 이리 와. 나 좀 집에 데려다 줘. 응?"

무슨 일이 있었던 걸까? 무슨 말을 들은 걸까? 왜 준희가 나를 거부하는 걸까? 미칠 것만 같다.

"준성이 너랑 강연이가 전에 사귀었다고… 강연이가 그걸 빌미로 준희한테 그런 건가 봐."

민이의 말에 너무 화가 나서 그만 거울을 주먹으로 내려쳤다. 하지만 이것으로도 마음이 가라앉지가 않는다. 젠장! 화가 난다. 준희가 겨우 나 같은 새끼 때문에 그것들한테 맞았다는 게… 겨우 나 같은 새끼 때문에 준희가 이런 꼴을 당해서 내 자신이 미치도록 원망스럽다.

미안하다. 준희야, 미안하다. 나 같은 놈 때문에… 정말 미안하다. 싫다는 준희를 아무 말 없이 업고 나왔다. 어떡하지? 준희 이렇게 가볍고 작은데… 지금 너무 아파서… 몸도 마음도 너무 아파서… 이 바보 어떡하지? 제기랄! 어떡하면 좋지?

준희를 데리고 우리 집으로 왔다. 갈아입을 옷을 건네주고는 테라스로 나와 담배를 피웠다. 오늘따라 담배 맛이 정말 쓰다. 준희가 운다. 너무나도 서럽게 울어서 마음이 아프다. 나도 차라리 울고 싶었다. 준희를 붙잡고 같이 울고 싶은 심정이었다. 하지만 … 내가 너를 지킨다. 너는 울어도 나는 너를 위해 울지 않아. 왜냐하면 너는 내 여자니깐… 내가 목숨 걸고 지켜야 할 사람이 바로 너니까…….

"약 바르자."

이 바보는 울기만 한다. 나는 지금 미칠 것만 같은데 이 바보는 울기만 한다.

"울지 마… 울지 마! 울지 말라구!! 미쳐 버릴 것 같단 말이야!! 제발 울지 마! 제기랄! 바보같이! 도망치기라도 하지 그랬어!!"

"도망치기 싫었어. 도망치면 내 자존심만 더 상해. 차라리 거기서 맞는 게 나았어."

그 말에… 준희의 그 말에 또 한 번 미안해져 준희를 일으켜 안았다. 준희, 아니, 나의 준희를 지켜주지 못한 내 잘못에… 상처받은 준희의 마음과 몸을 어쩌지도 못하는 내 어리석음 때문에…….

"미안하다… 미안해. 나 지금 미칠 것 같다. 많이 아팠지? 나 원망 많이 했지? 미안해. 미안해… 준희야, 미안해."

미안하다는 말 말고 다른 말이 있었으면… 지금 내 마음을 전부 표현할 수 있는 그런 말이 있었으면 좋겠다. 미안하단 말밖에 할 수 없는 내 자신… 이렇게 병신 같을 줄은 몰랐다.

"다른 사람 말 듣지 마. 내 말만… 내 말만 믿어주면 안 돼? 나 너한테 거짓없이 모든 걸 얘기하는데… 누가 뭐라고 한들 아무 말도 듣지 말고 내 말만 믿어주면 안 돼? 응? 내 말만 믿어줘."

"화가 났어. 정말로… 어느새 나도 모르게 네놈이 좋아져 버렸는데… 그래서 민우까지 다 잊었는데… 못 잊겠다고 그렇게 날뛰던 내가 한순간에 모든 걸 잊어버린 채 네놈만 보기 시작했는데… 윤강연이랑 사귀었었다는 소리를 들었을 때… 윤강연이 날 원망하듯 말했을 때… 나도 내 자신이 원망스러웠어. 그렇게 일 년의 시간을 함께했던 사람을 잊을 만큼 널 좋아한 내가… 내가 너무나… 원망스러웠다구."

"미안하다."

"흑… 강준성, 말해 봐. 너 진실만 말한다고 했으니깐 말해 봐. 윤강연… 윤강연 안 좋아했지? 응? 말해 봐. 너 나처럼… 나한테 하는 것처럼 그랬어? 말해 봐. 그랬냐고……."

이제야 알았다. 이제야 전부를 알았다. 내가 준희를 얼마나 사랑하는지를… 준희가 나에게 있어 어떤 존재인지를… 가령 세상의 또 다른 나의 분신이 있다고 한다면 그게 준희임을… 그러니깐 준희는 나의 전부임을……

"바보야, 그랬다면… 내가 너한테 하는 것처럼 그랬다면 윤강연이랑 내가 헤어졌겠어? 그렇게 사랑하는데 내가 헤어졌겠어? 네가 맞았다는 소리에 머리가 돌 만큼 사랑했다면 내가 헤어졌겠냐구… 우는 모습에 마음이 아파서… 아파서 죽을 것만큼 사랑했다면… 왜 헤어졌겠어. 사랑하는데 왜 헤어져… 내 마음 그렇게 몰라?"

준희야, 우리 헤어지지 말자. 너 영원히 내 옆에만 있어라. 응? 그래 줘라.

"강준성, 약속해. 무슨 일이 있어도 내 옆에만 있겠다구. 넌 내가 싫어도 나 버리면 안 돼. 알겠어? 내가 버릴 거야. 네가 나 버리는 거 싫어. 슬퍼서… 싫어."

"그래, 약속할게. 난… 박준희 버리지 않아. 약속할게… 약속해."

준희야, 또 한 번 약속할게. 내가 전에 약속한 거 잊지 않았지? 절대 싸우지 않기로 했잖아. 나 이번에 또 한 번 약속할게. 네 말대로 네 옆에만 있겠다고 약속할게. 그리고 네가 버리기 전에는 절대로 내가 너를 버리지 않는다. 나 강준성 이름을 걸고 약속할게. 하지만 내 바램이 있다면 너도 나를 버리지 않았으면 좋겠다는 거야. 우리 헤어지지 말자……

다음날 준희와 나는 학교를 가지 않았다. 가고 싶지 않았다. 하루 종일 준희를 지켜보다 저녁 때 집에 바래다주었다. 이제야 준희가 웃는다. 다행이다… 준희가 웃어서 다행이다.

"집에 가서 전화할게."

"응. 조심히 잘 가."

"아니다. 잠 올 것 같으면 문자 보내. 그럼 전화 안 할게."

"아냐, 전화해. 기다릴게."

"그럴래?"

"응."

"알았다. 그럼 꼼짝 말고 침대에 누워 있어. 내가 집에 빨리 가서 전화할게."

"응. 잘 가."

"바람 들어간다. 빨리 문 닫아. 나 갈게."

"응."

준희가 전화할 때까지 기다린다고 해서 무작정 뛰었다. 내가 늦으면 저 녀석이 빨리 잘 수 없을 테니 무조건 스피드다. -_-;

"아저씨!! 영통현대파크요!! 빨리 가주세요!! 막 밟아요!!"

뒤에서 빨리 가라고 재촉하는 바람에 아저씨한테 욕 많이 먹었다. 하지만 어쩔 수 없지 않은가? -_-;; 사고 안 난 게 다행이라며 아저씨가 투덜투덜거리셨다. 고맙다고 정중히 인사를 하고 집에 와 얼른 전화를 걸었다.

[응.]

"나 집이야. 이제 얼른 자라."

[알았어. 너도 빨리 자.]

"준희야……."

[응?]

"…잘자."

[…응.]

휴… 강준성 병신. 내가 아마 운균이 놈보다 더한 또라이일 거다.

"사랑해……."

끊어진 전화기를 보며 혼자 중얼거렸다. 다음엔 꼭 말할게. 사랑한
다고… 너무나 사랑한다고… 그때까지만 나 아껴둘게.

8

보내주는 것도 사랑일까요. 너무나도 사랑하는데… 그 사람이 나
를 떠나길 원한다면… 나 보내줘야 하는 걸까요? 그렇죠… 보내줘야
하겠죠. 이제는 나보다 행복할 그 사람을 위해서 말이죠. 그런데 나
는 지금도 너무나 마음이 아픕니다. 그녀 없이 지낼 내 모습에 말이
죠. 어떡하면 조금 더 쉽게 그녀를 보내줄 수 있을까요. 겁이 납니다.
그녀가 내게 마지막을 고할 때 나는 뭐라 하며 그녀를 보내줘야 할
지… 행복하라고 해야 하는 건가요? 나 없이 이제는 다른 사람으로
인해 행복하라고 해야 하는 건가요? 정말 싫습니다. 내가 없는 그녀

에게 행복하라고 하고 싶지 않습니다. 두렵습니다. 내 미련에 그녀를 잡을까 봐… 그래서 그녀가 나 때문에 더 힘들어질까 봐 두렵습니다. 나만 힘들어도 될 것을 그 아픔 속에 그녀도 함께 껴넣게 될까 두렵습니다. 잘 가라며… 웃으며 보내줘야 하겠죠. 정말 그래야 하겠죠. 그런데 아직 자신이 없습니다. 생각하기도 싫습니다. 그녀가 내게 이별을 고하는 모습, 그리고 이별의 말이 전부 나의 착각이었으면 좋겠는데… 그녀 내게서 떠나지 않았으면 정말 좋겠는데… 어떡해야 좋을지 나는 모릅니다. 그래서 오늘도 그녀 사진을 보며 떠나지 말라는 말만 되풀이합니다.

[형!]

철우였다. 새끼, 저렇게 호들갑을 떨기는. -_-;;

[형! 큰일 났어요!]

"뭐가 큰일 나?"

[저 지금 남문에서 형수님 봤는데요. 글쎄, 유림 상고 김민우랑 같이 있어요!]

"뭐라고?"

[김민우랑 같이 중앙 극장으로 들어갔다고요!]

분명히 친구랑 약속이 있다고 했다. 같이 가자고 하던 내 말에 안된다고 했는데… 그 이유가 김민우 자식이라서였다고? 아니다… 아니다.

[형! 듣고 있어요?!]

"아… 민우랑 준희는 친구 사이야. 준희가 인천에서 전학 왔잖냐. 알고 봤더니 민우 새끼도 준희랑 같은 학교였더라고."

[아! 그래요? 난 또.]

"준희가 바람을 왜 피우냐!"

[하긴. 하하! 형, 죄송해요!]

아무것도 손에 잡히지 않았다. 준희가 내게 거짓말을 하고 민우를 만나고 있다. 별의별 생각이 다 들지만… 아니다. 이건 절대 아니다. 그럴 일 없다.

[고객이 전화를 받을 수 없어…….]

"젠장!"

화가 나서 전화기를 던졌다. 전화를 받지 않는다. 몇 번이나 해보 았지만 준희는 끝내 전화를 받지 않았다. 나중에는 아예 꺼놓았다. 몰랐다. 준희가 내게서 조금씩 멀어지고 있다는 것을 나는 알지 못했 다.

거리에 진을 치고 있는 빼빼로. -_-;

"이것들이 다 뭐냐?"

"대장! 며칠 있으면 빼빼로 데이래."

"뭐? 그게 뭐야?"

"11월 11일이 짝대기 4개라서 빼빼로 데이래."

"누가 저딴 거 만들었냐? 할 일 더럽게 없다."

"사랑하는 사람끼리 주고받는 거라는데?"

"뭐?"

운균이 놈의 말을 듣고는 녀석들과 함께 빼빼로를 사러 남문을 돌아다녔다. 정말 미친 짓 다 하고 다녀서 큰일이나. 이번에는 과감히 배달을 시켰다. ㅡ_ㅡv

오늘은 빼빼로 데이. 교실 안은 역시나 애새끼들이 여자 친구들한테 받은 빼빼로들로 가득했다. 기대하지 말자. ㅡ_ㅡ;

"형! 기대 마! 박준희 그 인간은 이딴 것 모르고 있을걸?"

"하하! 당연하지! 기대 안 해."

하긴 ㅡ_ㅡ; 준희 성격이 오죽 강해야 말이지. 오늘이 빼빼로 데이란 건 교실에 가서 알았을 것이 분명하다. 하지만 필요없다. 내가 주면 그만이니까.

방과 후 준희는 교문 앞에서 날 기다리고 있었다. 헉! 무언가를 내민다. 뭐지? 알고 봤더니 빼빼로였다. 와~ 이런 감격이! ㅜ_ㅜ 준희가 내게 빼빼로를 줬다. 아! 행복하다.

"준희야, 너도 혹시 나 감옥 가서 4년 살다 오면 그 책에 나오는 마누라처럼 그럴 수 있냐?"

퍽!

역시 때릴 줄 알았다. 하지만 준희야, 남자는 가끔씩 확인을 하고 싶어해. 잘못된 것인 줄은 알지만 그만큼 너는 내게 절박한 사랑이니까……

"너 살짝 돌았냐? 미친 것 아니야? 쓸데없는 말 자꾸 할래? 엉?"

"하하~ 그냥 말이 그렇다 이거지. 흥분하지 마. ^^*"

흥분하는 준희를 보니 웃음이 나온다.

"준희야, 나는 너한테 그런 사랑을 줄 거다. 4년간 그 마누라가 남편을 기다린 것처럼 나도 너 그렇게 사랑해 줄게."

"정말? +_+ 내가 만약에 딴 놈이랑 바람피워도 그렇게 사랑해 줄 거냐?"

농담인 걸 알면서도 덜컹 심장이 내려앉았다. 지금도 이런데 만약 준희가 정말 나 아닌 다른 누구를 만난다면 그땐 나 어떡하냐.

"지나가는 바람은 괜찮아! 걱정 마! 나 그렇게 속 좁은 놈 아니잖아! 하하. 그냥 그 새끼 확 패버리고 다리 하나 절단해 놓은 다음 다시는 얼굴 못 들게 뭉개 버리면 돼. 하하."

"뭐야, 그게."

그럼 그렇지. 너 그렇게 말할 줄 알았다. −_−;;

"그럼 이렇게 하자. 준희 너는 나한테 미안해서 돌아오지 못하고 방황할 수도 있으니까 내가 우리 집 앞 나무에다가 노란 손수건을 주렁주렁 매달아놓을게. 어때? 내 생각 죽이지? 그럼 너는 내가 용서한 거니까 그땐 꼭 내 옆으로 와야 한다! 알았지?"

아무것도 모르는 준희의 뒷모습을 바라보면서 내 자신이 너무도 한심해서 입술을 꾹 깨물었다. 내가 지금 이 순간이 얼마나 두려운지 저 녀석은 알고 있을까?

준희야, 만약에라도 김민우에게 흔들리는 날이 오면… 그런 날이 오면 아주 잠시만 흔들려 줘. 길게는 말고 아주 짧게… 내가 미치지 않을 만큼만. 그러다 내가 다시 기억날 때는… 그때는 돌아와. 기다리고 있을 테니까…….

"풋! 바보. 무슨 영화 찍냐? 웃겨."

"진짜다! 내가 언제 거짓말하는 것 봤냐?"

"알았어, 알았어. 그럼 나 그것만 보면 용서한 줄 알고 너한테 찢어질 것 같은 미소를 지으며 달려가면 되는 거지? 그치?"

"당연하지, 임마! 넌 그냥 오면 되는 거야."

그래. 준희야, 넌 그냥 오기만 하면 되는 거야. 미안해하지도 말고, 다시 예전처럼 내게 오면 그만인 거야. 잊지 마…….

9

"강준성."

김민우였다.

"너 이번주 토요일이 생일이라며?"

"내 생일이 너랑 무슨 상관이야?"

"준희랑 같이 있지 못해서 어쩌나?"

"뭐?"

"그날 준희랑 나랑 같이 인천에 놀러 가기로 약속했거든. 아쉽겠다? 준희가 아직도 나 잊지 못한 것 모르겠냐? 우리 다시 시작할 거야."

"함부로 입 놀리지 마. 죽여 버린다."

"넌 박준희한테 두 번째밖에 안 돼. 이제는 인정하지 그래? 쿡."

끝내는 김민우의 말에 반박하지 못했다. 절대 그런 일 없다. 분명 준희는 나의 말을 들을 것이다. 분명히!

"토요일이 이제 며칠밖에 안 남았다."

나를 보는 준희의 눈빛이 왜 이렇게 흔들리고 있을까? 준희야, 거짓말은 하지 마. 응?

"알지?"

"으… 응."

"대답이 시원찮다?"

"아니! 알아!"

"그날은 너랑만 있을 거다. 애들 빼구."

"왜? 애들하고도 같이 놀지."

"안 돼! 너랑만 있을 거다."

"있잖아, 나 토요일 날 인천 가야 되는데. -_-a"

"왜?"

"친구들 때문에……. 미안해."

"일찍 오면 되잖아. 일찍 와."

"아니, 그게 말이지. 그게 말이야, 그게……."

"기다리고 있는다."

"다음에 만나도 되잖아. 매일 보는 건데 하루 가지고 왜 그래! 나 애들 만나고 좀 늦을지도 모르니깐 기다리든 말든 네 마음대로 해. 나 간다!"

준희는 화내곤 택시를 타고 가버렸다. 말할 걸 그랬나? 생일이라고 말하면 준희는 내 말을 들어줄까? 김민우와 나… 둘 중 나를 선택할까? 왜 이렇게 자신이 없지? 자신이 없다.

"어디야?"

[나 애들이랑 남문에 있어. 넌 어디야?]

"운균이네."

[응.]

"야, 너 진짜 토요일 날 인천 갈 거야?"

[당연하지!! 갈 거야!!]

"야, 나 그날……."

[됐어됐어!! 몰라몰라!! 일요일 날 만나면 되잖아!! 왜 자꾸 그래?!]

"…알았다."

준희야 그날이 내 생일이야. 이 말 한마디가 내겐 마치 사형 선고라도 되듯 어렵기만 하다.

"대장! 그날 카페 하나 빌린다는 건 잘되어가고 있어?"

"아, 그거? 당연하지! 잘되고 있어! 그날 너희도 와라."

"엥? 준희랑 둘이 하는 것 아니었어?"

"아… 그날 준희 잠깐 인천 갔다올 거야."

"뭐? 인천?!"

인천 간다는 말에 준영이는 흥분을 했다. 준영이는 김민우를 무척이나 싫어했다. 미친 듯이 흥분하는 준영이는 인천에 있는 친구들에게 전화를 걸었고, 토요일 날 부평역 근처를 잘 감시하라고까지 했다.

토요일이 왔고, 끝내 준희는 인천에 갔다. 역시 내가 준희의 첫 번째는 될 수가 없나 보다.

10

두 번째라는 것 정말 죽도록 싫다. 미칠 것만 같다. 아무리 노력하고 노력해도 첫 번째가 될 수 없다는 것이 정말이지 나를 미치게 만든다. 내가 정말 준희의 두 번째밖에 되지 못하는 걸까? 내가 김민우 그놈의 자리로 들어갈 수는 없었던 걸까? 아니야, 아니야. 그런 일 없어. 준희가 나한테 그럴 일 없어. 아냐, 강준성. 이런 생각 말자. 아닐 거야. 김민우 만날 수 있지. 친구잖아? 준희가 다 잊었다고 그랬잖아. 강준성 나쁜 새끼! 내가 준희를 믿지 못하면 누가 믿으라고! 병신! 너 정말 나쁜 새끼! 준희의 사진을 보며 사과를 했다. 정말 미안해.

쓸쓸하다. 마음이 정말 쓸쓸하다. 이렇게도 외로움을 느끼는 내 자신이 한심스럽다. 식탁 위에 있는 케이크가 나를 더 초라하게 만든다. 괜히 샀다. 병신같이… 괜히 산 거 같다. 뭘 하지? 운균이 놈의 나오라는 말에 인계동으로 갔다. 그래도 이놈들 내 생일인 줄은 어떻게 알고 용케도 부른다. 눈물까지 나는 줄 알았다. 내 생일 아무도 모를 줄 알았는데… 아빠란 사람도, 엄마란 사람도 전화조차 없는데… 나이를 먹으면 먹을수록 서러움을 느끼는 병신 강준성. -_-; 그래도 이것들… 이 좋은 놈들… 나 진짜 눈물나게 한다. 이놈들한테 고마워서 어쩌지?

"대장! 생일 축하해! 베리베리 축하야! ﹥_﹤"

여전히 촐싹대는 운균이. 쿡쿡.

"이 새끼야!! 어떻게 한마디도 안 하냐? 엉? 운균이가 폰에다 저장 안 해놨으면 우리도 모를 뻔했잖아!!"

"그러게. 나쁜새끼!! 우린 친구도 아니냐? 쳇. 엄청 축하하는 거 알지??"

지훈이와 태민이는 나를 죽일 듯 쳐다보더니 이내 목을 조르며 웃어댄다. 씹. 망할… 눈물 참느라 죽는 줄 알았다. 나 진짜 서럽긴 서러웠나 보다. 젠장!

"형, 그래서 카페 잡는다고 한 거였어?"

"아, 그냥 오버해 본 거야."

"준희는 인천에 갔지……."

"야! 박준영, 신경 쓰지 마. 준희는 좀 있다가 온다고 했으니까."

준영이 녀석은 내 옆에 비어 있는 준희의 자리를 보곤 미안해한다. 괜찮은데 그런 준영이 녀석 때문에 내가 더 미안해진다. 일부러 준희 얘기를 꺼내지 않았다. 그런 내 마음을 아는지 녀석들도 묻지 않는다. 다행이다.

"대장, 내가 대장 엄청 좋아하는 거 알지? 아니지!! 사랑하는 거 알지? ﹥_﹤"

"응, 그래. ﹣_﹣"

"에이~ 나 주책이야. 눈물나. ㅜoㅜ"

"하하! 왜 울어, 임마!!"

"이 나쁜 새끼야! 내년에도 생일이라고 말하지 마! 내가 챙길 거야. 걱정 마!"

운균이 새끼 진짜 고마운 놈이다. 정말 고마운 놈이다.

"방금 나한테 고맙다는 생각 했지? >_<"

"흠. -_-;;"

"고맙긴!! 대장이 나한테 해준 것에 비하면 이건 아무것도 아니야. 내가 너 진짜 사랑하는 거 알지?"

"알아, 안다니깐."

운균이 녀석은 끝내 어깨까지 들썩거리며 운다. 술기운 때문인지 더 우는 것 같다. 녀석, 아직도 작년 일을 생각하는 것 같다. 괜찮다는데도 자꾸만 생각하는 것 같다. 바보 같은 자식. 계속 자리를 비우는 준영이를 찾으러 밖으로 나갔다. 준영이는 통화를 하고 있는 중이었다.

"너 김민우랑 있지?"

준영이는 몰랐으면 했는데…

"죽을래? 나 벌써 전화 받았다. 내 친구들 부평역 앞에서 알바하는 거 너 모르냐? 병신이네, 이거! 너 진짜 뻔뻔하다. 네가 여자 친구 맞냐? 앞으로 어디 가서 내 누나라고 하기만 해봐! 너 죽을 줄 알아. 오늘이 준성이 형 생일이야! 넌 진짜 나쁜 년이야! 알았어? 기분 엄청 상해서 끊는다."

일이 더욱 복잡하게 되었다. 그런 녀석들을 위해서라도 자리에 더 있어야 하는데 이상하게 마음 한구석이 자꾸만 울렁거려서 그만 가자고 했다. 오늘 정말 이상하다. 왜 이렇게 불안한 건지… 뭐가 이렇듯 두려운 건지… 벌써부터 마음이 아려온다. 제기랄!

11

생일이 지나기 2분 전에 갑작스레 찾아온 준희. 생일 축하한다고 말하고 뒤돌아서 가던 준희의 그 뒷모습이 어찌나 불안해 보이던지… 그때 잡을 걸 그랬다. 잡고선 더 많은 얘기를 한 후 보낼 걸 후회했다.

그 후로는 준희를 볼 수가 없었다. 준희의 목소리조차도 들을 수 없었다. 내 전화는 이제 받지도 않는다. 겁이 난다. 정말 겁이 난다.

딩동―

"나… 나야."

준희다… 준희다… 준희. 거봐, 아니지? 준희는 나 두고 떠나는 일 없다.

내 눈앞에 준희가 있다. 꿈이면 절대 깨지 말아라. 그냥 이대로 준희만 보고 있었으면 좋겠다. 그런 나의 생각도 준희의 말 앞에서 무너지고야 말았다. 준희가… 내 앞에 있는 준희가 내 눈을 똑바로 쳐다보며 말한다. 한 번쯤은 시선을 돌려 다른 곳을 쳐다보며 말해도 될 텐데… 준희는 나를 똑바로 쳐다본다.

"나 민우랑 다시 시작하기로 했어."

순간 가슴속이 답답해졌다. 머리 속이 정지된 기분이다.

"무슨 말 하는 거야, 너?! 뭐라고? 다시 말해 봐!"

그래, 아닐 거다. 준희가 지금 나 놀래켜 주려고 일부러 연극하는 거다.

"잘 못 들었나 보구나. 나 민우랑 다시 사귄다고. 그러니까 우리……."

"하— 뭐라고? 너 지금 나한테 한 말 진심이냐?"

"응, 진심이야. 나 원래 성격상 말 돌려서 못해. 알잖아."

귀머거리가 되었으면 좋겠다. 준희가 지금 말하는 게 하나도 들리지 않았으면 좋겠다. 정말 들리지 않았으면 좋겠는데… 젠장할, 준희의 말들이… 준희의 목소리가 너무나도 내 귓가에 생생하게 들려와서 미치겠다.

"알아. 너 원래 그러는 것 아는데… 아는데 그래도 어떻게 이렇게 아무렇지도 않게 말할 수가 있는 거야? 나 너한테 이런 존재였어? 고작 이 정도밖에 안 됐었냐고!!"

이런 말 하려고 한 게 아닌데… 이런 말 해서 준희를 보내려고 한 게 아닌데…….

"그럼 어떤 존재이길 바랬니?"

어떤 존재라… 어떤 존재라……. 지금까지 나 혼자 너를 사랑한 거구나… 나 혼자 미친 짓을 한 거구나… 처음부터 너한테는 김민우밖에 없었는데… 그랬던 건데…

"그래서 민우랑 다시 사귄다고?"

"응."

"나 너한테는 역시 두 번째밖에 안 됐구나? 알고는 있었는데… 짐작은 하고 있었는데 진짜 맞구나? 아니길 바랬다."

두 번째라는 것. 제길, 인정하기 싫은데…

"민우 못 잊겠어. 민우 없이는 정말 못살겠어. 너만 보면 민우가 생각나. 그런데 민우가 나 잊은 줄 알았는데 다시 사귀재. 이제 내 말 알아들었지?"

준희야, 그렇게 말하지 말아. 안 그래도 아픈 내 가슴이 더 아파져. 너를 보내야만 하는 내 마음 나 감당 못하면 그땐 어쩌라는 거야. 그렇게 차갑게 말하지 말아.

내가 이토록 절실한 것처럼 준희도… 내 준희도 내게 이런 아픔 주면서까지 절실한가 보다. 뭐라고 하면 좋지? 아무것도 생각이 안 난다. 잡아야 하는데 아무런 말이 떠오르지 않는다.

"갈게. 잘 지내."

어떡하지? 준희가 이제 가는데… 정말 가는데… 모든 걸 정리한 채 가고 있는데 나 어떡해야 하는 거지?

"한 가지만 묻자."

"뭔데?"

"나 좋아하기는 했었냐?"

흣… 이런 내 자신 미치도록 한심스럽다. 이 말밖에 할 수 없는 내 자신 미워 죽겠다.

"지금 와서 그런 게 무슨 소용이 있겠어? 대답할 필요성을 못 느껴. 그런 것 너무 진부하지 않아?"

가르쳐 주지 그랬니? 너처럼 냉정해질 수 있다는 것 미리 가르쳐 주지 그랬니? 뭐니, 너의 냉정함에 이럴 수도 저럴 수도 없는 바보 같은… 병신 같은 나는…….

"제기랄!! 거짓말하지 마! 박준희!! 거짓말하지 말라고!!"

용서해라, 이렇게 바보같이 구는 나를.

"진심이야."

쾅!

진심이야… 진심이야… 진심이야… 진심이야… 진심이야… 진심이야… 진심…….

준희가 갔다. 정말로 갔다. 이제 정말로 헤어진 거다. 이제는 끝이다. 준희의 말이 자꾸만 귀에서 맴돈다.

"진심이야."

어떡하지? 아무것도 준비 못했는데? 보내주는 것도, 잊어주는 것도, 아무것도 준비 못하고 아직도 나는 사랑만 하는데 뭐부터 해줘야 하는 거지? 먼저 내 마음에서 확실히 보내주고 그 다음엔 잊어줘야 하는 건가? 그런 건가? 빌어먹을. 그 새끼와 함께 다니는 모습도 볼 텐데……. 그럴 때 나 너무 화가 나면 어떡하지? 빌어먹을!!

그런데 그럼에도 불구하고 나는 준희를 사랑하고 있다. 그 말처럼… 사랑이 깊어지면 그럴 수밖에 없는 사정이 있겠지 하며 이해한다던 내 말처럼. 어떡하면 좋지? 이해하는데… 니 벌써 준희 이해하고 있는데 조금 더 따뜻한 말로 보내줄 걸 후회하고 있다. 조금 더 그럴듯한 멋진 말로 행복하라고 해줄 걸… 끝까지 옹졸하게 화내는 내 모습을 보고 준희가 집에 가는 길에 울어버리면 어떡하지? 젠장!

밖으로 나갔다. 준희를 찾아서 미안하다고… 화내서 미안하다고… 그리고 나한테 혹여나 미안하고 있다면 괜찮으니깐 편히 네 갈 길로 가라고… 걱정일랑 하지 말고 네 앞에 있는 행복에 기뻐하라고. 나는 괜찮을 테니 내 걱정은 제발 하지 말라고.

하지만 준희의 모습을 찾을 수가 없었다. 후회된다. 나 지금 너무나도 후회된다. 잡지는 못할망정 따뜻하게 보내줄 걸…….

그때 내 머리 속을 스쳐 지나가는 노란 손수건……. 뛰었다. 무작정 거리를 뛰었다.

"아줌마! 여기 노란색 손수건 팔아요?"

"손수건은 많지. 골라 봐."

"이런 것 말고 노란색으로만 되어 있는 건 없나요?"

"그런 건 없지."

이런… 꼭 노란색이어야 하는데… 꼭. 하지만 다른 곳을 가봐도 노란색 손수건은 팔지 않았다. 이제 어떡하면 좋지.

"이렇게 이불 홑청 사서 내가 직접 만들면 예쁘겠지? 그치?"

커다란 천을 가지고 가는 한 아줌마. 그래, 저거다! 이불 집으로 뛰어들어 가 노란색 천을 사가지고 나왔다. 집에 가서 조그마한 정사각형 모양으로 하나씩 잘랐다.

"앗!"

가위질을 잘못하는 바람에 손을 베었다. 이럴 때가 아니다. 어서 빨리!

새벽 한 시가 되어서야 모두 잘랐고, 자른 천을 가지고 밖으로 나갔다. 빌라 앞에 심어져 있는 다 떨어져 가는 나뭇가지에 준비해 온 노란색 천을 하나씩 묶기 시작했다.

"알았어, 알았어. 그럼 나 그것만 보면 용서한 줄 알고 너한테 찢어질 것 같은 미소를 지으며 달려가면 되는 거지? 그치?"

그래. 준희야, 그냥 오기만 하면 되는 거야. 쉽지? 그냥 혹시라도 내가 생각나 이곳을 오게 되면 내가 말한 노란 손수건 잊지 말고 내게 와주면 되는 거야. 정말 간단하지? 그치?

"이봐! 학생 지금 뭐 하는 거야? 다치려면 어쩌려고! 당장 못 내려와?!"

경비 아저씨였다.

"아저씨! 지금 제 인생이 걸린 문제예요! 저 좀 그냥 두세요."

"다친다니까!"

"다쳐도 상관없어요! 지금 저한테 급한 건 제 몸이 아니라구요!"

아침이 되어서야 100개의 노란 손수건을 완성했다. 온몸이 녹초가 되어버렸다.

"이야~ 예쁜데? 이게 대체 뭐길래 새벽 내내 한 거야?"

이느새 내 옆에 서서 나무를 바라보는 경비 아저씨.

"아주 중요한 거요."

"그래?"

"네. 한 사람을 살릴 수도, 죽일 수도 있는 아주 중요한 일이에요."

"아, 그래? 이왕이면 잘됐으면 좋겠네."

네… 저도 제가 살았으면 좋겠어요.

"콜록!"

온몸이 추운 게 아무래도 몸살에 걸렸나 보다. 학교를 갈 기력도 내겐 없었다. 준희야, 네가 너무나 보고 싶어. 못나게 굴어서 정말 미안한데 그래도 네가 보고 싶어. 힘든 만큼 나 이제는 너에게로 온몸이 마비가 되어버렸다.

그로부터 며칠이 지났다. 하지만 준희에게는 아무런 연락도 없었다. 이제 정말 마지막이겠지? 다시는 네 예쁜 모습도… 나를 설레게 했던 네 웃는 모습도 정말 모두 마지막이겠지? 준희야, 나 처음으로 사랑이란 걸 알았거든. 그래서 자꾸만 이렇게 미련이 남는가 보다. 어떡하지? 내 전부가 갑자기 사라졌는데 나는 이제 하루하루를 무슨 의미 속에 살며 아침마다 눈을 떠야 하는 거야. 너는 내 전부야, 준희야… 넌 내 전부야. 내일부터, 아니, 지금부터 눈뜨기가 싫을 것 같다. 꿈이었으면 좋겠다. 내일 눈뜨면, 그래서 버스를 타고 학교에 가면 널 볼 수 있었으면 좋겠다.

하나님… 처음으로 불러봅니다. 한 번도 기도란 것 해본 적 없지만요. 처음으로 당신 이름을 불러봅니다. 내가 정녕 가질 수 없는 사람이라면… 그 사람을 멀리서나마 바라볼 수 있도록 해주십시오. 미치겠습니다. 당장이라도 달려가 안고 싶은데 그 사람의 냉정함에 자꾸만 자신이 없어집니다. 끝이란 것 믿을 수가 없는데 말입니다. 정말 많이 사랑합니다. 그래서 내게 이럴 수밖에 없는 그 사람 이해합니다. 처음이자 마지막으로 기도드립니다. 제발… 그 아이 힘들어하지 않도록 해주세요. 나를 버린 죄책감에 살지 않도록 해주세요. 허나 당신의 뜻이 그렇게 되지 못할 때에는… 그때는 그 아이 대신 저를 슬프게 살도록 해주세요. 그 아이가 가질 불행 제가 전부 갖게 해주세요. 제발…….

하나님, 바보가 힘들지 않게 저를 조금만 더 불행하게 해주세요.

안녕이란 말 아직 하지 않을게. 지금은 말고 나중에… 나중에 너 진짜 행복해 보이면 그때 할게. 안녕이라고 할게. 그때 너 잊을게. 아직은 너도 많이 아플 테니까… 어쩌면 나를 버린 미안함에 나보다 더 미안해할지도 모르니까… 그때까지만 나 너 기다려 볼게. 만약에 네가 나 완전히 잊고 새로운 시작을 할 때는… 그때는 나도 너 편히 보내줄게. 사랑해… 바보야, 정말 사랑해. 강준성이 박준희를 미치도록 사랑해. 사랑해… 이 말밖에는 네게 해줄 말이 없구나.

12

분명히 준희가 있었는데… 분명히 봤는데… 아무리 찾아봤지만 준희는 없었다. 지영이와 민이만이 머뭇거리며 내게 미안해하고 있을 뿐이었다. 간 건가?

"누구 찾아?"

"아니야."

"준희는 갔나 봐."

"강연아, 준희 왔었지? 응?!"

"응, 왔었어. 민우도 싸운다는 소리 듣고 막 뛰어가던데? 갔나 보지, 민우 없는 것 확인하구."

"민우 때문에 온 거였나?"

"응."

"그랬구나. 나는 또."

훗… 나는 뭘 기대한 거지? 우습다. 그래도 잠시나마 준희가 나 때문에 이곳에 왔다라고 생각했는데. 그래서… 그래서 잠시나마 기뻤는데. 휴… 이젠 내가 아니지.

"이젠 싸우지 마. 응?"

"이 팔 좀 놔라. 너 언제까지 나만 졸졸 따라다닐 거야? 귀찮다. 가."

"준성아, 왜 그래? 너 내 마음 알잖아."

"그래, 알아. 아니깐 이러는 거야. 나는 너한테 줄 마음이 전혀 없어. 그러니깐 그냥 가."

"흑흑."

"휴……."

미치겠다. 씨발! 정말 힘들다.

"야! 강준성! 이 새끼야!! Come on!!"

누구야? 헉! 저 인간 진짜 왔다. 씨발. 한동안 또 달달 볶이겠구만.

"왜 왔냐?"

"온다고 했잖냐!!"

"미치겠다."

"옆에 예쁜 친구는 누구?"

"친구야. 야, 너 얼른 가라."

"야, 이놈아! 이 상처 뭐야? 이거 너 또 싸움질했냐?? 엉? 어쭈구리. 이것들도 다 친구지?? 이것 보게. 아주 얼굴 꼬라지들이 영 아니네. 너 강준성 진짜 죽을래? 엉? 누나한테 맞아볼래?"

"안 싸워. 헛소리 좀 하지 마. 왜 왔냐니깐!"

"왜 오긴 너 데리러 왔지."

"뭐라고?"

"너 미국으로 데려가려고 왔다. 걱정 마. 이미 너네 담임하고 얘기 다 끝났으니깐."

"너 지금 뭐라고 하는 거냐?"

"확실히 설명해 주랴? 너 이제 미국으로 이민 간다고!! 네 엄마가 있는 곳으로! Ok?"

"지랄한다."

말도 안 되는 소리를 하는 유미 때문에 돌아버리겠다. 유미의 말에 놀라서 나를 멀뚱멀뚱 보고 있는 네 녀석들. -_-; 걱정 마. 절대 이민 가는 일 없으니까.

"대장, 무슨 말이야?"

운균이 자식은 금방이라도 울 듯하다.

"헛소리라고 받아들여."

"미국 안 가는 거지?"

"안 가, 임마. 빨리 애들이나 데리고 가. 내가 전화할게."

"애들 우리 집에 있을 거니깐 전화해. 아님 오든지. 알겠지?"

"알았다. 이 인간 집에다 놓고 곧 가마."

정유미가 헛소리하는 탓에 나뿐 아니라 녀석들도 전부 당황한 것 같다. 내가 가긴 어딜 가냐. 나는 너희들 두고 안 간다. 옆에서 자꾸 쫑알대는 유미를 데리고 집으로 왔다. 얘 진짜 말 많다. 짜증나.

"야!! 너 가야 돼!"

"안 가."

"가야된다니까!!"

"안 가."

"웃기네! 내가 네 담임이랑 벌써 얘기 다 끝냈으니깐 내일부터 절차 밟으면 돼! 내일부터……."

"웃기지 말라고!! 누구 마음대로 미국을 가! 난 안 가! 미쳤냐? 내가 거길 왜 가?"

"네 엄마가 거기 있잖아!!"

"엄마? 그것도 엄마냐? 나 버리고 간 사람이 내 엄마라는 거냐?"

찰싹—

유미의 손이 내 얼굴을 스쳤다.

"야! 강준성! 너 진짜 말 그 따위로 할래? 너네 엄마가 널 얼마나 생각하는 줄 알아?? 이모가 널 버린 거야? 어쩔 수가 없었잖아!! 이모도 많이 힘들어서 그런 거였어. 너 때문이었어! 너 때문에 미국으로 간 거야. 너 때문에 너랑 같이 살려고 미국에 먼저 가서 그렇게 힘들게 산 거야. 그런데 뭐? 버렸다고?"

"난 그 따위 말 안 믿어."

"믿든 말든 미국으로 가서 한번 네가 봐."

"안 간다."

"이게 진짜!! 너 지금 나한테 시위하는 거냐? 내가 너보다 세상을 몇 개씩이나 더 살았는데 아주 이게."

"야, 조용히 좀 해라. 나 나갔다 올 거야. 너도 좀 쉬고 내일 가라."

나 때문에, 나를 위해서 미국으로 갔다는 말 나 안 믿는다. 웃기지들 마.

"내가 이 말은 하지 않으려고 했는데 너 진짜 안 되겠다. 이모가 아프시다. 건강이 많이 안 좋아지셨어. 빨리 가자. 너도 이모 그만 미워하고 말야. 이모는 매일같이 너만 그리워하고 있는데 네가 이러면 안 되지."

"갔다 올게."

씨발. 되는 일 진짜 없다. 아프다고? 엄마가 아프다고? 제기랄.

"대장 왔어?"

"애들은?"

"술 마셔."

술… 그래, 술이나 마셔야겠다. 자리에 앉자마자 술잔을 계속 비워 댔다. 오늘은 자제해야지. 그때처럼 또 준희한테 전화하면 안 되니깐.

"준성아……."

나를 부르는 지훈이의 목소리에 힘이 하나도 없다. 벌써부터 녀석들 걱정하고 있는 거다.

"응?"

"미국으로… 진짜 가는 거야, 준성아?"

"씨발!! 형 가지 마! 형 가면 진짜 패버린 다음 가지 못하게 할 거니까 가지 마!! 가기만 해봐!"

"그래. 강준성 너 가면 너만 바라보는 운균이는 어떻게 해."

하여튼 서태민 저 자식도 가만 보면 은근히 이운균이랑 성격이 똑같단 말이야. -_-;;

"아, 이 새끼. 그런 말 할 땐 진지하게 좀 하지 마라. 깜짝깜짝 놀란다, 아주."

내가 이 녀석들 없이도 잘살 수 있을까? 그건 아마 이 녀석들이 생각하는 것과 동일할 거다.

"안 가. 너희들하고 여기서 평생 정의를 지키며 살 거다. 하하."

"진짜지?"

"민지훈! 나 못 믿냐?"

"형! 가기만 해봐. 나 평생 울 거야!!"

아악. -0- 준영이 자식까지 왜 이래?

"하하! 배꼽 빠지겠다. 박준영이 운대. 하하하! 미치겠다. 나 좀 살려줘! 이운균 투 생겼다!! 하하!!"

미친 듯이 웃는 태민이. -_-; 그런 태민이를 꼭 잡고 덩달아 웃는 이운균. -_-; 정말 못 말린다, 저놈들.

"에이씨!"

준영이의 얼굴이 빨개지더니 담배를 들고 밖으로 나가 버렸다. 큭큭. 안 가, 임마. 내가 너 우는 꼴 보지 않기 위해서라도 진짜 안 가야겠다. 천하의 박준영이 울면… 흠, 그건 아무래도 진짜 안 어울릴 것 같잖아. 홋~

"준성아, 준희는……."

지훈이의 말에 할 말을 잃고 말았다. 그래, 준희…….

"그래, 준희는 어쩔 거야?"

"어쩌긴. 내가 이제 할 수 있는 게 있냐? 나 싫다는데."

"나는 그 말 안 믿어. 그건 아니라고 봐. 아무리 준희가 냉정하다고 해도 그건 아니라고 봐."

"잡아. 내가 며칠 동안 쭉 살펴봤는데 김민우랑 다시 시작하지도 않았고, 병신같이 방에서 매일 울어."

언제 들어왔는지 준영이가 내 옆에 앉아 있었다.

"운다고??"

"응, 엄청 청승맞게 울어. 분명히 무슨 이유가 있어서 그런 거야."

준희가 운다고? 그 바보가 매일 운다고? 그러면서 내 앞에선 그렇게도 강한 척을 했던 거야?

"혹시 강연이가 뭐라고 지랄한 것 아니야?"

"뭐라고?!"

"그냥 흔히 그런 것 있잖아. 내가 더 좋아해, 너는 아니야, 그만 꺼져 줘… 이런 거."

"이야~ 이운균 말 좀 그럴싸하게 하는데?"

"서태민, 내가 그래도 너보단 머리가 잘 돌아가. >_<"

"미치셨군. -_-;"

만약 그렇다면 나는 절대로 준희를 놓치지 않을 거다. 그리고 이렇게 말할 것이다.

사랑하는 것은 받는 것보다 더 행복하다고. 나는 그랬기에 너를 사랑한 것이라고 네게 사랑을 바랬다면 처음부터 사랑하지도 않았을 거라고. 가끔은 그 사람의 존재로도 세상을 다 가진 듯한 느낌을 받을 때도 있다고. 이 모든 걸 향한 내 진심… 넌 내 전부라고…….

"얘들아, 나 미국 갔다 올게."

"뭐라고?!"

"씨발!! 진짜 죽을래!"

"왜 그래, 준성아?!"

"그건 아니야!!"

헉! -_-; 내 말이 끝남과 네 녀석들은 동시에 외쳤다. 무서운 놈들. -_-;;

"깜짝 놀랐잖아. 흥분하지 말고 들어봐. 엄마 얼굴만 보고 올게. 엄마가 아프시대. 나 잘살고 있다는 것 알리러 갔다 온다고!!"

"진짜지? 올 거지? 대장 거기 갔다가 노랑머리 애들 예쁘다고 안 오면 어떡해?!"

"이운균. -_- 내가 너냐? 애새끼들, 진짜 올 거야."

"약속해."

그러면서 내 앞으로 새끼손가락을 들곤 네 명 모두 나란히 기다린다. -_-; 나는 녀석들 때문에 세상에서 제일 유치하게 남자 놈들과 새끼손가락을 돌아가며 걸었다. 젠장할 것들.

"끄윽! 대장, 나도 데려가! 나도 미국 갈래, 끄윽! 나도!!"

내 저거 분명히 술 취할 줄 알았다. 데려가 달라는 운균이 놈을 피해서 집으로 왔다. 내일 갔다 와야겠다.

"대장, 잘 다녀와. >_<"

"그래, 이운균. -_-+ 나 없는 동안 제발 사고 치지 말고 얌전히 있어라."

"넵!"

"바이다~"

"대장!!"

"왜?"

"대장, 내가 꼭 행복히게 해줄게. ﹥_﹤"

"시끄러. -_-+"

"진짜야! 대장이 제일 갖고 싶은 것 가지고 갈게."

"태민아! 지훈아! 준영아! 제발 저 바보 꼭 챙기고 있어야 한다."

나를 보며 실실 웃는 운균이 자식을 보니 미국 가는 것이 영 찜찜하다. 왜 자꾸 저렇게 미친 듯이 웃는 걸까? -_-; 아무튼 골칫덩어리다.

"정말 미국 가서 같이 안 살 거야?"

"당연하지."

"왜? 한국에 보물이라도 감춰뒀냐?"

"당연하지."

"정말? 뭔데? +_+"

"멍청한 사람들은 몰라도 돼."

"이게!!"

"하하하."

보물이라면 한국에 너무 많지. 네놈들, 그리고 준희… 모두 두고 갈 수가 없으니까. 이제 조금 있으면 미국으로 떠난다. 시간이 늦기전에 공항으로 떠야겠는걸. 휴, 가서 조금만 정리하고 다시 돌아올거다. 아직도 힘이 드는 건 사실이니까…….

공항에 도착했다. 아직 시간은 남았구나. 휴…….

"준성아! 강준성! 이 나쁜 놈아! 도대체 어디 있는 거야!! 강준성!!"

이게 무슨 소리야? 강준성? 강준성이 여기 또 있나? 설마… 나는 아니겠지. -_-;

"준성아, 저기 네 친구들 아니냐?"

유미가 가리킨 곳에는 녀석들, 그리고 울고 있는 준희가 보였다. 준희가… 준희가 나를 애타게 부르며 울고 있었다. 준희야…….

"이런 게 어디 있어! 이런 법이 어디 있어. 흑… 강준성 이 나쁜놈 아! 이러는 법이 어딨어!"

울고 있는 준희 앞으로 다가섰다.

"준희야……."

준희를 꼭 안았다. 다시는 놓치지 않기 위해서 준희를 꼭 안았다. 바보같이 준희 앞에서 눈물을 보일 것만 같다. 하지만 전에 약속한 것처럼 준희를 지키기 위해서 나는 울지 않는다. 눈물을 참는다. 박준희를 지키기 위한 남자니까. 어제도, 오늘도, 그리고 내일도 아주 먼 훗날도… 그때도 변함없이 울지 않겠다. 언제든 힘이 들면 울 준희를 위해서 말이다.

수많은 사람 가운데 너를 만나게 되어… 다시 한 번 만나게 되어 하늘에 감사해. 앞으로 우리 다시는 이별하지 말자. 죽어도 헤어지지 말자.

—박준영 번외
너는 내게 설레임으로 찾아왔고,
마지막은 사랑이었다

세상에서 가장 믿기 어려운 것이 여자였고, 믿기 싫은 것 또한 여자였다. 이것은 사랑 때문에 여기저기에서 상처받은 사람들의 모습을 봐온 탓이었다. 가장 친했던 선배의 여자 친구가 알고 보니 한 놈도 모자라 세 다리였다고 했다. 모든 것을 다 받쳐 사랑했던 선배는 무너져 버렸고, 그 여자 친구가 이별을 고해 오자 끝내는 바보같이 자살해 버리고 말았다.

"세준이 형! 민세준! 이 병신 새끼야!"

억울해서 세준이 형의 산소 앞에서 고함을 질렀다.

"그까짓 여자가 뭐가 대수야! 뭐길래 병신같이 죽어버린 거야! 이 개새끼야!!"

아무리 소리를 질러도… 아무리 악을 써도 떠난 세준이 형은 돌아올 줄 몰랐다. 세준이 형은 정말로 죽어버린 것이다. 이 세상을 떠난 것이다. 제길!

"박준영, 밖에 나가봐."

밖에는 처음 보는 여자 아이가 있었다.

"저기… 준영 오빠, 이거요……."

여자 아이가 내민 것은 편지였다. 훗~ 가식적인 편지? 읽어보고 싶지도 않았다. 세준이 형 이후로 나는 여자라면 치를 떤다. 그 여자 아이가 보는 앞에서 편지를 찢었다.

"꺼져."

여자란 족속들은 울면 모든 것이 해결되는 줄 안다. 넌덜머리가 난다. 여자란 것들은 내 앞에서 모조리 사라졌으면 좋겠다. 영원히.

준희는 민우와 사귀는 내내 좋은가 보다. 김민우 그 새끼가 얼마나 바람둥이인지도 모르고 좋아하는 바보 같은 준희를 볼 때면 울화가 치민다.

"야! 너 그 새끼랑 그만 사귀라고 했지?!"

"뭐야! 네가 뭔데 그래? 됐어!"

"그래, 어디 네 멋대로 해봐라."

신경 쓰고 싶지 않아도 저 인간이 내 하나밖에 없는 누나이기 때문에 신경이 쓰이는 것은 어쩔 수가 없었다.

"꺄악―!!"

밖에서 들려오는 준희의 비명 소리.

"뭐야?!"

"주, 준영아… 애 좀 봐."

준희가 가리킨 곳에는 아침에 내게 편지를 들고 온 그 여자 아이가 한 손에 작은 칼을 들고선 울고 있었다.

"준영 오빠… 만나주지 않으면 여기서 죽어버릴 거예요."

너무나도 어처구니없는 짓이었다. 사랑 때문에 죽는다는 건 민세준 하나면 족한다. 내 앞에서 죽음과 사랑을 택하고 있는 이 여자 아이를 보니 나도 모르게 폭발할 것같이 화가 났다. 준희와 엄마는 어떻게 해서든 그 여자 아이를 설득하려 했지만 죽든 말든 그건 나와 상관이 없다. 단지 한심할 뿐이다. 민세준을 보는 것 같아서… 민세준. 내가 그렇게 존경하고 따르던 그 새끼를 보는 것 같아서…….

퍽—!

내 주먹에 그 아이는 나가떨어졌다. 그 아이의 코에서 코피가 흘렀다.

"죽으려면 죽어! 너란 아이 마음에 안 들었지만 지금 이 행동으로 인해 더 짜증난다. 너 왜 사냐? 너처럼 사랑에 목매다는 것들 정말 짜증나!!"

소리를 질렀다. 있는 힘을 다해 목청껏 소리를 질렀다. 그래, 민세준! 너 같은 것들 정말 짜증나고 화가 나! 죽을 수 있을 정도라면… 그 정도로 사랑했으면 살아서 떳떳한 모습으로 당당하게 사는 모습 보여주지 뭐 하러 병신같이 죽어서 기억 속에서 잊혀지냐? 네가 그렇게 죽고 나면 그 여자가 슬퍼하는 것은 불과 몇 개월밖에 되지 않아! 그리고 나면 너는 영영 지워지고 마는 거야. 몰랐던 거야? 그랬냐? 차라리 살아서… 성공하는 모습 보여줘서 그 여자가 땅을 치며 후회하게 만들지 그랬냐? 민세준… 형… 형!!

아버지의 사업 때문에 수원으로 이사를 오게 됐다. 수원으로 온 후 변화된 것이 있다면 그것은 세준이 형의 빈자리가 강준성이라는 사람으로 인해 빈틈없이 매워졌다는 것이다. 눈 씻고 찾아보아도 단점이라곤 보이지 않을 만큼 굉장한 사람. 그것이 준성이 형이었다. 형과 함께 있는 것이 좋았다. 내 옆에 준성이 형이 있다는 것이 삶을 사는 또 다른 이유이기도 했다. 형, 그리고 나머지 세 명의 형들이 언제나 내 곁에 있어준다면 나는 무엇이든 할 수 있을 것만 같았다.

[좋은 하루 보내. ^^*]

준희의 친구 민이의 문자였다. 아무래도 이 아이가 나를 좋아하는 듯했다. 이런 것 정말 싫은데… 이제는 관심조차 갖기 싫은 게 여자인데……. 준희의 친구라는 것이 마음에 걸려 끝내는 냉정하지 못했다.

"준영아, 오늘 운균이네 놀러 가자!"
"그래, 지훈이 형은?"

"지훈이는 운균이네로 바로 온다고 했어."

태민이 형과 운균이 형네로 갔다. 가는 내내 장난치는 운균이 형 덕분에 지루한 줄 모르고 걸었다. 하여튼 운균이 형은 말 그대로 주접이다.

"엇! 저기 민이다! 민이 맞지?"

태민이 형이 가리킨 곳에 민이가 있었다. 어떤 한 남자 아이가 민이의 팔을 붙잡고 있었다. 민이는 어색한 표정을 지으며 웃고 있었다. 누구지?

"우와~ 우리 민이 씨 고백받고 있나 봐. >_< 몰래 가서 우리 구경하자. >_< 러브 고백 구경하기가 세상에서 가장 즐겁단 말야!"

가기 싫었지만 운균이의 형 때문에 어쩔 수 없이 그 둘을 훔쳐보는 신세가 되어버렸다. 젠장. -_-;

"저기… 민이야, 나 진심이야. 내 마음 받아주면 안 될까?"

운균이 형 말대로 그 남자 아이는 민이에게 고백하고 있었다. 언뜻 보기에도 그 남자애는 괜찮게 생겼다. 키도 나보다 큰 것 같고 성격도 괜찮아 보였다. 하긴 민이는 어디다 내놓아도 빠지는 인물은 아니니까 고백받는 것은 당연한 것일지도 모른다.

민이는 당연히 흔들리겠지? 여자들은 갈대라고 하잖아? 쿡. 내가 언제 박준영을 좋아했냐며 당장 저놈과 사귀어 버리겠지? 당연한 일이야. 쿡쿡. 모든 여자들이 그렇듯이 한민이도 다를 바가 없으니까.

"미안해. 네 마음은 정말 고맙지만 나는 좋아하는 사람이 있어."

뜻밖이었다.

"어머!! -0- 태민아, 준영아, 들었어?! 민이가 좋아하는 사람이 따로 있대. >_< 점점 더 흥미진진한 순간이야."

처음으로 가슴이 두근거렸다. 한 사람으로 인해 내 가슴이 미친 듯 흔들려 보기는 우습게도 처음 있는 일이었다.

"너 혹시 그때 그 한 살 어리다는 그 남자 아이 좋아하는 거야? 그 애는 너한테 관심도 없다며?"

"응, 맞아. ^^*"

밝게 웃는 민이가… 바보같이 응이라고 대답하는 민이가 자꾸만 내 시선에서 떠나질 않았다.

"이 바보야! 널 좋아하지도 않는 놈을 뭐 하러 좋아해! 너 그렇게 바보냐? 멍청이야? 나는 너 행복하게 할 자신 있단 말이야!"

"그런데 나는 바보같이 네가 줄 행복에 기뻐할 자신이 없어. 내 마음은 이미 정해져 있거든. 나는 그 애가 주는 행복이 아니면 아무것도 소용이 없어. 정말 미안해. 나는 그 애가 너무 좋거든……. 나 이만 가볼게."

"한민이!!"

후… 왜 이렇게 마음이 놓이는 것일까? 민이의 말에 내 마음이 이렇게 진정이 될 줄이야. 상상이나 할 수 있었을까? 그래… 민이라면… 혹시 한민이라면…….

"얘들아, 내가 멋지게 끓인 라면을 어서 입 안으로 넣어주길 바래."

DJ 흉내를 내며 나와 태민이 형을 부르는 운균이 형. 진짜 푼수 같다. ^^;; 못 말리는 형을 뒤로하고 태민이 형과 나란히 앉아 라면을 먹었다.

"윽! 퉤!"

태민이 형은 라면을 뱉더니 소리를 질렀다.

"이 새끼야, 무슨 라면이 이렇게 짜!"

"무슨 소리야. 내 라면이 짜다니? >_<"

"짜다고? 윽!"

라면은 정말 짰다. 도대체 무슨 짓을 한 건지. -_-; 역시 운균이 형한테는 뭐든 맡기면 안 된다. 차라리 내가 끓이고 말지.

"아잉~ 태민 씨, 미안해. 맛이 어떨까 일부러 소금 한번 왕창 넣어봤어. 나 예쁘게 봐주면 안 되겠어?"

퍽—

내가 그럴 줄 알았다. -_-; 운균이 형은 태민이 형한테 몇 대 맞더니 라면을 사러 나갔다. 돈 아까워 죽겠다.

"준영아, 아까 민이 말이야."

"민이?"

"응. 진짜 멋있지 않냐? 보통 사람 같으면 흔들릴 수 있었을 텐데 그렇게 단호하게 거절하는 것 말이야."

일부러 형의 말에 대답하지 않았다. 나 이렇게 흔들리고 있는데 형의 말을 계속 들으면 이보다 더 흔들릴 수도 있다. 차라리 딴짓이라도 해야겠다.

"민이가 좋아하는 사람이 준영이 너 맞지?"

"…어떻게 알았어?"

"척 보면 알지. 박준영는 좋겠다? 박나리가 그랬다면 내가 매일같이 도시락 싸들고 다니면서 예뻐해 줬을 텐데……. 나리와 민이는 질적으로 다르다. 잘해봐."

라면을 먹고 10시가 되어서야 집으로 왔다. 하지만 그날 밤 나는 잠을 잘 수가 없었다. 이상하게 잠이 오지 않았다. 태민이 형의 말이 귀에 맴돌았고, 낮에 본 민이의 모습도 눈앞에 아른거렸다.

"그런데 나는 바보같이 네가 줄 행복에 기뻐할 자신이 없어. 내 마음은 이미 정해져 있거든. 나는 그 애가 주는 행복이 아니면 아무것도 소용이 없어. 정말 미안해. 나는 그 애가 너무 좋거든……. 나 이만 가볼게."

그런 거야? 한민이 정말 그런 거야? 네 마음은 이미 나한테로 정해진 거야? 그래서 내가 아니면 안 된다는 거야? 현재의 내 설레임이 지난날의 내 상처를 씻어주는 듯 나는 그저 웃음이 나왔다. 반복되는 민이의 말도, 질적으로 다르다는 태민이 형의 말도 모두 다 나의 귀를 간질이며 즐거움을 선사하고 있었다.

형들과 함께 당구를 치고 있었다. 운균이 형은 당구장을 뛰어다니며 떠들고 있었다. 못 말린다. ㅡ_ㅡ;

띠리리리—

민이였다.

"여보세요?"

[준영아!! 나 민이인데!!]

[민이야!! 전화하면 어떡해!! 전화 이리 줘!]

[싫어! 나 전화할 거야! >_< 전화 뺏으면 미워할 거야!]

아무래도 민이가 술에 취한 모양이다. 수화기에서 흘러나오는 민이를 말리는 준희의 목소리. 떼를 쓰며 나와 통화하려는 민이. ——;;

"야! 너 뭐 해?"

[응. 준영아, 나 여기 남문인데.]

"남문에서 술 먹나?"

[으응. 애들 끌고 빨리 와.]

"뭐? 오라고?"

[응. 빨리 와야 돼.]

빨리 오라는 말만 남긴 채 민이의 전화는 끊어졌다.

"형들! 아무래도 남문으로 가야겠어."

내 자신에게 지금 무척이나 놀라고 있는 중이다. −_−; 형들한테 남문으로 가자는 내가 너무나도 놀라울 뿐이다. 한민이 너 오늘 죽었다. 네가 감히 나의 발을 움직이게 하다니… 넌 오늘 죽었어.

남문 술집으로 갔더니 상황은 가관이었다. 지영이는 준희의 목을 껴안은 채 울고 있었고, 민이는 준희의 무릎을 베고 자고 있었다. 어이가 없어서 웃음이 다 나왔다. 자고 있는 민이를 쿡쿡 찔러보았다.

"야! 너 안 일어나냐? 이게 뭘 믿고 이렇게 세게 나오냐? 야! 한민이 너 정말 안 일어나지? 어쮸!"

쿨쿨대며 자고 있는 민이. 끝내는 민이를 업었다. ——;;

"나 먼저 간다."

"어? 박준영 어디 가?"

"민이 집에다 데려다 주고 갈게. 넌 준성이 형이랑 가."

뒤에서 쏟아지는 야유를 온몸에 받으며 민이를 업고 나왔다. 생각보다 참 가볍다. 오늘은 민이의 색다른 모습을 보아서 신기하다. 이렇게 애교가 많을 줄은 몰랐는데……. 전화기에 대고 빨리 오라는 민이의 목소리가 자꾸만 생각나 피식피식 웃었다.

"끄윽— 준희야! 준희야! 준영이 좀 불러줘."

내 등에 업힌 민이가 고래고래 소리를 지르기 시작했다. 나 여기 있는데. -_-a

"나 오늘은 정말로 고백하고 말 거야!"

허억!! -_-; 여기 있다니까 무슨 고백을 한다는 건지……. 이 바보, 내일 나 보면 무슨 일이 있었냐며 모르는 척 행동할 게 분명하면서 무슨 고백을 하겠다는 거야. 그때 나는 민이가 얼마나 슬퍼하며 지내는지 깨달을 수 있었다. 나라는 놈으로 인해… 나같이 못난 새끼로 인해 착하디착한 한민이가 얼마나 힘든지 나는 깨달았다.

"준희야… 사실은 나 많이 힘들어. 혼자 좋아하는 것… 그것 때문에 이렇게 힘든 게 아니야. 뭐 어때. 혼자 좋아하는 것… 그거 얼마든지 할 수 있어. 자신있어. 그런데 내가 이렇게 힘든 것은 내게서 자꾸만 멀어지는 준영이 때문이야. 내 마음 몰라줘도 되는데 멀어질까 봐 준영이와 자꾸만 멀어질까 봐… 그게 무서워. 그게 끔찍할 정도로 두렵고 무서워."

그런 적이 있었다. 한때는 세준이 형이 너무 좋아서… 내게 의지가 되어주는 형이 좋아서 형의 뒤를 그림자처럼 졸졸 쫓아다닌 적이 있었다. 허나 형에게는 사랑하는 사람이 생겼고, 형은 좀처럼 나와 다니지 않았다. 점점 그 여자로 채워가는 형을 보면서 형이 밉기보단 멀어지게 되는 것 같아서 속상했었다. 민이의 마음을 알 것만 같다.

"준영이한테 나는 정말 다르다는 말을 못하는 내 심정 너 알아? 다른데… 내 마음은 정말 다른데… 준영이한테 그런 말 할 자신이 없어. 그것조차도 그 아이에게는 거짓말로 비춰지게 될까 봐 너무 무서워……."

민이네 집에 도착했다.

"예. 죄송합니다. 다시는 이런 일 없도록 하겠습니다."

걱정하시는 민희 부모님께 죄송하단 말씀을 건네드리곤 민이를 방침대에 눕혀놓은 후 집을 나섰다. 오늘 피우는 담배 맛은 무지하게 쓰다. 휴…….

"씨발! 진짜 짜증난다니까. 내가 그년 좀 데리고 놀려고 하는데 무지하게 튕긴다? 골 때리는 년! 순진한 년 울궈먹기가 이렇게 힘드냐?"

며칠 전에 민이에게 사귀자고 말했던 놈이다. 계단에 앉아서 또 한 명의 놈과 담배를 피우며 투덜거리고 있었다.

"병신아, 좋아하게 만들 자신은 있었냐?"

"당연하지! 내가 그 딴 애를 나 좋아하게끔도 못하겠냐? 그런 애들은 하룻밤 자고 나면 얼마나 목매다는데. 쿡쿡. 여자한테는 원래 처음이란 게 중요……."

퍽—!

극도로 화가 났다. 이 새끼 오늘 죽여 버리겠어.

"너, 너 뭐야!"

퍽—!

너 오늘 걸려도 한참 잘못 걸렸어. 옆에 있던 친구란 새끼가 나를 치려고 했다.

"죽기 싫으면 넌 꺼져."

"이 새끼가 뒈지려고 환장했나! 너 어디 학교야?"

"나? 대림 공고 박준영이다."

바로 도망치는 멍청한 새끼. 혼자 남은 이 새끼는 바들바들 떨고 있었다.

"너 오늘 나와 기나긴 얘기 좀 나눠줘야겠다."

가만두지 않겠다. 네 더러운 입으로 그렇게도 깨끗하고 순수한 한민이를 잠시나마 말로써 더럽힌 죄를 톡톡히 치르게 해주겠다. 반드시 후회하게 만들어주겠어. 내가 잘못되더라도 네 새끼 오늘 결단 내고 만다.

"도대체 나한테 왜 이러는 거야?"

피를 흘리며 바닥에서 일어서지도 못하는 더러운 새끼. 나는 있는 힘을 다해 다시 한 번 밟아주었나. 네가 느끼는 고통의 몇 배로 나는 화가 난다.

"남의 여자를 그렇게 말하고 다니면 쓰겠냐?"

일그러진 얼굴로 놈이 소리쳤다.

"남의 여자라니? 나 네 여자 건드린 적 없어! 이거 왜 이래!"

"없다고? 진짜지?"

"그래! 진짜야!"

퍽—!

놈의 입으로 정확히 내 주먹이 명중했다.

"악—!!"

"이런, 어쩌지? 내 주먹이 그러는데 지금 네가 하는 말 다 구라래. 어쩌냐?"

"이유나 알고 맞자! 이유나 알고 맞자고!!"

이유는 바로 한민이다. 네 새끼가 함부로 주둥이를 놀려 버린 한민이란 여자 때문이다.

"한민이 알지?"

"윽… 한민이?"

"그 애가 바로 내 여자야. 어때? 정신이 확 들지?"

"윽… 내가 걔한테 뭘 어쨌다고 이래? 난 사귀자고 말했다가 거절당한 것밖에 없다고!"

"네가 그 년 가지고 놀려고 하는데 무지하게 튕긴다며? 골 때리는 년, 순진한 년 울궈먹기가 너무 힘들다며? 이거 네가 한 말인데도 기억나지가 않나 보다? 네 대가리는 돌이냐? 네가 이 말한 지 한 시간도 안 지났는데 정말 기억 안 나?"

"쳇."

"네 새끼 얼굴 내 머리에 바로 접수시켜 놓는다. 다시 한 번만 민이 앞에 알짱거리는 것 내게 보이면 그날로 개박살날 줄 알아."

패죽이려던 것을 멈추고 나왔다. 한민이… 그렇게 밝게 웃으며 대답했는데… 겨우 저런 놈이었다니 분해서 미칠 것만 같다.

그래, 한민이… 이제는 됐다. 이제는 나 인정한다. 그래, 바로 너였다. 너란 사람을 만나기 위해 내가 지금껏 아무도 믿지를 못한 것 같다. 너만을 믿기 위해서 지금까지 이러고 살아온 것이다. 살면서 한 사람을 믿는다는 것만으로도 값진 보물을 얻는 것이라고 여겨왔는데 내 믿음 안에서 네가 숨 쉬고 있다는 것을 나는 이제야 인정하겠다. 네 웃음을… 이제는 내가 지켜줄게.

너 그거 아냐? 네가 내게 남기고 간 것은 내가 그렇게도 인정하기 싫었던 사랑이라는 것을……

"씨발! 오늘 엄청 맞았다니깐! 그 새끼는 왜 매일 꼬투리 잡아서 나만 때리냐? 열받네."

정섭이가 투덜거리며 허벅지를 만지작거렸다. 오늘도 학주한테 깨졌나 보다. 그러길래 학교에선 일 터뜨리지 말라니깐 저 인간도 말 더럽게 안 듣는다.

"서태민! 너 어디 가?"

"집에 간다."

"오늘 모이자니깐! 애새끼들이 기다린단 말이야."

"싫다. 재미없어. 그냥 갈래."

"야야! 야! 서태민!!"

어쩌다 보니 1학년 때부터 흔히 일진이라 불리우는 녀석들과 놀게
됐다. 그땐 몰랐는데 알고 보니 지네가 일진이란다. ㅡㅡ;; 엄청 당황
되는 일이었지만 별로 정 주고 싶은 스타일들은 아니었다. 애새끼들
이 모두들 잘난 척하고 다니는 탓에 짜증날 때도 있지만 졸업할 때까
지는 참기로 했다. 나 15년 살면서 아직까지 제대로 된 친구를 한 번
도 못 사귀었다. 정말 환장할 노릇이지. ㅡㅡ^ 서로 마음이 맞는 친구
를 찾기란 하늘의 별 따기와도 같았다.

"야! 이년아! 넌 돈도 안 갖고 다니냐?"

뭐야, 저것들? 우리 학교 애들인데 아무래도 또 순진한 애한테 돈
뺏고 있나 보다. 머저리 같은 것들. 나는 세상에서 제일 싫은 것들이
저런 것들이다. 그것도 꼭 힘없는 애들만 골라서 하는 애들! 정말 미
워하다 못해 증오한다! 그때 내게 여자란 것 없었다. 그랬기에 그때
도 바로 주먹이 나가 버린 후였다. ㅡㅡ;;

"병신들아! 한 번만 더 이런 짓 하는 것 눈깔에 보였단 봐! 그땐 더
죽을 줄 알아!"

그 애들은 나를 엄청 갈구더니 다른 길로 가버렸다. 병신들. 혼자
서 쭈그리고 앉아서 우는 이 애 참 인생이 가엾다.

"이런 애들한테 맞으면 네가 병신이야. 활발하게 지내라. 조용한
애들은 저런 것들의 대상이야. 알겠냐? 네가 뭘 잘못한 게 있다고 저
런 것들한테 맞고 있냐? 앞으로 잘해라. 간다."

이 아이는 많이 무서웠나 보다. 아직까지 명찰조차 빼지 못한 채
그렇게 맞고 있었나 보다.

왠지 불쌍한걸. -_-; 이름이… 신지영? 앞으로 잘하겠지.

그 뒤로 학년이 바뀌었다. 나는 그때까지도 일진 녀석들과 다녔는데 그때 내 소원이 빨리 졸업하는 거였다. 어서 다른 곳에서 적응해 나가고 싶은 바람에 말이다. 다행히도 내가 키도 크고, 덩치도 있고, 운동까지 해서 그것들은 날 쉽게 터치하지 못했다. 쩝.

그런데 하나 이상한 것은 한 살 더 먹으면서부터 여자한테 관심이 생긴다는 거다. 미친 것 아니야? -_- 나보다 더 못한 놈들도 여자 친구가 있는데 난 뭐냐 하는 생각이 들기 시작했다. 하지만 젠장할. 내 주위에 있는 애들은 순전히 다 양아치 기지배들이다. 그래서 더 짜증날 따름이다.

한참 매점에서 혼자 신나게 라면을 먹고 있을 때였다.

"신지영, 국어 숙제 네 책상 위에 났다."

"응, 알았어. 얼른 갈게."

지영? 신지영?? 왠지 낯익은 이름이었다. 누구더라? 누구지? 라면 먹다 말고 한참을 골똘히 생각했다. 하지만 생각이 안 난다. 그래서 그 애 얼굴을 민망할 정도로 뚫어져라 쳐다봤다. 누구지? 그런데 저 여자애 짧은 커트 머리에 주먹만한 얼굴에… 씁. 뭐냐, 이 설레임은? 하여튼 저 기지배는 내가 아는 기지배들과 달랐다. 그거 하나는 알 수 있었다.

내가 쳐다보는 걸 느낀 건지 그 애는 얼굴도 못 들고 내 앞에서 계속 서성이고 있었다. 왜 그러지? 그 애가 말을 붙이기 전까진 내가 일진이라 무서워서 그러는 줄 알았다. -_-;;

"저기… 저기… 그땐 정말 고마웠어. 정말로 고마웠어!"

뭔 소리지? 저 애는 자기 말만 하고 냅다 뛰어간다. 고마웠어라니? 내가 고마운 짓이라도 했나? 에이 씹!! 짜증나네. 왜 이렇게 생각이 나지 않지? 젠장할.

집에 와서도 계속 그 애 생각을 했다. 어디서 봤더라? 내가 고마운 짓을 언제 했더라? 내가 대체 무슨 짓을…… 앗!! 그때 그 긴 머리에 소심한 여학생? 몇 개월 전 양아치 기지배들한테 맞던 그 애가 오늘 그 애라고? 젠장!! 믿어지지가 않는다. 무슨… 뭐? 흙 속의 진주라고 해야 하나? 뭐야! 그 애를 보고 처음으로 여자에 대한 설레임이 생겼다. 속일 수 없는 사실이었다.

그 뒤로 그 여자애를 자주 봤다. 순진하다. 웃는 모습 정말 청순했다. 그리고 이제 더 이상 소심한 바보 같은 아이가 아닌 웃는 모습이 예쁜 활발한 아이로 변해가고 있었다. 혼자 그 모습을 보며 무척이나 흐뭇해했다. 그래, 신지영 너 잘하고 있다. 그렇게 있는 것이 훨씬훨씬! 더 예쁘다.

그 뒤로 그렇게 기다리고 기다리던 졸업이 왔다. 졸업식 날 그 애를 찾으러 다녔지만 볼 수가 없었다. 연락처라도 물어보고 싶었는데. 쳇! -_-; 고등학교 가서도 잘살겠지 뭐. 하지만 나는 참 아쉬웠나 보다. 졸업을 해서 아쉬운 게 아닌 그 애랑 헤어져서… 이제 더 이상 볼 수 없다는 것에 대한 그런 아쉬움 때문에 교문을 나오면서 한참을 뒤돌아서서 두리번거렸다.

신지영… 잘 지내라.

나는 대림 공고란 곳에 입학했다. 이 학교 전설로는 잘생긴 것들이 많이 온다는데 맞는 말인 거 같다. 내가 원래 한인물 한다. ^-^;; 교실로 들어갔다. 뭐, 그나지 잘생신 애들은 없는 것 같은 -_- 이곳에서 진정한 친구 녀석을 찾을 수 있을 것인가? 음, 상당히 고민된다.

"너 소집일 날 안 왔었지?"

"응. 왜? 그거 꼭 와야 되는 거냐?"

"아니, 그런 건 아니고. 연락처랑 이름 좀 적어주라."

"왜? 너 임시 반장이냐?"

"응."

"쳇! 고등학교 오자마자 그 딴 걸 하다니 너도 참 괴롭겠다. 야."

"이름이 서태민이야?"

"응."

"서태지였음 좋았을 텐데. 하하하."

"쳇! 놀리냐?"

"아냐!! 그런 거 아니야!!"

"네 이름은 뭐냐?"

"나? 민지훈이야."

"그래? 기억해 두마! 임시 반장 민지훈! 반장 선거 하면 너 적극 추천해 주마!"

임시 반장이라는 애 무척이나 핸섬해 보였다. +_+ 안경을 껴서 그런지 참 자상해 보이는 녀석이었다.

"자, 내 이름은 정인수다. 앞으로 일 년 동안 잘해보자!"

드르륵—

한참 담임이 열까지 내며 인사를 하고 있었는데 촐싹맞게 앞문으로 들어오는 한 녀석이 있었다.

"임마!! 너 뭐야?"

"저 7반 학생입니다!"

"그걸 누가 몰라서 묻냐?"

"그럼 왜 물으셨나요?"

"핫! 이런 골 때리는 녀석을 봤나? 임마, 나 7반 담임이다!"

"네. 알고 있어요. ^ - ^"

도대체 무슨 깡인지 저놈 실실 웃고 있다. 참 멍청해 보인다.

"참나, 또 골 때리는 녀석이 한 명 들어왔군. 임마, 너 이름이 뭐야?"

"저요? 이운균이요!"

"알았다. 다음부터 늦으면 맞을 줄 알아!"

"넵! 선생님 저 어디 앉아요?"

"자식아! 맘대로 앉아!"

그 자식 두리번거리더니 냅다 내 옆 자리로 와서 앉았다. 키는 작았는데 자세히 쳐다보니 쫌 귀엽게 생긴 것 같기도 했다. 그런데 성격이 정말 특이한 것 같다. 이운균이라……

첫날이라 그런지 어수선한 분위기의 하루가 지나가고 있었다. 그런데 창가 쪽 맨 뒤에 있는 녀석은 아까부터 얼굴 한 번을 안 든다. 계속 자기만 한다. 뭐 저런 게 다 있냐??

"야, 너 볼펜 있냐?"

옆에 있는 이운균이라는 애가 볼펜을 빌려달란다. -_-;; 못마땅한 표정으로 하나를 빌려줬다. 나쁜 새끼! 오늘 처음 사가지고 온 건데.

"야, 너 내 이름 아까 들어서 알고 있지? 너만 내 이름 알면 재미없으니깐 너도 말해 봐. 네 이름 뭐냐?"

뭐 이런 게 다 있나 했다. 이름이 궁금하면 그냥 물어볼 것이지 궁상한 변명을 대기는…….

"서태민이다."

"서태민? 응, 알았어."

"넌 원래 그렇게 발랄하냐?"

"너무 발랄해서 탈이야."

"싸움은 잘하냐?"

이런. -_-; 3년 내내 일진 놈들이랑 놀다보니 별걸 다 묻는다.

"여기서 아무나 한 대 패볼까?"

"알았다. 싸움 꽤 하나 보구나?"

"여자라고 해서 결코 안 봐준다. 마음에 안 드는 짓 하면 바로 발차기다!"

"쿡."

이놈 나랑 왠지 통하는 게 많았다. 말하는 폼이나 행동이 말이다. 그렇다고 내가 이놈처럼 촐싹맞다는 건 절대 아니다! -0-

"야, 태민아."

"왜?"

"아까 네가 한번 패보라고 하면 어쩌나 고민했다."

"큭. 하하!"

아무튼 이 자식 상당히 웃기는 놈이었다.

"야, 근데 저놈은 왜 아까부터 계속 저 자세냐?"

"너도 궁금했냐? 나도 궁금했다. 아무래도 자고 있는 듯?"

"참나, 지각한 나보다 자고 있는 저놈이 더 세다!"

운균이와 나는 계속 자고 있는 그놈을 신기한 듯 쳐다봤다. 조금 있다 일어나면 면상이나 봐야겠다.

"자, 임시 반장 인사."

"차렷. 경례."

"잠깐만! 저기 창가 쪽 뒤편에 누워 있는 놈은 뭐야?"

순간 모두들의 시선 고정! 아싸! 저놈 얼굴 볼 수 있겠다! 큭. 아마 엄청 재수없게 생겼을 거야. 으하하~ 그 앞에 앉은 임시 반장 민지훈은 당황해서 얼른 깨우는 것 같았다.

그제야 저놈은 얼굴을 숙인 채 몸을 세운다.

"이 새끼야! 너는 첫날부터 자빠져 자고 있냐? 앞으로 나와!!"

저놈은 자리에서 일어나 앞으로 태연하게 잘도 걸어갔다. 키가 엄청 컸다. 180㎝는 족히 넘어 보인다. 드디어 저놈의 얼굴 개봉 박두!!

"엄청나게 잘생겼다. 우와! 태민아, 안 그래?"

"응, 그러게. 잘생겼다. 표정 죽인다."

"우와~"

아무튼 이운균과 나는 엄청 놀라 그놈의 얼굴에서 눈을 떼지 못했다.

"너 왜 자고 있어!"

"죄송합니다. 피곤해서 잠깐 눈 좀 붙인다는 게 시간 가는 줄 모르고 잤습니다. 다음부터는 이런 일이 없도록 하겠습니다."

헉! -O- 말하는 것도 아주 장난 아니다. 같은 남자인 내가 봐도 멋있을 정도의 정중한 어투. 그래, 솔직히 무척 멋있었다. 나 같았으면 저런 말 절대 못했을 텐데⋯⋯. 선생님도 놈의 말에 당황하셨는지 더 이상 화를 내지 않으셨다.

"흠, 알았다. 다음부터는 그러지 말아라."

"네."

"이름이 뭐냐?"

"강준성입니다."

"강준성? 그래, 알았어."

솔직히 저놈이랑 친해지고 싶었다. 왠지 저 아이 표정 속엔 친구에 대한 단단한 의리 같은 게 느껴졌기에, 어쩌면 나도 진짜 친구를 만날 수 있을 것 같은 좋은 예감에⋯⋯.

일주일이 지나자 자리가 바뀌었는데 매우 흡족했다. 내 뒤에는 강준성과 이운균, 내 짝은 임시 반장 민지훈이었다. 우리는 그걸 계기로 친해질 수가 있었다. 이운균은 역시나 첫인상 그대로 촐싹맞았고 민지훈은 공부도 잘하고 잘 챙겨주는 스타일이었다. 그리고 강준성 이놈은 말을 잘 안 한다. 무뚝뚝하다고나 해야 하나? 우리가 세 번 정

도 물어봐야 한 번 대답할 정도였으니깐. −_−^

어느 날은 같이 놀자며 우리가 억지로 준성이 녀석을 데리고 남문으로 갔다. 그때 처음 남문으로 가서 먹은 게 떡볶이였다. 엄청 맛있어서 우리는 거의 바닥을 내고 왔다. 그리고 노래방을 갔는데 어떤 지지배들, 아니다, 유림 상고 교복을 입은 애들이 오더니 합석하자고 했다. 그래서 그냥 같이 놀았다. 내 옆에 앉아서 노래 부르던 아이는 엄청 예쁘게 생겼다. 조금 싸가지없게 생기긴 했지만 그래도 인형같이 예쁘게 생겼다. 싸가지없는 인형. 큭큭.

"넌 이름이 뭐야?"

"태민이. 서태민."

"연락처 있어?"

이 애는 내가 마음에 들었나 보다. 나도 좀 관심이 가기도 해서 핸드폰 번호를 적어줬다.

"연락할게. 내 이름은 나리야. 박나리."

그게 나리와 첫만남이었다.

그 뒤로 일주일이 지나고 나리와 사귀게 되었다. 나리가 학교에서 어떻게 지내는지는 모르겠지만 내 앞에선 착한 아이였다. 일일이 나를 챙겨주는 모습에 반해서 사귀게 됐다. 점점 내 기억 속에서 그 신지영이란 아이를 잊어가고 있었다.

그렇게 몇 개월이 지나고 나는 그 애를 다시 볼 수가 있었다. 그 애는 전보다 더 달라진 모습이었다. 나쁜 모습이 아닌 더 좋은 모습으로 변해 있었다.

내 가슴이 다시 그 애를 봤을 때 그때처럼 설레기 시작했다. 무대 위에서 사람들의 환호성을 받으며 춤추고 있는 그 애… 그 애 신지영. 안 되겠다. 이제 내 마음 주체할 수가 없다. 아무래도 저 애를 내 것으로 만들어야겠다. 나리와는 다른 감정이었다. 지영이는 달랐다.

그날 저녁 나리를 만났다. 내 마음 더 이상 숨기지 않기 위해 그만 깨지자고 말할 참이었다. 하지만 나리는 술에 많이 취해 있었다.

"나리야, 할 말이 있다. 우리……."

"태민아, 내가 너 얼마나 사랑하는지 알지?"

"……."

"우리 부모님 이혼했다. 나 버려두고 이혼했어. 나 상관 안 하고 글쎄, 지들 맘 변했다고 이혼한 거 있지. 너무하는 거 아니니? 나 자기들이 낳은 딸이잖아. 그런데… 그런데… 그렇게 쉽게 이혼해 버렸 어."

"나리야……."

"아빠가 나 버리고 다른 년한테 가버렸어. 그런데 더 웃긴 건 엄마 도 재혼할 거라는 거 있지. 모두가 날 버렸어… 모두가……."

아무런 말도 할 수가 없었다. 그런 나리에게 도저히 헤어지자고 할 수가 없었다. 나리에게 나마저 상처를 줄 수가 없었다.

"태민아, 너는 내 옆에 있어줄 거지?? 그럴 거지? 너까지 나 버리 지 마. 알겠지? 너마저 나 버리면 나는 죽어버릴 거야."

나리를 꼭 안아줬다. 그게 내가 할 수 있는 전부였으니까…….

하지만 그 뒤로 나리는 많이 변해갔다. 노는 애들과 친해져서 일진이 되어가고 있었다. 많이 말려도 봤지만 아무 소용 없었다. 상처로 인해 나리가 점점 변해가는 것이 가여웠다. 난 그런 나리를 지켜주기로 했다. 하지만 그 애가 웃는다. 나를 보며 웃는다. 지영이가 나를 보며 웃을 땐 가슴 한쪽이 시리다. 너무도 시려온다.

지영이는 친숙하게 내게 말을 걸어왔다. 자연스레 인사 정도 나눌 사이가 되자 난 느낄 수 있었다. 나의 대한 지영이의 마음을… 나를 좋아하고 있다는 걸 느낄 수가 있었다. 그 마음을 느꼈을 때 마음이 많이 아팠다. 내 행복을 위해 그 애한테 가면 혼자 남을 나리가 너무나 가여웠기에 나는 나리를 택했다. 조금만 더 일찍 그 애를 만났더라면… 조금만 더 일찍 그 애를 사랑했더라면 우리 이렇게 서로 돌아서지 않을 텐데… 사랑하는 마음 묻어두지 않고 기뻐할 수 있었을 텐데…….

너무나 늦게 만나 전하지도 못한 채 돌아서야 하는 이 현실을 비웃어본다. 혼자서 많이 중얼거렸다. 친구라고… 그 애는 이제 친구일 뿐이라고… 그것이 억지라도 친구라고 생각하자. 친구다… 절대 친구다. 그게 모두를 위해서 훨씬 쉬운 방법일 테니깐…….

그렇게 시간이 흘렀다. 시간이 흐르면 흐를수록 나리는 점점 망가져 갔다. 다른 남자애들과 만나는 건 기본이었고 술 마시고 딴짓거리하는 건 예사였다. 하지만 나리가 그러는 이유를 나는 알고 있었다. 엄마와 아빠에게 보여주기 위한 반항심이라는 걸… 너무 속상해서 일부러 그런다는 걸 나는 알 수가 있었다. 그런 나리가 너무 안타까워 항상 나리를 보면 웃어줬다. 내 품에 안겨 울고 있는 나리를 보면 마음이 아프고 미안했다. 그 애를 좋아하고 있는 내 마음 때문에 너무 미안했다.

내가 미안해서… 이런 내 마음 때문에 너한테 너무 미안해서… 그래서 끝까지 네 옆에 있을 테니 걱정하지 마, 나리야. 나는 너 절대로 버리지 않아.

2학년이 되고 준성이 앞에 준희라는 아이가 나타났다. 준성이랑 강연이가 깨지고 난 후였다. 준성이는 처음부터 강연이한테 관심이 없었지만 준희라는 애한테 보이는 관심은 정말 대단했다.

"푹 빠졌다."

"뭐라고?"

"태민아, 너만큼이나 나도 푹 빠졌어."

"누구한테? 준희?"

"그래, 당연히 준희지."

"그렇게 좋은 거야?"

"응, 너무 좋아서 미칠 것 같다."

준성이는 매일같이 준희 생각만 했다. 창가 쪽에 앉아서 창 너머로 보이는 유림 상고 건물을 바라보며 넋 나간 사람마냥 실실 웃을 때도 있었다. -_-;; 징한 놈.

우리 사이에서 준성이는 대장이었다. 나는 강준성을 아낀다. 그놈이 날 아끼는 만큼 나도 그 자식을 아낀다. 또한 지훈이 녀석과 귀여운 운균이도 늙어 죽을 때까지 함께할 거다. 그토록 찾아다니던 친구… 이놈들을 통해서 배우고 알게 됐으니깐.

그리고 또 한 명 터프가이 박준영. 큭. 이 녀석 또한 아끼는 놈이 되었다.

준희 덕분에 그 애… 항상 내 마음을 아프게 만드는 그 애와 더욱 가까워질 수가 있었다. 그 애와 가까워지면 가까워질수록 마음이 아파지는 날들이 많아졌다. 저 녀석도 많이 힘들 텐데… 어쩌면 지금 내가 이렇게 힘들고 아픈 마음보다 저 녀석이 더 힘들 텐데.

그 애는 그래도 내 앞에선 웃는다. 그것도 아주 활짝 웃어서 내가 더 아프다. 그 웃음이 그 애의 보이지 않는 눈물이라는 걸 잘 알고 있기 때문에 내가 더 아프다.

"오호~ 서태민 요즘에 얼굴이 활짝 피는데?"

"하하! 내가 요즘 좀 하잖아?"

"나리가 요즘은 학교 생활 열심이더라!"

"응. ^^"

한 번만이라도 너한테 사랑한다고 말하고 싶은데… 내가 그러고 나면 네가 더 힘들어져. 그래서 나는 말 못해. 내가 너한테 갈 수는 없잖아.

"헥헥! 태민아!"

옆 반 성철이었다. 무슨 일이지?

"나 어제 남문에서 나리 봤다."

"나리?"

"응! 대영고 남자애랑 팔짱 끼고 좋다고 가던데? 어떻게 된 거야?"

나리가 또 다른 남자를 만나고 다닌다. 그리고 사건만 일으키고 다닌다. 이건 아닌데… 정말 이건 아닌데. 내가 화를 내면 잘못했다고, 너까지 날 버리지 말라며 우는 나리. 이제 지쳐 간다. 이제 너무 힘들다.

"태민아, 내가 정말 잘못했어. 이렇게 빌게. 응? 응? 정말 잘못했어. 제발 한 번만 나를 믿어줘."

"휴… 다시는 그러지 마."

나는 이제 나리에게서 벗어나지 못한다. 왜냐하면… 이게 사랑일 수도 있을 테니깐.

녀석들과 운동장에 있었다. 그러던 중 여자애들끼리 싸우는 것이 보였다. 강연이와 나리, 민이, 그리고… 그리고… 그 애 지영이.

지영이는 함부로 싸우는 애가 아니란 걸 잘 알고 있다. 박나리! 너또 무슨 일을 저지른 거야.

찰싹—

"박나리! 너와 난 이제 끝이야. 나 이제 너란 인간에 대해 지쳐. 알아? 넌 항상 이런 식이었어. 늘 날 실망시켰어. 그래도 나는 널 아끼고 사랑했다. 하지만 이번엔 내가 끝이다. 다신 너 안 본다."

결국 또 이거였어. 박나리… 너는 항상 이랬어. 이제는 정말 나리와 헤어질 거다. 이제는 나도 지쳤으니깐……. 준성이한테 미안했다. 너무 미안해서 얼굴도 못 쳐다보고 집으로 뛰어왔다. 준성이가 아끼

는 준희가 맞았다는데… 그것도 내 여자 친구 때문에 그렇게 됐다는
게 너무나 미안했다.

그날 밤 나리가 집 앞으로 찾아왔다.

"태민아! 태민아! 내가 정말 잘못했어! 잘못했어. 제발 밖으로 나
와봐! 응?!"

귀를 막았다. 듣지 않겠다. 듣지 않겠다.

"너 나올 때까지 집에 안 가! 나오지 않으면 나 그냥 여기서 죽어
버릴 거야!"

무슨 수로… 무슨 수로… 내가 나리를 보내… 휴…….

"늦었어. 집에 가."

"태민아, 나 용서해 주는 거야? 응?"

"응… 얼른 집에 가."

역시 박나리의 서태민으로 돌아왔다. 훗… 역시 신지영 너한테는
평생 갈 수 없나 보다. 그런가 보다. 가려고… 너한테 가려고만 하면
이렇게 다시 돌아가 버리고 만다.

젠장! 녀석들한텐 깨진다고 했지만 훗… 역시 안 된다.

"형들! 아무래도 남문으로 가야겠어."

"왜?"

"준희 애들 남문에서 술 마시고 있대. 그런데 엄청 취한 것 같아."

"지영이도?"

"응."

민이가 술에 취해 있다고 해서 모두 다 오라고 했다고 한다. 그리고 그 애도 술에 취했다고 그랬다. 그 애가… 그 말에 정신없이 뛰어 갔다. 지금 그 애 심정을 내가 잘 아니깐… 너무나도 잘 알고 있으니깐.

정신없이 뛰어갔을 땐 준희 품에 안겨 울고 있는 그 애 신지영. 너 생각보다 많이 힘들어하고 있구나. 그렇구나. 내가 어떻게 해주길 바라니? 너한테 그냥 갈까? 나 그냥 너한테 갈까? 알아, 너한테 가면 행복하고 편해진다는 거. 사실은 나도 너한테 가고 싶어. 나도 이제 행복해지고 싶어. 그런데… 씨발, 왜 이렇게 됐냐, 우리?

지영이를 업고 나왔다. 처음으로 지영이와 둘만 있다. 제길, 떨린 다.

"흑… 흑……."

지영이의 울음소리가 나를 참 슬프게 만든다. 아무것도 해줄 수가 없는데… 나는 네가 울어도 울지 말라고 안아줄 수도 없는데… 너 왜 자꾸 우니……. 네 울음소리가 내 가슴을 얼마나 때리고 있는지 모르지? 정말 모르지? 바보야, 제발 울지 마.

"태민아… 사랑해……."

심장이 멈춰 버릴 것 같다. 알고 있었던 사실이지만 그 애의 입에서 직접 들으니 숨도 쉴 수 없을 것 같다. 사랑한단다. 그 애가 나보고 사랑한단다. 나처럼… 사랑한단다.

병신같이 그 애를 업고 가면서 울었다. 이 바보가 불쌍해서… 나도 불쌍한 놈이지만 이 애는 나보다 더 불쌍해서 잠들어 있는 그 애에게 사랑한다는 말 대신…….

"너한테 가지 못해서 미안하다."

라는 말만 전했다. 사랑한다는 말 대신 미안하다라는 말… 그 말을
전했다.

하지만 역시 지영이의 사랑한다는 말은 나한테 미련이란 걸 만들
어주었다. 그래서 더 전화하고, 안쓰러운 맘에 보고 싶고, 듣고 싶어
하는 날 그 애는 자기가 무슨 실수라도 해서 내가 미안해하는 거라고
알고 있었다. 끝까지 바보 같은 애… 끝까지 나만 생각하는 바보.

우리 정말 바보, 등신이다. 그치, 지영아? 이제 어쩌면 좋지?

"내가 너한테 이상한 말 했지?"

"무슨 말?"

"아니… 그냥."

지영이는 사랑한다는 말을 이상한 말이라고 한다. 얼마나 마음이
아플까… 저 녀석.

"태민아, 내가 너한테 그런 말 했다면… 그래서 더 신경 써주는 거
라면… 됐어. 그러지 마. 나 그러는 거 싫어."

"무슨 말이야?"

"동정… 그런 거 싫어."

"동정이라니?"

지영이는 고개를 숙였다. 지영아, 울고 있는 것 아니지? 그렇지?
너 우는 것 아니지? 울지 마. 울지 마. 나 네가 울어버리면 그땐 병신
같이 너 안아버릴지도 몰라.

"내가 너 사랑하는 거… 그런 내가 가여워서 동정하는 거 말이야. 그거 안 해도 좋으니깐 넌 네 감정에 충실해."

"내 감정에 충실하라고?"

"응. 너 나리 사랑하잖아."

신지영… 내 감정에 충실하라고? 그러면 어떻게 해야 하는지 네가 알아? 모르면서 묻는 거지? 내 감정에 충실하려면 난 지금 널 안아야 돼. 네가 숨도 못 쉬게끔 이 자리에서 꽉! 내 품에다 안겨놔야 돼. 그게 내 감정에 충실한 거야. 나 지금 충실하지 못해서 이러고 있는 거야. 그런데 충실하라고? 훗… 너 그 말 하면 안 되는 거였어.

"마음대로 생각해라."

"네가 날 대하는 것처럼 나도 널 친구로 대할게. 그러니까 내 걱정하지 마."

나처럼 친구로 생각하겠다고? 그래… 그래, 그것이 가장 현명한 판단이라면 우리 그렇게 하자. 우리 그렇게 하고 말자.

"좋은 사람 만나라."

"응. 약속할게. 꼭 좋은 사람 만나서 그땐 정말로 네 행복 빌어줄게. 지금은 너를 좋아해서 네 행복을 많이는 빌어주지 못하겠지만 좋은 사람 생겨서 널 잊게 되면 그땐 네 행복 빌어줄게. 나 참 이기적이지?"

"아니… 아니야. 꼭 그래라. 꼭."

"응. 우리 영원한 친구야."

"그래, 우리 영원한 친구야."

"응."

지영이가 뒤돌아서 가고 있다. 당장 가서 사랑한다고… 나리가 아니라 너라고… 말하고 싶지만 우린 영원한 친구다. 사랑한다는 말로 저 녀석을 더 다치게 해서는 안 된다. 나리를 버리지도 못할 거면서 내 감정으로 인해… 그 마음으로 인해… 안 그래도 가여운 저 녀석을 더 가엾게 만들어선 안 된다. 저 바보, 혼자서 또 얼마나 울까? 미안해. 그래, 네 말처럼 꼭 내 행복 빌어줘라. 알겠지? 그럼 난 정말 행복할 것 같다. 왜냐하면 너한테 좋은 사람이 생겨서 그런 것일 테니깐. 안녕… 내 사랑.

그 뒤로 일 년이 지났다. 아직도 지영이는 내 눈앞에 있다. 아직도 내게는 시린 사랑의 주인공일 뿐이었다. 여전히… 내 가슴은 지영이를 부르고 있었다.

지영이는 회사를 다녔고, 나는 지훈이 녀석과 요리를 배우러 다녔다. 민이와 준희, 준성이, 운균이는 대학생이 되어 열심히 살고 있었다. 그리고 나리도 여전히 내 옆에 있었다.

"태민아, 나 이제 네 행복 빌어줄게."

우습지만 지영이의 말에 심장이 멎는 줄 알았다. 너한테 좋은 사람 생겼구나……. 바보같이 나 믿고 있었나 보다. 언제나 내 곁에 있어줄 거라고 단단히 믿고 있었나 봐. 네 행복하라는 소리가 내겐 마치 고장난 자동차 끌고 가는 소음과도 같이 느껴지는구나.

"응… 그래, 고맙다."

분명 그랬는데… 저 녀석한테 좋은 사람 생기면 난 행복할 거라고 했는데… 제길, 행복? 그 딴 것 모두 갖다버리라고 하고 싶다. 전혀… 전혀 행복하지가 않다. 얼마나 사랑하고 있는지 알 것만 같다. 내가 저 녀석을 얼마나 사랑하고 있는지 이제는 알 것만 같다.

　나리와 헤어지기로 결심했다. 더 이상 내 마음 숨긴 채로 살고 싶지 않다. 이제… 더 이상은 안 된다.

　"헤어지자고?"

　"응."

　"…그래. 미안해. 내가 그동안 너무 나만 생각했지? 미안해, 태민아. 알고 있었어. 나를 사랑하지 않는다는 것. 이제 너 없이도 사는 방법 배울게. 노력할게. 그러니까 태민아… 정말 행복해야 돼."

　"미안하다. 행복해라."

　무작정 뛰었다. 지영이가 있는 곳으로… 자유로워진 마음으로 편안해진 마음으로…….

　"오빠."

　지영이었다. 해맑게 웃는 지영이의 미소가 내가 아닌 다른 남자의 것이라는 것을 알았을 때… 그땐 이미 늦어버린 후였다. 이런 기분이었을까? 자신이 보는 앞에서 사랑하는 이의 행복을 본다는 것이 이토록 미칠 것 같은 기분이었을까? 내 자신이 비겁했다. 그동안 지영이를 너무나도 힘들게 했다. 나는 지영이를 가질 자격이 없는 놈이다.

　이제는 정말 그 녀석한테 갈 수가 없다. 그 애의 행복을 무너뜨릴 수는 없으니까. 그래서 무작정 기다리기로 했다. 그 애가 날 기다린 오랜 시간 동안 그 애가 더 이상 행복하지 않을 때까지 기다리기로 했다. 오지 못한다면… 너무 행복해서 이제는 오지 못한다면 그때는 잊어주기로 했다. 지금은 너무 사랑해서 잊지 못하겠다.

기억나? 네가 내 등에 업혀서 혼자 중얼거렸던 말…….

"태민아… 사랑해……."

기억나니? 너의 처음이자 마지막이 되어버린 고백이었지만 나는 영원히 잊지 못할 것 같다. 아직도 이렇게 생생하게 남아 있는 너의 시린 목소리가 내겐 마치 어제 있었던 일 같아 아직도 마음이 아파와. 이제는 내가 그래… 이제는 내가 널 사랑해… 미칠 만큼… 부디 내게로 와줄래? 그게 몇 년이 되든 기다리고 있을게. 나 너 갖고 싶어, 이제는. 사랑해… 사랑해.

내 마음의 보석 상자 신지영. 15살 너를 처음 만난 이후로 20살 지금까지도 너는 내게 사랑이었다. 몇 번이나 잊으려 노력했고, 보내겠다고 다짐도 했었지만 나는 너를 보내지 못해 그리워했고, 잊지 못해 사랑했다. 그것이 나의 20살 너를 향한 긴 기다림이 되었다.

―이운균 번외
Oh! My Love

아침부터 핸드폰이 무지하게 울려댄다. 알람 소리인 줄 알고 다시 자려고 했더니 얄밉게도 전화인가 보다. 끊기지 않은 채 몇 번이고 계속 울려대는 걸 보면. -_-;; 누구야! 에이씨!! >_< 확 깨물어줄까 보다.

액정에 발신자 표시 없음이라고 써 있다. 뭐 이런 경우가 다 있어? 매달 이천 원씩 주고 발신자 신청 한 건데 번호가 보여야 정상 아니야? 뭔 이런 경우가 다 있냐고!! >.<

"이 발신자 표시도 없는 당신은 여보세요!"

[오빠―!! 오예예용.]

까악!! -0- 헉!! 정말 삶이 무서운 아이다. 이 애 도대체 뭐 하는 애야? 어제도 밤새도록 전화하는 바람에 핸드폰 꺼놨더니 음성을 무려 다섯 개나 남기고도 모자라서 발신자 표시도 없이 전화질이라니… 이 아이는 스토커의 기질이 넘쳐 나고 있었다.

"야, 너 솔직히 말해 봐."

[뭘를요?]

"너희 엄마 작가 분 맞지?"

[네? 작가라니요? 저희 엄마는 전업 주부신데요.]

"거짓말 마. 너희 엄마 외국 분이지? 그치? '엄마, 전에 미저리라는 영화 시나리오 쓴 적 있지?' 하고 엄마한테 살짝 여쭤봐."

[네에??]

"넌 너무 완벽한……."

미저리야. ㅡ,.ㅡ 전업 주부는 개뿔이 전업 주부니? 이 가증스러운 것아. ㅡ_ㅡ^

[오빠, 빨리 일어나요. 학교 안 갈 거예요?]

"상관 마시죠. 내가 알아서 갈 테니깐!"

[지금이 몇 시인 줄이나 알아요?]

"몇 시긴 몇 시… 헉!! 야!! 끊어!!"

시계를 보자마자 황당해서 죽는 줄 알았다. 시계가 왜 8시 반을 가리키고 있지? 미치겠다. 아무튼 저 시간 밤마다 무도회장이라도 다니나 봐. 매일 저렇게 정신없이 8시 반을 가리키고 있다니. 아무래도 내일부터는 무도회장에 가서라도 저 시계를 데리고 와야겠어. >_<

후다닥!!

아침에 일어날 땐 뽀뽀뽀. 엄마가 안아줘도 뽀뽀뽀. 아싸～ 이쯤이면 나올 만도 한데. =_= 아～ 한 박자 쉬고, 두 박자 쉬고, 세 박자마저 쉬고 하나, 둘, 셋, 넷! 십오야—

교복만 입고 뛰었다. 씻었냐고? 이런… 그런 걸 왜 물어. -_-^ 당연히 안 씻었지.

주임 선생님이랑 오늘은 꼬옥 아침 인사 하지 않도록 기도했는데… 빌어먹을 무도회장과 바람난 시계 덕분에 나는 망했다. -0-

"이운균!! 이리 와!!"

헉!! 씹. 젠장할. 교무 주임이다. 에잇! 안 걸릴 수 있었는데……. 어찌나 정확하게 나를 알아보시는 건지. -_-;

"너 또 지각이냐?"

"선생님, 사실은 그게 아니라요."

"변명할 건더기도 있냐?"

"건더기뿐이겠습니까? 국물까지 있습니다. >_<"

"그래? 그럼 어디 한번 너의 국물 좀 들어보자."

"들어보긴요, 마셔야죠. ^-^;; 선생님도 가끔씩 유머러스하시다니까."

딱—

에잇! 한 대 맞았다. T_T

"선생님, 정말 아파요. 공부를 해야 되는 자라나는 새싹의 머리를 그렇게 때리시면 어째요?"

이래서 내가 공부가 안 되다니까. 마음잡고 공부하려고 해도 이렇듯 머리를 때리시는데 내가 어떻게 공부를 하겠어. 내 좋은 머리가 점점 가라앉고 있다는 것 선생님은 왜 모르실까?

"참나, 너 졸업하면 뭐 하고 살 거니? 난 너만 보면 참 걱정된다."

"샌님~ 걱정되세요?"

"당연하지, 임마!"

"사실은요."

"사실은 뭐?"

"저도 걱정돼요. ^-^;;"

18살 이 꽃다운 인생 사실 나도 근심 걱정이 많은데 선생님께서는 오죽하겠어요? 하하. 하지만 나는 인물값할 거니까 걱정하지 않는다. >_< 나 이만 하면 너무 완벽해서 탈이잖아!

"예끼! 이놈아! 말이나 못하면 밉지나 않지! 너 오늘만이다. 알았냐?"

"넵!"

"들어가! 준성이는 아까부터 와서……."

"아까부터 와서요?"

혹시 준성이가 공부를 하는 거야? 진정 해가 서쪽에서 떴다는 말인가? -0-

"자고 있더라."

"아, 네. -_-;;"

그럼 그렇지. 그래야 우리 대장이지. 암. 가끔 보면 선생님도 정말이지 유머러스하시다니까.

"다음에 또 지각하면 혼난다!"

"네. >_<"

인자하신 교무 주임 선생님 내가 제일로 존경하는 샌님이다. 정말로 아버지 같은 분. 사랑해요, 선생님. >_<

"샌님."

"왜, 이 녀석아!"

"알라뷰~"

"하하! 원 녀석도. 어서 들어가."

역시 샌님은 나의 사랑을 눈치 채신 거야. 큭. 나의 사랑의 화살에 반하신 눈치다. 큭큭.

그나저나 내 가슴 조마조마했는데… 대장한테 가서 고맙고 인사해야겠어. 나는 내일부터 해가 서쪽해서 뜨는 줄 알고 얼마나 걱정했는데…… 하하.

드르륵—

역시나 대장은 맨 뒤에서 자고 있었다. 대장 자리는 창가 맨 뒷자리인데 가끔 대장을 쳐다보고 있을 때 면 눈을 돌리지 못하는 경우가 종종 있다. 햇살에 비치는 대장 옆모습이 같은 남자인 내가 봐도 멋있다고 느껴지기 때문이다. >_<

대장은 꼭 형 같다. 헤헤~ 형이 없는 내게 대장은 친구가 아니라 정말 형 같다.

"대장! 대장!"

"음… 좀 자자."

"나 왔어."

"몇 시냐?"

"수업 시작 하기 15분 전."

"또 지각했냐?"

"늦게 일어났어. ㅜ_ㅜ"

"너 또 안 씻고 그냥 왔지?"

"아니, 씻었어!"

"이 새끼 봐라! 야! 이 눈곱은 뭐냐?"

"응, 이거 나의 매력 포인트야. ^-^;;"

퍽—!!

역시 한 대 맞았다. ㅜoㅜ 맞지 않으려고 무진장 애를 썼건만 맞고야 말았다. 가뜩이나 배가 고픈 나의 가엾은 배. 대장의 주먹 맛으로 인해 뼈랑 뽀뽀를 해버렸으니 힘이 소모가 되어 버렸을 것이 분명하다. 그러므로 대장은 내게 밥을 사줘야 하는 의무가 있다.

"용섭아, 비누 있지? 비누 줘봐."

준성이는 비누를 빌리더니 나를 끌고 화장실로 간다. 그리곤 비누를 주더니 인상 한번 쓴다. -0-

"알았어. 씻으면 될 것 아니야, 씻으면! 째려보고 그래. -_-^"

"얼른 씻어. 사내 자식이 칠칠맞게 그게 뭐냐?"

"포인트라니깐."

"죽을래?"

"미안해. 칠칠맞음이야. ㅜ_ㅜ"

열심히 세수를 한다. 눈곱도 열심히 떼고 내 얼굴이 점점 하얗게 되어가고 있다. 내 얼굴은 숨기는 것을 좋아해서 씻는 건 별로 좋아하지 않는데 대장은 매일같이 씻으라고 해서 정말 큰일이다. 나는 내 얼굴들에게 면목이 안 서서 괴롭다.

대장이랑 준영이랑 지훈이는 정말 깔끔하다. 깔끔 덩어리들 같으니라고. 태민이는 씻는 걸 별로 안 좋아해서 나랑 라벨이 딱 맞는데. 태민이랑 예전에 2박 3일 우리 집에서 있었던 적이 있는데 그놈이랑 2박 3일 동안 단 한 번도 안 씻었다. 큭큭. -_-;; 그때는 정말 즐거웠는데. 서로 기름진 머리를 보면 엄청 비웃었는데. 하지만 갑자기 예고없이 들이닥친 대장은 우리의 거지꼴을 보고 성질을 내며 막 때렸다. -_-;;

"대장."

"응?"

"예은이라는 애한테 자꾸 전화 와. 무서워 죽겠다니깐!!"

"하하."

"어떻게 좀 해줘."

"하하."

대장은 아무런 말도 안 하고 웃기만 한다. 쳇. -_-;

"밥은 먹었냐?"

"아니."

"아버지랑 어머니는 일 가셨어?"

"응, 새벽같이 나가셨지."

"그래, 가자."

"어디?"

"어디긴 어디냐? 너의 불쌍한 배 채워주러 가지."

"으흐~ 신난다!"

대장과 함께 매점에 가서 김밥에 빵, 우유에 만두까지 엄청 먹었다. 더 먹고 오려다가 대장이 인상 쓰고 있어서 얼른 두고 교실로 왔다. 문자가 왔다.

[오빠 학교예요? 저도 학교예요.]

아이씨! 예은이 지지배다. 이게 아주 내 문자를 전세 냈나 보다. 문자도 발신 제한 같은 거 없나. −_−^ 정말 귀찮은 지지배. 내 예쁜 휴대폰 동생 좀 그만 힘들게 하란 말이야. >_<

[오빠 수업 중이죠? 공부 열심히 해요. 오예도 열심히 할게요.]

너 정말 내 동생 자꾸 힘들게 할 거야. >_< 열심히 하던 말던 무슨 상관이야. 짜증나는 족속 같으니라고……. 그 후로도 예은이의 문자 행렬은 계속되었다. −_−; 지나가는 아이들을 붙잡고 나 좀 살려줘 하다가 대장한테 한 대 맞고 정신 차렸다. 오빠! 오빠! 아주 미칠 것만 같다. 진짜진짜 돌아버리겠다. 지지배가 아주 나랑 원수를 졌나? 전생에 내가 무슨 큰 실수라도 했나? 도대체 왜 이러는 거야! 난 아직

여자는 필요없다고!! 젠장할. -_-; 가뜩이나 요즘 대장을 준희한데 빼앗겨서 가슴이 아려 죽겠고만 왜 너까지 나를 괴롭히니.

하도 열받아서 문자 하나를 써서 보냈다.

[야! 오예은! 죽을래? 문자 그만 보내! 짜증나! 귀찮게 하지 마.]

이제는 안 오겠지?? 하지만 그것도 잠시, 문자는 총알같이 바로 왔다. -0- 나를 살려주세요. 정의의 용사 메칸더 V!!

[이야~ 신난다. 매일 이렇게 괴롭혀야겠다. 그럼 오빠도 문자 하나씩은 보낼 것 아니야?]

오, 마이 갓! 도대체 이 애 뭐 먹고 살았길래 이렇게 철판이지? 정말 대단한 철판이다. 얘는 나보다 더 심한 아이야. 나는 나보다 더 심한 아이하고는 놀지 않을 것이야. 그 아이는 단연코 미친 아이므로. 나도 미쳤는데 둘이 같이 미치면 뒷감당을 누가 하라는 소리야, 도대체. 나는 아예 핸드폰을 꺼버렸다. 이러다 보면 나중에는 연락 안 하겠지 뭐. 제발 연락하지 않았으면 좋겠다. 제발!

하지만… 하지만 개뿔 연락을 안 하냐? 끈질긴 상이라도 있으면 냅다 주고 싶은 심정이다. 벌써 일주일짼데 하루도 빠짐없이 모닝콜과 학교 잘 도착했냐는 안부의 전화, 점심 잘 먹었냐는 문자, 공부 열심히 하라는 문자, 보고 싶다는 문자… 젠장, 정말 끝도 없다. 이젠 내가 지쳐서 그냥 두기로 마음먹었다. 가끔 지지배의 모닝콜이 내게 도움을 주기도 했으니까. 지각할 뻔한 걸 지지배의 전화 때문에 깬 적이 다섯 번 정도 있었다. -_- 모닝콜은 좋다만 문자나 다른 전화는 하지 말지. 에이, 짜증나. T_T

수업이 끝나고 집에 가려는 길. 헉! 제기랄, 지지배가 서 있다. 지 딴엔 아주 해맑게 웃으며 오빠~를 외치고 있었지만 내겐 마치 미저리같이 보였다.

"오빠, 오예 왔어요."

그래, 미저리 왔니? 오늘따라 더욱 미저리 같아 보이는 네 미소 아주 엽기적이구나.

"오빠, 오늘 나랑 놀아요."

"됐어."

"오빠~"

"씨발! 이거 못 놔!!"

앗! 내가 왜 이랬지?

내 팔을 잡고 있던 예은이의 손이 스르륵 내려가는 느낌이 든다. 갑자기 왜 이렇게 미안해지는지 모르겠다.

"야… 욕해서 미안."

"괜찮아요~ 오빠, 나랑 오늘 놀아줘요~"

"휴."

어쩔 수 없이 예은이와 남문으로 갔다. 예은이는 정말 말이 많다. 나도 말 많은데 얘는 나보다 더 심하다. -_-^ 온종일 혼자 꽁알꽁알

된다. 대답을 안 해도 좋다고 웃고 깔깔댄다. 또라이지 싶다. 준희가 그래서 항상 나를 보면 혀를 차는 것이 이 이유란 말인가? -_- 내일부터는 조금씩… 변화를 주며 해줘야겠다. 하하!!

"오빠, 나 단골 노래방 있는데 거기 가요."

"싫어!"

"에이~ 가요. 오예 노래 얼마나 잘 부르데요."

"쳇! 내가 큰맘먹고 너에게 계산할 수 있는 기회를 줄게."

"알았어요. ㅜㅜ"

예은이와 노래방을 갔다. 지지배가 노래 하나는 잘했다. 쳇! 좋다고 혼자서 노래도 다 부른다. 뭐 저런 게 다 있어! 아무리 계산했어도 이거 너무 세게 나오는 것 아니야? -_-;;

"오빠! 다음 곡은 신나서 오예가 즐겨 부르는 노래예요!"

노래방 기계에서 나오는 노래는… 씹. 내가 사랑하는 '십오야' 였다. ㅜ_ㅜ 감히 내 십오야를 부르다니… 뺏길 수 없다! 하는 수 없이 마이크를 잡았다. -_-;;

"십오야! 밝은 둥근 달이 둥실둥실둥실 떠오르면!!"

"오호~ 오호~"

십오야만 나왔다 하면 주체할 수 없는 나의 온몸들. -_-; 오예은 한테는 죽어도 보여주지 않으려고 했는데… 십오야를 버릴 수는 없었던 것이다.

"설레는 마음. 아가씨 마음. 울렁울렁울렁거리네~"

"오예~ 리듬 타고!! 하모니카 소리 저 소리."

"뭔 소리!!"

"갑돌이가 부르는 사랑의 노래~"

"주접떠네."

"떡방아 찧는 소리 저 소리. 두근두근 이쁜이 마음~"

"아잉. >_<"

역시 십오야는 재밌었다. ^-^; 근데 저 지지배 이런 노래도 할 줄 아네? 의외인걸?

"야! 십오야, 이 노래 진짜 신나지 않냐?"

"당근이죠! 너무 좋아요!"

"하하!"

"까야~"

"이게! 갑자기 소리는 지르고 난리야."

"오빠가 웃으니깐~ 너무너무 좋아서요. 그렇게 웃으니까 얼마나 좋아요~"

"쳇. -_-^"

지지배와 노래방에서 나왔다. 그냥 걷고 있는데 어느새 걷다 보니 우리 집 방향으로 걷고 있었다. 아싸. -_-v

"야, 너 가라. 난 이리로 가면 돼."

"조그만 더 갈래요."

"마음대로 해."

"오빠~ 저 따라다니는 남자애들 엄청 많아요~ 모르죠?"

분명히 그 아이들은 시력이 제로일 거다. 진심이다.

"나랑 상관없네요."

"그런데 그 남자애들 지금 다 정리하는 중이에요. 오빠기 니무너무 좋으시요."

"참나."

"오빠, 이리 와봐요!"

예은이는 나를 끌고 가더니 옷가게 앞에서 멈춘다. 그러고는 가게 앞에 있는 사진을 가리키며 무척이나 좋아했다.

"오빠! 이 커플룩 너무 예쁘다. 그쵸?"

"나름대로… 뭐."

"너무 부럽다."

"너도 얼른 만들면 될 것 아니야!"

"됐어요. 나는 오빠만 따라다닐 거예요."

"아우~ 못살겠네."

"오예는 믿어요, 오빠랑 나랑 꼭 이렇게 될 거라는 것! 히히. 우린 아마 이 사진보다 더 예쁠 거예요."

"야! 나 버스 왔다! 갈란다."

"오빠, 조심해서 잘 가요. 전화할게요."

예은이를 혼자 두고 버스를 탔다. 자기가 알아서 가겠지 뭐. 그런데 창밖에서 나를 향해 손을 흔들고 있는 예은이를 곁눈질로 보고 있으니깐 이상하다. 모르겠다. 멀어지는 예은이를 못 쳐다보다 끝내 안 보이고 나서야 예은이 쪽을 다시 봤다. 뭐야, 이윤균 병신.

그 이후 예은이한테 연락이 계속 왔다. 그러다 내가 그만 실수를 하고 말았다.

"귀찮게 하지 마. 정말 짜증나니깐! 알았어? 나도 인간이야. 네가 입장 바꿔서 생각해 봐! 네가 나라면 짜증 안 나겠어? 어?! 네가 내 여자 친구라도 되냐? 어린 게 봐줬더니 엄청 까부네! 전화하지 마!"

모르겠다. 내가 왜 그렇게 말을 한 건지, 내가 왜 그 따위로 예은이한테 말한 건지 정말 모르겠다. 그렇게 말해 버리고 나서 실수했다라는 생각을 했다. 왜 그랬지? 에잇! 망할 지지배 같으니라고! 사람을 나쁜 놈으로 만들기나 하고!! 젠장할, 잠도 오지 않았다. 미안하다고 말해야겠다. 그러기 전에는 답답해서 진짜 못 잘 것 같다.

[전화기가 꺼져 있어……]

엇!! 핸드폰을 꺼났나 보다. 빌어먹을. 어쩌지. ㅜ_ㅜ 대장이 한 말이 생각났다.

"저 녀석, 저렇게 네 앞에선 아무렇지 않은 척 웃고 있지만 뒤돌아서서는 울겠구나."

에이, 설마… 설마… 설마 오예은이 울겠어? 설마… 참, 설마 그게 울겠어?? 잠이나 자자!! 그래, 잠이나 자는 거야. 얼른 자야지. 자야 되는데. 에잇! 짜증나! 잠도 안 와!! 안 되겠다. 젠장 사과라도 하고 와야겠다. 내가 그 말은 실수한 거야. 내가 나빴어. 그러면 안 되는 거였는데… 예은이는 그저 내가 좋아서 그런 건데… 나 같은 놈이 좋다고 그런 건데 그런 애한테 내가 너무했다. 병신! 나 같은 놈이 뭐가 좋다고. −_−;; 그나저나 이 조그만한 지지배를 어디서 찾지??

앗! 남문에 있는 노래방에 있지 않을까? 옷을 주섬주섬 입고 남문으로 가는 길에 전화를 해봤지만 역시나 전화기는 꺼져 있었다. 아우!! 속 터져. >.<

같이 갔던 노래방에 가봤지만 이곳에는 오지 않았다고 한다. 그런데 알바생이 하는 말이 좀 전에 롯데리아 앞에서 봤단다. 역시 남문에 있는 거였어. ^−^ 다행이다. 만나면 미안했다고 해야지. 조만해서 안 보이는 건가? 이 지지배 어디 간 거야? 조만한 지지배를 찾기 위해 남문을 계속 뛰어다녔다. −_−^ 그런데 그 조만한 지지배가 전에 같이 구경했던 옷가게 앞에 서 있었다. 커플 사진을 보며 서 있었다. 미안하다고 해야지.

하지만 나는 더 이상 예은이한테 다가갈 수가 없었다. 왜냐하면… 왜냐하면 그렇게 늘 내가 뭐라 해도… 심한 말해도 웃기만 하던 지지배가 바보같이… 병신같이 웃기만 하던 오예은이 커플 사진을 보며 울고 있었기 때문이다.

어떡하지? 가서 사과하고 싶었지만 용기가 나지 않는다. 조만한 게 커플 사진이 부착된 유리 앞에 가서 얼굴을 비비며 울고 있었다. 젠장! 하는 짓은 엽기였지만 오예은이 울고 있다. 안 되겠다. 가서 정말 사과해야겠다. 정말 내가 잘못한 일이니깐……

"예은아, 여기서 뭐 해?"

어떤 남자애였다. 중학교 교복을 입은 걸 보니 예은이랑 아는 사이인가 보다.

"예은아, 왜 울어? 무슨 일 있는 거야?"

"흑… 흑."

"바보야, 왜 그래? 왜 울고 그래?"

저 새끼 울고 있는 예은이를 안으려고 하나 보다. 쳇, 뭐야. 괜히 왔잖아. 가야지.

"예은아, 그 자식이 너 울린 거지? 어?! 맞지?! 그 자식이 그런 거지??"

뭐라고라고라?? 지금 시방 네가 그 자식이라고 그랬냐아? 아! 나 이거 열받게 하네. 저 조그만한 자식이! 아니다. 키는 나보다 좀 큰 것 같다. -_-;; 중학교 3학년 새끼가 뭘 먹고 저렇게 자랐대? 나쁜 새끼, 키는 크고 지랄이야. >.<

"가자. 내가 집까지 데려다 줄게."

그 자식은 예은이의 손을 잡고 가고 있었다. 오예은은 뿌리치지도 않고 잘도 걸어가고 있다. 참나, 뭐? 정리를 한다고?? 남자들을 다 정리할 거라며? 너 진짜! 그래! 이건 순전히 오예은이 거짓말을 해서 화나는 거다! 오예은이 나한테 거짓말을 했기에 열받는 거다! 절대 내가 오예은이 좋아서 질투하는 것이 아니다! 절대 아니다!!

"야, 오예은! 가자!"

나를 보더니 당황해하는 예은이. 멈췄던 눈물이 다시금 뚝뚝 떨어진다. 뭐야, 갑자기 가슴속이 이상한 이 기분은.

"예은아, 누구야?"

"야, 새끼야! 이윤균 형아님이시다! 예은이는 그냥 두고 너는 가던 길이나 가!"

"누구신데요?"

"많이 알면 다쳐!"

"누구냐고요?"

"진정 알고 싶냐?"

"네!"

"참나, 별들한테 물어봐. 새끼, 말 진짜 많네. 야, 오예은 따라와!"

울고 있는 예은이를 거의 강제적으로 잡아 끌고 갔다. 오예은 너 죽었어! 나한테 거짓말했잖아!! 젠장, 이거 화나네!! 예은이를 데리고 조용한 곳으로 갔다. 지지배는 때리지도 않았는데 혼자 잘도 훌쩍댄다.

"야! 울지 마."

"흐흐— 으앙—!"

"야, 남들이 알면 내가 너 때린 줄 알겠다!"

"나 그냥 가게 두지 왜 끌고 왔어요! 흑흑."

"너 왜 옷가게 앞에서 청승맞게 울었냐?"

"남이사 울든 웃든 무슨 상관이에요. 짜증난다면서요!"

"참나."

지지배 사람 할 말 없게 만드는 데 진짜 뭐 있네. 씨. −_−;;

"뭐… 그건 뭐… 그런 거지."

"나는 그 사진 보면서 오빠랑 나도 저렇게 될 거라고 생각했는데… 흑흑, 오빠 나 정말 싫어요? 나 왜 싫어요? 나는 오빠가 젤 좋은데… 오빠 내가 왜 싫어요?"

"흠."

젠장. 진짜 할 말 없게 만드네. 아우, 이럴 땐 뭐라 하면 제일 좋은 건가? 모르겠다. 진정 모르겠다. 아! 이운균님 답답하도다!! −0−

"나 갈래요!"

"야! 지지배야, 앉아봐!!"

"우쒸! 왜요!! >_<"

"아우! 이게 소리를 지르고 그래. 사람 놀라게. −_−;;"

"우쒸! 나두 성질있어요!!"

"누가 없대?"

"이씨."

"이씨! 뭐? 다음 말 뭐 하려고 했어? 어? 말해 봐!! 말해 봐!!"

"뭐, 뭘요?"

"빨리 말 못해! 조만한 게 오빠한테 어?! 뭔 말 하려고 했어?!"

"오빠 이 씨라구요. 힝! 오빠 성 이 씨 맞잖아요! 이운균! 힝힝— 으앙!"

"푸흡하하하!! 하하하!! 하하! 너 진짜 골 때린다. 하하!!"

"흑흑."

"너랑 있으면 심심하진 않겠다."

"당근이죠. 제가 얼마나 재밌는… 뭐라고요, 오빠??"

"야! 너 아까 그 새끼 뭐냐? 다 정리한다며??"

"정리했어요. 나는 친구라고만 했어요!"

"근데 왜 따라가!"

"그럼 마음이 아파 죽겠는데 어떡해요!! 오빠가 나한테 싫다는 말 했는네… 흑."

"너 조만한 게 남자 만나고 다니면 죽어. -_-^"

"나한텐… 오빠밖에 없어요."

"당연하지! 넌 아직 어리니깐 남자는 나만 알아야 돼! 알았어?"

"헤?? 진짜요? 진짜?? 오빠! 그럼 오빠 나 좋아요?"

"가자. 데려다 줄게."

"오빠? 말해 봐요!! 나 좋아요?"

"야, 너 울던 것 마저 울어. 왜 웃고 난리야!!"

"오빠, 말해 줘요. 나 좋아요??"

"에이… 몰라!!"

사실은 오예은 핸드폰의 전원 꺼져 있을 때 이게 끝일까 봐 두려웠다. 오예은 이것이 다시는 나한테 연락하지 않을 것 같아서 무작정 남문으로 뛰어온 것이었다. 미안하다고 사과라도 해서 다시 연락하게 만들려고 뛰어온 것이었다. 그리고 예은이의 손을 잡고 가는 새끼의 뒷모습에 너무나 기분이 나빴다. 어렸을 적 옆집에 살던 덩치 큰 형아 놈한테 내가 가장 아꼈던 태권 로봇을 뺏길 때의 기분이랑 매우 같았다. -_-^ 그땐 어리고 힘도 없어서 그 자식한테 뺏겼지만 오예은은 그 새끼한테 뺏기고 싶지 않았다. 나는 이제 힘도 세고 더 이상 어리지 않으니까.

"오빠, 우리 집 여기예요. 저 들어갈게요."

"그래, 잘 들어가."

"오빠, 전화해도 되죠?"

"참나, 너 그럼 전화 안 하려고 했냐? 얘 이거 큰일 날 애네? 너 내일 아침에 나 안 깨워줘서 지각만 하게 해봐! 죽어!!"

"헤헤~ 걱정 말아요. 그럴 일은 없을 거예요~"

"나 간다!"

오예은 너 내일 모닝콜만 안 해줘봐. 죽을 줄 알아. -_-^ 지각만 하게 해봐! 그리고 나 졸업할 때까지 안 하기만 해봐! 그땐 정말 두~우~거~!!

대장이 한 말⋯ 친구들은 모를 수 있지만 내 자신은 알 거라는 그 말. 이젠 이해할 수 있다. 이젠 내 맘을 알겠다. 나도 오예은이 좋다. 나도 오예은이 좋다⋯⋯.

─민지훈 번외

당신은
사랑과 나이 중 무엇을 버리시겠습니까?

내 나이 26살. 제대로 된 연예 한번 해보지 않았다. 아직까지도 잘 사귀고 있는 친구 녀석들을 보고 있노라면 신기할 뿐이다. 녀석들과 약속한 합동 결혼식도 이제 겨우 일 년밖에 남지 않았는데 도대체 나의 짝은 어디에 있는 것인지. 하… 답답하다.

"야, 지훈아! 너 소개 한번 받아볼래?"

태민이 녀석이 걱정스러운 듯 내게 물었다. 소개? 소개라… 그것도 괜찮지 않을까?

"좋은 사람 있냐?"

"당연하지! 네 눈에 딱 맞는 신붓감이라고! 하하."

"나 눈 안 높아!"

"웃기고 있네! 네가 왜 여태껏 제대로 된 연예를 못했는지 알아?"

"왜?"

"그건 네 눈이 엄청 높아서 그런 거야! 가슴에 손을 얹고 생각해 봐라! 엉?"

태민이의 이글거리는 눈빛을 보며 나의 과거를 약간 돌이켜 보았다. 내 인생에 있어서 여자가 없지는 않았다. 다만 내가 선택하지 않았던 것뿐. 그렇다고 눈이 높은 건 아닌데. ㅡㅡ; 태민이 새끼 오버하기는.

"지훈이가 소개팅을 한다고?! 민지훈!! >_< 지훈아!!"

운균이 자식이다. 나는 저 인간이 제대하고 나면 변할 것이라고 믿었다. 아니, 변했으면 좋겠다고 기도했다.

사실 변하긴 변했다. 이제부턴 평범하게 살 것이고, 열심히 살 것이라고 우리들 앞에서 당당하게 외쳤던 운균이를 보며 흐뭇해했다. 하지만… 그 약속은 한 달도 아닌 단 일주일 만에 깨졌다. 일주일이 지나자마자 이상한 헛소리를 하며 나타났던 운균이. 그렇다. 그것이 바로 저 인간의 삶이었으므로 더 이상 터치하지 않기로 했다. ㅡㅡ;;

"어디서 들었어?"

"당연히 알지! >_< 그 소개팅에 나올 사람이 우리 오예 친구거든."

"뭐어ㅡ?! 예은이 친구라고?!"

"응. >_< 어때? 우리 너무 완벽한 커플이지?"

"서태민!! 나 안 해!"

안 하겠다고 했다가 녀석들한테 맞은 다음 −_−; 나는 약속 장소로 향했다. 왜 하필 예은이의 친구지?! 설마 예은이 같은 푼수의 성격은 아니겠지? 제빌 아니길 빈다. 그런 성격의 소유자들은 이미 두 명이면 충분하다.

레스토랑 안으로 들어갔다. 분위기가 매우 깔끔하고 아늑했다. 음, 이런 곳에서 일하는 것도 괜찮을 듯싶군.

예은이의 친구는 아직 나오지 않은 것 같다. 창가에 앉아서 기다리기를 30분. 뭐야? 초면에 너무하는군.

"저기… 혹시 지훈 오빠세요?"

예은이의 친구다웠다. −_−; 작은 키에 귀엽게 생긴 여자 아이. 척 봐도 예은이 친구 같다.

"네, 맞아요. 윤지연 씨?"

"네! ^^* 많이 기다리셨죠? 죄송해요. 차가 너무 막혀서."

"괜찮아요. 수고 많았어요."

지연이는 생각대로 무척 활발했고, 재미도 있었다. 하지만 내겐 여자라는 느낌보다 귀여운 동생 같다는 느낌이 앞섰다. 제길! −_−; 녀석들한테 또 한소리 듣겠군.

"후식은 뭘로 드릴까요?"

그녀는 내게 넘을 수 없는 산과도 같았다. 바라보면 볼수록, 다가서면 설수록… 나를 힘들게 만드는 여자였다. 그렇게 그녀를 처음 보았고, 내 눈은 그날 이후 그녀를 더욱더 담아내고야 말았다.

"뭐? 레스토랑에서 일한다고? 그럼 렉스는?"

"그만둘 거야."

"미친 거 아니야?!"

"일을 한번 배우고 싶어."

"야, 임마! 너 렉스에서 조금만 더 일하면 요리사로 승급될 수 있다는 것 몰라?"

"태민아, 내 일생일대가 걸린 문제다. 한 번만 봐줘."

"일생일대? 무슨 일인데? 왜?"

"정말 아주 중요한 것."

렉스를 그만두었다. 6개월만 더 고생하면 요리사로 승급될 수 있는, 내가 그렇게도 원하는 일이었지만 내 눈은 이미 한 여자로 인해 미쳐 버리고 말았다. 그만큼 그녀가 내게는 더 큰 일이었고, 급한 문제였다.

"오늘부터 함께 일하게 될 민지훈 씨예요. 요리사 자격증도 많은 분인데 주방에서 일하지 않고, 홀에서 일하겠다고 하네요. ^^* 모두 한가족같이 잘 챙겨주세요."

팀장의 소개 아래 나는 소담이라는 레스토랑에서 일하게 되었다. 그녀를 볼 수 있다는 큰 기쁨에 모든 것이 새롭게 보이기만 했다.

하지만 그녀는 다가서기엔 힘든 사람이었다. 척 보기에도 차갑고, 냉정해 보였다. 말 붙이기가 어찌나 어려운지 나는 일주일 동안 그녀와 말할 기회조차도 없었다. 이런. —_—;

"지훈 씨는 처음인데도 잘하네요? 다들 칭찬이 자자해요."

나보다 한 살 많은 함께 일하는 김영희 선배였다. 김 선배는 워낙 털털해서 사교성이 많은 사람이었다. 그녀도 김 선배 같았으면 참 좋을 텐데 하는 생각이 든다.

그러던 어느 날이었다. 늘 딱 부러지던 그녀가 실수를 지르고 말았다. 그날따라 왜 그렇게 위태위태해 보였는지… 뭐가 그렇게 불안해 보였는지…….

쨍그랑—

"괜찮으세요?"

"아! 괜찮아요."

결국 위태해 보이던 그녀는 깨진 유리 조각에 손을 베였고, 나는 그런 그녀를 데리고 휴게실로 갔다.

"약 발라야 돼요."

"괜찮아요."

"발라야 한다고요."

괜찮다는 그녀를 억지로 데리고 가서 약을 발라주었다. 그 순간 그녀와 함께 있다는 것에 얼마나 가슴이 뛰던지. -_-;

"이름이 어떻게 돼요? 난 민지훈인데."

"…저는 서영은이요."

"저 여기 와서 영은 씨랑 처음 말해 보는 거 알아요? 친해지고 싶은데… 친해져도 될까요?"

내 말에 놀란 눈을 하곤 이내 피식 웃어버린다. 그 미소가 내 가슴을 다시 헝클어놓았다. 어떡하지? 너무 좋아지는 걸.

그것이 계기가 되어 그녀와 조금씩 친해질 수가 있었다. 아, 그렇다. 나 혼자만의 착각일 수도 있다. 어쨌든 나는 그녀와 친해지고 있다고 믿고 싶었다. -_-^

"아버지, 싫어요! 저 그런 자리 싫어하는 것 아시잖아요. 아버지! 저 나가지 않는다니까요. 아버지! 아버지!"

통화를 끝내고 한숨을 내쉬는 그녀. 무슨 일일까?

"무슨 일 있어요?"

깜짝 놀랐다. 그녀의 두 눈에 고인 눈물을 봤을 땐… 도대체 무슨 일일까?

"아무 일도 없어요."

"무슨 일 있는 것 같은데."

"상관 마요!"

라고 말하며 내 옆을 스쳐 지나가는 그녀. 순간 불끈 화가 나는 걸 주체하지 못한 채 앞서 걷는 그녀의 팔을 잡아챘다. 이제는 나도 못 참겠다. 내 마음대로 할 거다. 그녀를 내 사람으로 만들어야겠다.

"오늘 술이나 한잔해요. 설마 이것도 상관 마요? 이럴 거예요?"

그녀의 말투를 따라서 했더니 어이없다는 듯 피식 웃는 그녀.

"술? 그래, 좋아요. 그러죠."

럭키~ ^-^* 기분이 하늘을 날았다. 너무 좋다! 오늘! 오늘! 그녀에게 고백할 것이다. 내 사랑을 말하고 말 것이다.

일이 끝남과 동시에 근처에서 그녀를 기다렸고, 30분이 지나자 그녀 역시 내가 있는 곳으로 왔다. 밖에서 보는 그녀는 더욱 아름다웠다. 제길. 심장아, 제발 그만 뛰어수지 않으련?

"지훈 씨는 술 잘 마셔요?"

"전 보통이요. 영은 씨는요?"

"저는 한 병 정도?"

"그렇구나. 자, 한잔해요."

하지만 그녀는 술을 잘 마시지 못했다. 겨우 한 잔을 비우곤 인상을 잔뜩 찡그리는 그녀. 한눈에 보아도 술을 잘 마시지 못하는 사람 같았다. 그런데도 한 병 정도라고 말하다니. 그녀는 자존심도 무척이나 강했다.

우린 술을 먹는 내내 한마디도 하지 않았다. 그저 술만 주고니 받거니 하며 시간만 보내고 있었다.

"우리 이만 일어서죠?"

그녀의 말에 나는 자리에서 일어섰고, 가게에서 나왔다. 비틀거리는 그녀를 부축했지만 그녀는 금세 뿌리쳤고, 악착같은 나는 다시 그녀를 부축했다.

"지훈 씨도 고집이 센가 보네요. 나도 한고집하거든요."

"집이 어디에요?"

"혼자 갈……."

"집이 어디냐고 물었잖아요! 제발 내 말에 토 좀 그만 달고 그냥 가면 안 돼요?"

버럭 화를 냈더니 그녀는 잠자코 가만히 있는다. 그녀가 내게 만드는 이 벽을 허물 수만 있다면 좋으련만 그녀에게 동료가 아닌 남자가 되고 싶었다. 한참을 걸었다. 한참을 걷고 또 한참을 걸었다.

"아버지가 자꾸만 선을 보래요. 이 나이 먹도록 결혼할 남자도 없다는 게… 전에는 몰랐는데 참 자존심이 상하네요."

그녀는 자존심이 상한 게 아니었다. 자존심이라 말하고 싶었던 것뿐 그녀는 상처를 입은 것이다. 말 못할 상처를 입었던 것이다.

"나는 어때요?"

"네?!"

"나 민지훈은 어떠냐고요?"

"지훈 씨, 나 29살이에요."

"네, 알아요. 전 26살이고요."

"알면서도 그러면 안 되죠."

"뭐가 안 되는 거예요? 영은 씨는 숫자에 대단히도 민감하네요."

"나는 연하 싫어해요."

"주민등록번호를 바꾸면 그때는 받아줄 건가요? 가서 5년 후로 바꿔오면 그때는 나를 받아줄 건가요? 도대체 숫자가 뭐가 그리 중요하다고 연상, 연하를 따지는 거죠?"

"이러지 마요. 나 이만 갈… 읍!!"

바보같이 구는 그녀 때문에 속상했다. 나는 그녀에게 뺨 맞을 걸 각오하고 키스를 했다. 맥없이 주저앉아 버리는 그녀. 그녀는 내 앞에서 처음으로 눈물을 보였다.

"이러지 마요. 지훈 씨, 나한테 이러지 말아요. 지훈 씨가 이러지 않아도 나 충분히 힘들어요. 힘이 들어서 미칠 것 같아요. 그러니까 지훈 씨까지 나한테 이러지 말아요. 제발……."

"어떤 새끼예요?"

내 말에 그녀는 놀란 듯 눈물을 멈췄다.

"어떤 새끼가 당신한테 상처를 준 거냐고요. 감히 어떤 새끼냐고요! 영은 씨, 그거 알아요? 내가 미치도록 사랑하는 거?! 그거 알아요?! 내게서 벽을 만드는 당신을 보고 있으면 내 가슴이! 여기가 미치도록 아픈 것 알고 있기나 해요? 네?! 당신도 알잖아! 가슴 아프다는게 어떤 느낌인지 당신도 알잖아!!"

나도 모르게 흥분을 해버렸다. 그 순간 병신같이 어쩌면 그렇게도 눈물이 날 것 같은지 괴로워 죽을 것만 같았다.

그 이후로 그녀는 똑같았다. 함께 일하는 동료, 그 이상 그 이하도 아니었다. 하지만 달라진 것은 그녀의 어색했던 웃음이 편안함으로 바뀌어졌다는 사실이다. 그 남자와 잘되기라도 했다는 말인가? 허탈했다. 이대로 이렇게 끝나 버리고 마는구나.

"어머! 지훈 씨, 그만두겠다고?"

"죄송합니다."

"이런… 일도 잘하는 사람이 갑자기 그만두겠다니. 다시 생각해 보면 안 되겠어?"

"……."

"지훈 씨, 며칠만 더 있어 보자. 응?"

망할. -_-; 그만두겠다는데 이 사람 왜 이러는 거야. 나 그만두겠다는 말이야! 더 이상 그녀를 마주할 자신이 없었다. 나 아닌 다른 이와 행복해하는 모습을 지켜본다는 것이 얼마나 힘든 일인지 새삼 깨닫게 되었다. 휴계실에서 담배를 한 대 피우고 나올 때였다. 내 눈앞에 있는 사람은 그녀… 서영은. 제길. -_-; 왜 내 눈앞에 있는 거야. 그녀를 스쳐 지나갔다. 소심한 민지훈. 그런데…

"지훈 씨."

그녀가 나를 불렀다. 뒤돌아 그녀를 보았다. 나를 보더니 웃는 그녀. 왜 웃어. 왜 웃냐고! 나는 미치겠는데 당신은 웃음이 나와!!

"질문 하나만 해도 돼요?"

"뭔데요?"

"지훈 씨는 사랑과 나이 중 무엇을 버리겠어요?"

영은 씨, 나 한 번만 기대해 봐도 될까? 당신의 질문에 딱 한 번만 기대를 해도 되는 걸까? 영은 씨… 당신, 내 가슴 이렇게 미치게 만들어도 되는 거야?

"난 이미 나이를 버렸어요."

나의 대답에 그녀는 웃었다. 그 순간이 내게는 마치 긴 터널을 지나가는 것마냥 너무나도 길고 답답했다.

"그럼 이제 나만 나이를 버리면 되는 거네요?"

"네?!"

제발 보지 말아라, 주책맞게 부들부들 떠는 내 다리를. -_-;;

"우리 연애할래요?"

전혀 예상 못했던 그녀의 말. 그리고 그것이 영은이와의 시작이었
다. 행복한 시작.

나는 그녀를 놓치지 않을 것이다. 절대로 놓치지 않을 것이다.

— 신지영 번외

조금만 사랑했다면

　15살 어린 나이에 그 녀석을 알게 되었다. 그리고 그것이 시작이 되어 내 어리석은 사랑은 그칠 줄을 몰랐다. 녀석을 보고 있노라면 행복했고, 이것이 살아 있는 느낌인가 하여 하루하루가 내게는 즐거움이었다. 그런 녀석에게 내가 아닌 다른 이가 숨 쉬게 되었다.

　"박나리 쟤 어제도 남자 만난 거 있지? 정말 대단하다니까."

　"그게 정말이야?"

　"응! 내가 어제 봤다니까. 팔짱을 끼고 가는데 얼마나 여우 같은지. 엇! 지영아! 신지영!"

　뒤도 돌아보지 않고 뛰었다.

"글쎄 말이야, 어제 민섭이 만났는데 정말 짱이더라! 너무 멋있는 거 있지!"

"맞아, 성말 잘 생겼더라. 그럼 너 태민이랑은 깨는 거야?"

"태민이? 미쳤어? 내가 걔랑 왜 깨져?"

"뭐야, 그럼 양다리를 치겠다는 거야? 대림 공고 서태민인데?"

"민섭이는 얼굴이 잘났지만 태민이는 수원에서 알아주잖아."

"뭐야? 그럼 사람은 싫은데 능력이 좋다는 거야? 하하."

"뭐 그런 것 아니겠어? 꺄악!!"

있는 힘을 다해 박나리의 머리카락을 잡아당겼다. 화가 나서 미치 겠다. 정말 미치겠다. 내 눈앞에 있는 나리와 싸움이 시작됐고, 우리 들의 싸움은 겉잡을 수 없이 번져 버리고 말았다.

"용서하지 않아!!"

아무도! 그 누구라도 서태민을 힘들게 하는 사람은 절대로 용서하 지 않아. 그게 특히 박나리 너라면 나는 널 절대로 용서하지 않을 거 야!

"이 녀석들!! 지금 뭐 하는 거야!!"

결국 나리와 나는 상담실로 끌려갔고 하루 종일 벌을 받았다. 나리 를 벌받는 게 힘이 든 듯 이리저리 비틀거렸지만 나는 끝까지 버텼 다.

"신지영, 도대체 너 왜 그래?"

"있을 때 잘해."

"뭐?"

"있을 때 잘하라고!"

"하— 너 혹시 태민이 얘기하는 거야?"

"너 태민이랑 사귀고 있잖아. 그럼 다른 사람 만나고 다니면 안 되는 것 아니야?"

"내가 누굴 만나든 그게 너와 무슨 상관이야? 너 아주 웃긴다?"

"함부로 태민이한테 상처 주지 마."

나를 향해 비웃는 박나리. 그래, 마음껏 비웃어. 그깟 비웃음 얼마든지 받아도 돼. 상관없어. 서태민만 불행하지 않으면 나는 그것만으로도 충분하니까.

"너 혹시 태민이 좋아하니?"

나리의 물음에 대답을 하지 못했다.

"훗~ 어쩐지 이상하다 했지. 그런데 어쩌지? 태민이는 나 없이 못 사는데. 이런~ 불쌍해서 어쩌나?"

얼마든지 비웃어도 돼. 괜찮아. 너 같은 애한테 비웃음 당하는 것 나 아무렇지도 않아. 참을 수 있어. 얼마든지 참을 수 있어.

"너희들! 이제 한 번만 더 싸우다 걸리면 그땐 징계 처리 한다. 얼른 집에 가봐."

5시가 되어서야 학교에서 나왔다. 교문 앞에는 나리를 기다리고 있는 태민이가 보였다.

"태민아!!"

태민이에게 뛰어가는 나리의 뒷모습이 너무나도 밉다. 가식적인 저 모습이 너무나도 밉다.

태민이의 품에 안겨 비웃음을 짓곤 나를 바라보는 박나리. 그래, 그렇게 얼마든지 있어도 좋아. 대신 녀석한테 상처만 주지 마. 녀석은 너를 많이 사랑하니까……. 가질 수 없는 놈이지만 그래도 난 저 녀석이 불행한 걸 보고 싶지 않다. 녀석은 웃을 때가 가장 멋지니까…….

다음날 태민이가 우리 학교 앞에 서 있었다. 나리를 기다리고 있는 거겠지. 태민이 앞을 아무렇지도 않은 듯 스쳐 지나갔다.

"지영아."

태민이가 나를 불렀다.

"응?"

"시간 좀 있어? 놀라지 말고. 그냥 어제 일 때문에 사과하려고 그래. 같이 남문 나가자."

태민이는 내게 사과를 한다고 했다. 무슨 사과? 잘못한 것 전혀 없는데 무슨 사과를 한다는 거지?

태민이와 함께 남문을 돌아다녔다.

"나리 천성은 착한 애야."

무슨 말을 하려고 하는 거지? 태민이의 마음을 도대체 모르겠다. 내게 무엇을 얘기하고 싶어하는 것인지.

"네가 이해해 줄 수 있지? 그래도 너와 내가 친구라고 신경도 써 주고 고마운데?"

"뭐를?"

"나리가 그러더라. 네가 찾아오더니 어제 만난 남자와의 일에 대

해 추궁을 했다는 거야. 네가 나랑 친하니까 그런 것도 일일이 신경
써준다고 나리가 그러더라."

"…그래."

후~ 박나리 정말 대단한 애다. 내가 태민이를 좋아한다는 것을 알
고 일부러 꾸민 짓이 분명했다. 태민이에게 나란 사람은 친구란 것을
그 아이는 각인시키고 있었던 것이다. 내게 친구라 말하는 태민이를
탓할 수는 없었다. 단지 탓하는 것은 늦어버린 시간뿐이었다. 조금만
더 빨리 고백했더라면… 15살 그때, 아니, 다시 만났던 16살 그때라
도 용기를 내어 고백했더라면…….

한 달이 지난 어느 날 태민이는 내게 술 취해 전화를 걸었다.

"태민아, 어디니?"

태민이가 있다는 곳으로 뛰어갔다. 공원 벤치에 앉아 있는 태민이.
얼마나 술을 마신 건지 몸조차 제대로 가누지도 못하고 있었다. 서태
민… 서태민…….

"무슨 일이야?"

"나리가 또 남자를 만난다."

"…어떻게 알아?"

"봤어."

"그래."

내 옆에서 우는 이 남자. 바보같이 서럽게 울고 있는 이 남자. 그런
그를 바라보며 설움을 삼켜 버리고 마는 나. 너를 지금보다 덜 사랑
했다면 이렇게 힘들지 않아도 될 텐데… 이렇게 비틀거리지 않아도

좋았을 텐데⋯ 미친 듯이 흔들리는 나를 보면 얼마나 힘든지 몰라. 얼마나 아픈지 몰라. 죽을 것같이 아파. 태민아, 너는 왜 이렇게도 내 가슴 안에서 깊이 자리 잡아버린 거니.

그 후 해는 바뀌었고, 나는 태민이가 아닌 다른 사람을 선택했다. 그때는 그것이 내가 할 수 있는 최선의 방법이었고, 그 아이의 행복을 위한 최고의 선택이었다.

오빠는 내게 한없이 사랑을 주려는 사람이었다. 오빠를 보면서 이 사람이라면⋯ 어쩌면 나를 서태민이라는 아주 큰 늪에서 빠져나오게 도와줄 수 있을 거라 믿었다. 그때는 그게 구원이라 생각했다. 하나님께서 내가 너무 안타까우셔서 이진우라는 남자를 보내준 것 같았다. 이진우가 내겐 구원이었다.

오빠는 키가 컸다. 그리고 든든한 체격에 모든 이가 봐도 멋진 사람이었다. 그래, 여자는 자신이 사랑하는 사람보다 자기를 사랑해 주는 사람을 만나야 된다고 하지. 오빠처럼 나를 사랑해 주는 사람 이 세상 어디에도 없을 거야, 어디에도⋯⋯.

오늘 태민이에게 행복을 빌어준다는 말을 전했다. 미련하게 그 앞에서 울어버릴 것 같아 얼른 뒤돌아 왔다. 그 앞에서 또다시 내 굳은 다짐 무너져 버릴까 봐 두려워서⋯ 너무 무서워서 나 또 아파지게 될까 봐 겁이 났다.

태민아, 나 행복할 테니깐 너도 꼭 행복해야 돼. 알겠니? 내가 질 투날 정도로 행복한 모습만 보여줘야 돼. 그래야 내가 마음이 놓이거든.

"지영아, 이리 와봐."

오빠가 내 손을 잡고 보석 가게 안으로 들어간다. 그리곤 진열되어 있는 목걸이를 보며 아이처럼 두리번거린다. 뭐 하는 걸까?

"아가씨, 저 어린 왕자 보여주실래요?"

"여기 있습니다."

"예쁘지?"

"응, 예쁘네."

"지영이가 예쁘다면 됐다. 하하."

그러더니 오빠는 얼른 내 목에 그 목걸이를 걸어준다. 목걸이는 정말 근사하고 예뻤다. 괜스레 사랑받고 있다는 느낌이 들어 기분이 좋았다. 오빠는 나를 아기 다루듯이 했다.

내가 어디라도 다칠까 봐 걱정돼 항상 안절부절못한다. 그런 오빠를 보며 이 사람을 만나서 다행이라는 생각을 했다.

난 오빠가 웃을 때의 그 표정이 좋다. 아이처럼 천진난만하게 웃으며 살짝 들어가는 보조개가 너무 좋아서 나도 따라 웃게 된다. 어디서 많이 본 듯한 표정… 참 이상하게도 오빠는 언제 한번 만나봤던 사람처럼 끌리게 만드는 구석이 있었다. 예전부터 알았던 사람처럼……

"벌써 집 앞이다. 너랑 있으면 시간 가는 줄 몰라, 진짜. 우리 지영이 조심히 들어가. 오빠가 집에 가서 전화할게. 잘 자. 알겠지?"

"응. 잘 가."

"사랑해."

"응."

아직은… 아직은 오빠에게 사랑한다는 말… 그 말 못하겠다. 아직은 내 안에 태민이가 살고 있으니깐. 오빠… 미안해. 시간이 흘러서 잊게 되면 그때는 꼭 사랑한다고 할게. 그때까지만 기다려 줘. 미안해.

그렇게 삼 개월이 지나 버렸지만 나는 아직도 오빠에게 사랑한단 말을 전하지 못하고 있었다. 왜일까? 그동안 내 안에서 그 아이가 너무 오랫동안 살아서 그리 쉽게 버릴 수가 없는 것일까? 시간이 지나면 지날수록 오빠에게 점점 미안해져 갔고 내가 점점 오빠에게 잔인한 여자가 되어가는 것 같았다.

"지영아, 오늘 모임있다."

"미안. -0- 나 오늘 약속있어."

"야, 신지영! 너 정말 너무하는 것 아니야? 요즘 들어 모임에 통 나오지 않았잖아!"

"준희야, 정말 미안해. ㅠ_ㅠ 오늘 오빠랑 중요한 약속이 있단 말이야. 한 번만 봐주라."

"너 진짜 딱 한 번만이다! 딱!"

"그래, 정말 이번 한 번만 딱!"

태민이를 안 본 지 꽤 됐다. 일부러 모임이 있을 때마다 나가지 않았다. 오빠와 만난다는 핑계를 대고 가지 않았다. 여기서 태민이 얼굴을 보면 그동안 다짐했던 모든 것이 무너질 것만 같아서… 착한 오빠에게 헤어지자는 말 해버리게 될 것 같아서 가지 않았다. 이렇게 시간이 지나게 되면 잊을 수 있을 거야.

"무슨 생각 하니?"

"응? 아니야. 왜?"

"지영아, 이번 주말에 오빠네 집에 오지 않을래?"

"집에?"

"응. 부모님이 너 데려오라셔."

"오빠……."

내가 난처해하는 것을 알았는지 오빠는 끝내 웃어버렸다.

"그래, 알았어. 다음에 가자. ^^"

"미안해, 오빠."

"됐어. 미안하긴."

신지영 이러면 안 된다. 자꾸 이러면 안 된다. 이러면 이럴수록 이 착한 남자 상처받게 되고 결국엔 너 나중에 벌받는다. 이러면 안 된다. 최면을 걸어도 소용이 없었다. 아무리 사랑해 보려 해도, 사랑이라 말해도 나는 태민이를 잊기 위한 도구로 오빠를 옆에 두려 하고 있었다.

"지영아, 나 오늘 너희 집 놀러 간다!"

회사가 끝나고 오빠는 우리 집으로 놀러 왔다. 오빠가 제일 좋아한다는 부대찌개를 끓여 같이 밥도 먹었다. 이제 오빠가 조금씩 좋아지려 한다.

"오빠, 오빠는 웃는 게 너무 귀여워. 알고 있어?"

"그래? 하하. 쑥스럽네. ^^;;"

"너무 아이처럼 천진난만하고 예쁘게 웃는 것 같아."

"지영이한테 그런 소리 들으니깐 기분 좋은데."

조금 들떠하는 오빠와 내 방에 들어와 이것저것 보여주었다. 오빠는 나에 관해 조금씩 알 때마다 무척 즐거워했다.

오빠가 책꽂이에 있는 사진첩을 꺼냈다.

"이야~ 너 어렸을 때 너무 귀엽다. 우와~ 중학교 때는 머리가 길었네?"

"응, 길었지."

"다음엔 한번 길어봐. 알겠지?"

"그래."

"이건 바닷가네?? 애들 많다. 다 누구야?"

오빠가 19살 겨울방학 때 아이들과 함께 부산에 가서 찍은 사진을 보며 물었다. 왜 이렇게 가슴이 뛰는 것일까.

"응. 고등학교 친구들이야. 지금도 만나고 지내는 애들."

"그래? 하나같이 잘생기고 예쁘네."

"응, 여기 머리 긴 여자애가 준희거든? 이 옆에 남자애는 준성이야. 둘이 사귀는데 지금도 사귀고 있어. 엄청 열렬한 커플이야."

"그렇구나. 언제 한번 만나게 해줘. 알겠지?"

"응."

바닷가에서 찍은 사진이 꽤 많았다. 오빠는 재미있는지 계속 사진 보기에 몰두했다. 그런데 오빠가 태민이 사진에서 자꾸만 고개를 갸우뚱거린다. 왜 그러지?

"지영아, 얜 누구야?"

"…태민이."

"그래? 근데 이 애 나랑 좀 닮지 않았어? 하하, 닮은 것 같아. 애 키도 크지? 키 하며 덩치 하며 웃는 것 하며. 큭, 이 애도 한번 만나봐야겠다."

뭐라는 거야! 오빠, 지금 뭐라는 거야! 머리 속이 정지된 느낌이다. 너무 손발이 덜덜 떨려서 더 이상 그 자리에 있을 수가 없었다. 방문을 박차고 나와 무작정 뛰었다.

"지영아! 신지영!!"

멀리서 오빠가 나를 불렀지만… 애타게 불렀지만 나는 멈추지 않고 뛰었다. 아니야… 아니야. 오빠가 잘못 안 거야. 아니야, 그럴 일 없어. 오빠가… 오빠가 왜 태민이를 닮아? 아니야. 절대… 절대 말도 안 돼. 정말 그건 말도 안 되는 일이야. 신지영 좋은 사람 만난다고 했는데… 겨우 그랬던 사람이 서태민 닮은 사람이라니… 오빠, 그건 말이 안 되잖아. 응?

정신없이 뛰어간 곳은 태민이가 일하는 식당이었다.

"신지영 너 정말 웃긴다……."

그러다 큰 봉투를 들고 나오는 태민이를 볼 수가 있었다. 이내 내 가슴은 무너져 버렸다.

"사장님, 이것만 치우고 이제 퇴근하겠습니다. 하하!"

야, 서태민! 너 웃지 마. 너 그렇게 웃지 마… 웃지 마. 웃지 말란 말이야! 오빠 웃는 그 모습… 내가 좋아하는 그 모습… 지금 웃는 네 모습이랑 너무 똑같잖아. 너 뭐야! 너 뭐야!!

결국 또 너였어. 결국은 병신같이 널 닮은 사람한테 끌렸던 거야. 그런 거야. 나 또 병신같이 너라는 늪에서 허우적거린 거였어. 이제 는 네가 너무 미워. 내 머리 속을 온통 헤집고 다니는 네가 이제는 원 망스러워. 그리고 이런 내가 너무나도 저주스러워.

집에 도착하니 새벽 한 시였다. 오빠는 아직도 있었다.

"지영아, 무슨 일이야? 어디 갔다 온 거야? 응?"

"미안해……."

"아니야, 미안하긴 뭐가. 괜찮아. 그보다 너한테 무슨 일 있나 얼 마나 걱정했다고, 바보야."

"아니야. 오빠, 정말 미안해."

"괜찮대도."

"오빠……."

"왜 그래, 지영아? 왜 울어?!"

"오빠, 나 그 애 못 잊어… 이제 그만 할래… 더 이상 오빠를……."

"혹시… 아까 그 태민이란 애니?"

"흑… 나 정말 나쁜 년이야. 미안해… 미안해. 오빠, 미안해."

"혹시나 했었는데… 넌 내가 웃는 모습을 좋아했잖아. 그런데 사 진을 보면 볼수록 웃는 모습이 나와 똑같은 애가 있는 거야. 순간 너무 놀라서 사진을 계속 봤어. 모든 것이 나와 비슷한 태민이라는 애를 보면서 설마 했어."

"흑흑……."

"왜 그렇게 가없니? 바보야, 왜 그래? 왜 이렇게 힘든 거야?"

"오빠, 그만 가줘. 나 혼자 있게 해줘. 나 지금 미칠 것 같아."

"…그래."

그렇게 며칠이 지나서 나는 오빠와 헤어졌다. 헤어져야만 했다. 헤어지고 싶었다. 그 애를 닮은 오빠와 사귄다는 건 내게 너무 큰 괴로움이었으니깐…….

너 그거 아니? 나 다시 본래의 자리로 돌아왔어. 너 때문이야. 너만 바라보게 하는 너 때문에 내가 또 이래. 내가 또 아파. 지금 네가 너무 원망스러워.

하루하루가 아픔의 연속이었다. 쇼핑이라도 할까 해서 무작정 남문으로 갔다. 기분 전환 좀 하면 곧 괜찮아질 거야. 그럴 거야.

옷가게로 들어가려던 중 나리를 볼 수 있었다. 하지만 나리 옆에는 태민이가 아닌 다른 남자가 서 있었다. 순간 화가 나서 무작정 나리가 있는 곳으로 갔다.

"야! 박나리! 너 나 좀 봐!!"

그렇게 무작정 나리를 끌고 건물 안으로 들어갔다.

"신지영, 왜 이래?! 이것 좀 놔!"

"너! 너!! 너!!"

너무 화가 나서… 너무 분해서… 너무너무 서러워서,

"태민이는! 서태민은! 네가 태민이한테 이럴 수 있어?!"

박나리, 기억해. 너한테 그런 꼴 당하라고 나 태민이 양보한 것 아니야. 너 계속 이럴 거면 나 서태민 절대 포기 안 했어!! 알아?! 그런데 네가…

"신지영! 나 태민이랑 헤어진 지 꽤 됐어. 제대로 알고 행동해."

"뭐? 뭐라고?!"

"어느 날 태민이가 안 되겠다면서 헤어지자고 하더라. 그래서 그동안 착한 태민이 너무 힘들게만 한 것 같아서 알았다고 했어. 그래서 헤어졌어."

"뭐야… 이게 뭐야."

"나 예전부터 알고 있었어. 신지영 네가 태민이 좋아하는 것 알고 있었어. 하지만 그땐 나도 태민이가 없으면 안 됐으니깐 너한테 양보 못한 거였는데 그것 때문에 태민이가 더 힘들었다는 걸 이제야 깨달은 거야. 너한테 미안하고 그리고 태민이한테 가장 미안해. 나는 태민이가 정말 행복했으면 좋겠어. 네가 착하고 가여운 태민이 지켜줘. 너만 믿을게."

그렇게 뒤도 안 돌아보고 뛰었다. 서태민이 있는 곳으로… 따질 게 많아서, 너무너무 따지고 화낼 게 많아서 얼른 봐야겠다. 얼른 만나서 전부 다 따져야겠다. 울지 말자. 신지영, 울지 말아야 할 말을 다 하지. 울지 말자!

"어? 지영아?"

하지만… 하지만 내 눈물샘은 서태민을 처음 만났던 15살 그때부터 고장이 났었나 보다.

아무리… 아무리… 참고 참아도 이내 터져 나오고야 만다. 울면 안 되는데… 정말 화낼 것 따질 것 너무 많은데… 울면 모두 말 못하는데.

"무슨 일이야? 왜 그래? 왜 우는 거야?"

"야… 야!! 나쁜 놈! 너 진짜 나쁜 놈이야! 너 진짜 나쁜 놈이야!!"

"지영아."

"겨우 좋은 사람 만났는데 너 때문에… 너 때문에 헤어졌어. 또 너 때문에 헤어졌어!"

내가 알아? 내가 알아? 내 가슴이 무너지는 걸 네가 알아?

"그 사람… 그 사람이… 오빠가 네 사진을 보더니 자기와 많이 닮았대. 나도 몰랐는데 무의식 중에 너… 닮은 사람을 사랑한 거야. 서태민… 또 너를 사랑한 거야. 네가 정말 너무 미워."

그런 나를 태민이가 처음으로 안아줬다. 정말 처음으로…….

"미안해. 지영아… 미안해. 정말 미안해."

"너 정말 뭐야. 왜 내 말 안 들어?! 행복하라고 했잖아. 그런데 왜 이러는 거야! 왜 자꾸 날 아프게 만들어!"

"우리 왜 이렇게 힘드니? 왜 이렇게 자꾸만 우니? 너무 아프다. 우리 너무 아프게 살아."

"그래, 우리 너무 아프게만 산다."

태민이가 나를 더 힘있게 안는다. 그리고 태민이의 손이 내 머리를 감싼다.

"이제 힘들지 말자. 우리 이제 됐잖아. 우리 이제 다 됐잖아. 너 이렇게 왔잖아. 나 너 이렇게 올 때까지 늘 기다렸잖아."

"…무슨 말이야?"

"우리 너무 엇갈렸어. 중학교 졸업식 때부터 너무 엇갈리기만 했어. 안 그래? 너무 엇갈리기만 해서 다시는 너 못 만날 줄 알았어. 그래도 너 계속 기다리려고 했어. 네가 나 기다린 시간 동안, 아니, 그 배가 걸린다 해도 기다리기로 했어. 네가 나 사랑한 만큼 나도 널 사랑하기로 결심했었어."

"누가… 누구를 사랑한다는 거야?"

"서태민이 신지영을 사랑한다고! 이 병신 같은 놈 서태민이! 너무 불쌍한 신지영을 죽도록 사랑한다고!!"

그렇게 태민이와 나는 울었다. 엇갈린 시간 동안… 엇갈려 있었던 사랑 동안… 우리는 너무 서러워… 너무나 힘겨워서 그래서 울었다. 일 년 전 그렇게도 말하지 못했던 그 말… 지금까지도 하지 못했던 그 말.

"사랑해……."

우리 너무 그동안 힘들었잖아. 너무 뒤돌아서 왔잖아. 그치? 태민아, 그치? 우리 너무 사랑하면서도 사랑이라는 몹쓸 병 때문에 너무나도 비틀거렸잖아. 이젠 그러지 말자. 우리 더 이상 그러지 말자. 우리 다시는 아파하지 말자. 너무 사랑해서 미치도록 사랑해서 잊지 못함을 이제는 원망하지 않겠다. 너에 대한 그리움으로 병든 내 마음을 이제는 저주하지 않겠다. 이제는 다시 너를 사랑하겠다. 변함없이 너를 아껴주겠다.

영원이라는 진실 하나로 너를 사랑하겠다. 우리 이렇게 겨우 만났으니깐. 다행이야. 지금에서라도 너를 가질 수 있어서……. 지금처럼… 사랑할게.

—한민이 번외
Sweet Dream

"학교 다녀오겠습니다."

지각하지 않도록 열심히 뛰었다. 간신히 버스 정류장에 도착한 나는 7번 버스가 오자 얼른 탔다. 오늘도 역시 버스 안은 붐볐다. 창밖의 풍경에 한참 도취되어 있을 때 어떤 누군가가 나의 몸을 만지는 것을 느꼈다. 어쩌지… 어쩌지. ㅠ_ㅠ 무서웠다. 소리를 지르고 싶었지만 어떻게 된 것인지 아무런 말도 나오지 않았다.

"이런 나쁜 새끼!! 어디서 변태 짓이야!!"

그 여자애의 도움이 아니었다면 나는 그대로 쓰러졌을지도 모른다. 꼭 고맙다는 말을 해야지. 고맙다는 말을 하기 위해 뒤를 돌아본 순간 나는 또다시 얼어붙고 말았다. 버스의 가장 뒷자리 앞에 앉아 나를 바라보고 있는 남자 아이. 대림 공고 교복을 입고 있었다.

그 아이와 눈이 마주친 순간 어쩔 줄 몰라 하다가 다시 뒤돌아섰다. 날 도와준 아이한테 고맙다는 말도 하지 못한 채 버스에서 내리고 말았다. 강렬한 인상이었다. 하얀 피부에 매서운 눈매, 뚜렷한 이목구비, 멈출 줄 모르는 내 가슴.

"휴… 고맙다는 말도 못하고 말았어."

"한민이, 뭐가?"

"아니야, 아무것도. ㅠ_ㅠ"

지영이에게는 아무래도 말할 수가 없었다. 버스에서 처음 본 남학생한테 반해 변태한테 당하고 있던 나를 도와준 아이에게 고맙다는 말도 못하고 내린 것을 어떻게 말할까. −_−;; 내가 생각해도 너무 바보 같은데 지영이는 아마 웃고 말 것이다. 창피하다.

"모두 자리에 앉아라. 오늘부터 우리 가족이 한 명 더 늘었다. 간단히 자기소개를 하렴. ^^"

"이름은 박준희야. 앞으로 잘 부탁해."

너무나도 반가웠다. 새로 전학 온 아이가 바로 버스에서 나를 도와준 그 아이라니. 너무나도 반가운 맘에 손을 번쩍 들어 ——;; 내 짝으로 만들었다.

준희는 생각처럼 활발하고 때로는 터프하기까지 했다. 지영이와 나는 좋은 친구가 생긴 것 같아서 기뻤다.

수업이 끝나고 우리 셋은 함께 놀기로 했다. 교문에서 나오던 중 지영이가 준성이를 보더니 즐거워했다.

"엇… 한 명은 못 보던 인물인데? 우와~ 쟤도 잘생겼다~!! 그치, 민이야?"

지영이가 가리킨 사람은 아침에 버스에서 보았던 그 남자 아이였다. 또다시 멈출 줄 모르는 내 가슴. 정말 미칠 것만 같았다. 첫눈에 반한다는 것이 이런 거구나. 그 아이는 뜻밖에도 준희의 동생이었다. 나보다 한 살 어린 그 아이 박준영. 나는 그날 이후로 남몰래 준영이를 내 마음속에 키우기 시작했다.

"좋아한다… 좋아하지 않는다… 준영이는 나를 좋아한다… 좋아하지 않는다… 좋아한다… 좋아하지 않.는.다."

꽃잎이 다 떨어진 장미 줄기를 바닥에 던져 버렸다. 하지 말 것을 괜히 했다.

"아니, 얘가 방을 왜 이렇게 어지럽뜨린 거야?"

"아, 엄마 미안해요."

바닥에 어지럽게 떨어져 있는 꽃잎들을 주어서 쓰레기통에 넣었다. 단순히 놀이로 한 것이었지만 그래도 좋아하지 않는다니……. 속상해서 눈물이 날 것만 같다.

오늘은 준희네 새로 오픈할 대리점에 가서 일을 돕기로 했다. 지영이와 함께 대리점으로 가서 상품들을 정리하기 시작했다. 이유없이 심장이 쿵쾅거린다. 요즘 아무래도 내가 미친 것 같다. 이렇게 이유없이 두근거리는 것을 보면…….

"아버지, 저 왔습니다."

준영이었다. 내 두근거림의 이유는 바로 준영이었던 것이다. 부모님을 향해 깍듯이 인사하는 준영이를 보니 더욱 멋있어 보이는 것은 뭐람. ^-^;; 준영이는 무척이나 열심히 아버지 일을 도왔다. 나도 이렇게 멍하게 있으면 안 되지! 열심히 해야지. >_< 준영이가 있으니 나도 덩달아 신났다. 헤헤.

준희의 말로는 오늘 준성이네도 함께 있을 거라고 했다. 준희는 인상을 쓰며 싫어했지만 나는 기분이 좋으니 너무나도 미안했다. 준영이와 함께 있을 수 있다는 것만으로도 이렇게 좋은 걸. 하지만 한편으로는 고민도 되었다. 이렇게 혼자서 시간이 가면 갈수록 깊어지는 준영이에 대한 마음이 나로선 준희에게도, 또 준영이에게도, 내 자신에게도 힘들기만 했다.

"한민이!!"

"어??"

"이게… 너 무슨 생각해??"

준희는 나를 끌고 욕실로 들어갔다. 준희와 지영이가 옆에서 하는 소리가 내 귀에는 전혀 들어오지 않았다. 어쩌지? 아, 왜 이렇게 짝사랑은 고달픈 것일까? 왜. T_T

"민이야! 너 솔직히 말해 봐!!"

도둑이 제 발 저린다더니 내가 꼭 그 꼴이다. 준희의 말에 심장이 쿵쾅거린다. 어쩌지? 그냥 넘어갈 준희와 지영이가 절대 아니었다. 결국엔 둘에게 털어놓고야 말았다. 흥분하는 준희. 준희야, 정말 미안해. 내가 어쩌다가 네 동생을 좋아하게 되어버린 거니? 마음대로

시작해 버린 나를 탓해줘. ㅠ0ㅠ

"없지는 않고… 아직 마음에 드는 사람 못 만난 것 같아. 하하… 나도 잘 몰라. 그놈은 알 수 없어서… 하하."

준영이는 여자한테 관심이 없냐는 내 질문에 준희는 얼버무리며 넘어갔지만 나는 안다. 준희는 나를 위해서 사실대로 얘기해 주지 않다는 걸. 준영이를 안 지도 며칠이 지났지만 준영이는 나와 지영이, 나리, 강연이에게 단 한 번도 말을 붙이지 않았다. 다른 남자 아이들과는 많이 달랐다. 그런 준영이를 보며 여자한테 관심이 없다는 것을 느꼈던 나이니까……. 이를 어쩌지? 바보같이 마음이 아파진다.

그 후로 시간은 많이 흘렀다. 하지만 준영이에 대한 나의 마음은 그칠 줄 모른 채 더욱더 타오르고 있었다. 이제는 걷잡을 수 없이 나는 준영이가 좋았다. 너무 좋았다.

"민이야, 슈퍼 가서 두부 좀 사 와."

"엄마, 나 지금 뭐 해요!"

"얼른! 너 용돈 안 준다!"

"알았어요. 사 올게요. T_T"

우리 엄마는 항상 심부름과 용돈을 맞바꾸려 하신다. 투덜거리며 슈퍼에서 두부를 사고 나오는데 반대 편 버스 정류장에 준영이가 서 있었다. 어머나, 세상에. +_+

"아줌마! 이거 5분 뒤에 찾아갈 게요!"

나는 무작정 버스 정류장으로 뛰었다. 준영이야… 준영이라고!

"준영아!"

나를 보더니 준영이가 놀란 듯 눈동자가 동그래진다. 히히.

"나 이 근처에 살거든. 여기는 웬일이야?"

"아, 버스를 잘못 타서."

맞다. 준영이는 수원으로 이사 온 지 얼마 안 돼서 수원 지리에 대해 익숙하지 못하구나. ^0^ 밖에서 보니 더욱더 멋져 보이는 나의 천사.

"참! 준영아, 준희가 전화를 받지 않을 때가 많아서 그러는데 네 휴대폰 번호 가르쳐 줄 수 있어? 혹시나 급한 상황이 있을 수도 있잖아. ^^;;"

준희야, 정말 미안해. 사랑을 위해 친구를 팔아버리는 못된 나를 용서해 줘. T_T 하지만 정말로 가까워질 수 있는 방법이 이것밖에는 없는걸……

"하긴 그 인간이 덤벙거리는 게 있지."

준영이의 전화 번호를 받았다. 야호~ >_< 너무나도 기뻤다.

"저거 타면 우리 집 가냐?"

"응. 저거 타면 돼. ^^*"

"그래, 고맙다."

인사도 안 하고 무심하게 버스에 올라타는 나의 천사였지만 그래도 휴대폰 번호를 알게 되어 행복하다. 집에 얼른 가서 엄마한테 뽀뽀해 드려야지! 이제부터 엄마 말씀 잘 들을 테다. >_<

그날 이후 나는 가끔씩 준영이에게 문자를 보냈다. 물론 답장은 아주 간단명료하게 왔지만 나는 그것만으로도 충분했고 행복했다.

휴~ 몸이 천근만근이다. 감기에 걸렸나 보다. 엄마가 체온계를 내 입에 물려놓곤 나를 걱정스러운 듯 쳐다봤다.
"몸도 허약한 애가 요즘 왜 그렇게 싸돌아다니니?"
웃어 보였지만 엄마의 속상한 마음을 모두 풀어드릴 수는 없었다.
"열이 조금 있으니까 오늘은 절대로 밖에 나가지 말아. 알겠지?"
"네, 알았어요."
아프니까 바보같이 준영이가 생각났다. 나 왜 이렇게 한심할까? 나도 모르게 문자를 써서 보내고 말았다.

[몸이 많이 아프다. ㅠ_ㅠ 뭐 하니?]

준영이는 뭐라고 할까? 약은 먹었냐, 괜찮냐라는 말 정도는 해주 지 않을까? 온갖 생각을 다 하며 휴대폰을 손에 꼭 쥐고 문자가 오기 만을 기다렸다. 드디어 문자가 왔고, 떨리는 마음으로 확인을 했다.

[일찍 자라.]

너무나도 짧기만 한 준영이의 답장. 예상은 하고 있었지만 준영이 의 짧은 문자에 그만 울음이 터져 버렸다. 이러다 그냥 끝나 버리는 것은 아닌지 하는 불안감으로 눈물이 더욱 났다. 준영이가 내 마음을 받아주지 않는다면 너무나도 힘들 것 같은데… 그렇게 되지 않기 위해서라도 강해져야 하는데 나는 이렇게 작은 일에도 눈물을 보일 만큼 한심한 아이였다.

　신나는 토요일. 준희와 지영이와 함께 인계동에서 놀았다. 그러던 중 준성이의 학교 후배 철우를 우연히 만나 기원전으로 향했다. 기원전에는 준영이가 보였다. 술을 얼마나 마신 건지 몸도 제대로 가누지 못하는 것 같다. 어쩌면 좋아. ㅠ_ㅠ

　늦은 시간이 되어서야 기원전에서 나왔다.

　"박준영, 같이 가."

　"싫어. 넌 준성이 형이 바래다줄 거다. 잘 가."

　"야!! 그럼… 너 민이 데려다 줘!!"

　헉!! -0- 뜻밖의 준희의 말. 준희야, ㅠ_ㅠ 안 그래도 되는데. 더욱이 뜻밖인 것은 준영이었다.

　"가자."

　라고 말하며 내 손을 잡아채듯 앞서 걷는 준영이. 이건 분명히 술기운으로 그러는 것일 거야. 나한테 관심이 있어서 내 손을 잡은 것이 아닐 거야. 그럴 거야. 기대하지 말자, 한민이. 준영이는 술에 많이 취해서 비틀거리며 걸었다. 그래도 준영이는 내 손을 꼭 잡고 걸어가고 있는 중이었다. 준영이가 내 손을 잡았다는 이유 하나만으로도 나는 너무나 떨린다.

　"잠깐만 앉았다 가자."

준영이는 힘들었는지 커피숍 안으로 들어갔다. 머리가 아픈지 소파에 기대어 눈을 감고 있었다. 걱정되네. 커피숍을 나와 약국을 찾아다녔지만 없었다. 한참을 뛰어다닌 끝에 어렵게 약국 하나를 찾았다.

"아저씨! 속 아플 때 먹는 약 주세요!"

나는 약을 사들고 다시 커피숍으로 뛰어갔다.

"헥헥!"

준영이가 정신을 차렸는지 음료수를 마시고 있었다.

"어디 갔다 왔어?"

"이거……."

"이게 뭐야?"

"먹어."

"약 사가지고 온 거야?"

"응! (^^)(__)(^^)"

"고맙다."

짧은 인사말이었지만 그래도 기분은 좋다. ^-^

"술 많이 마셨어?"

"아니. 섞어 마셔서 그래."

"다음부턴 조금만 마셔."

갑자기 말이 끊겨 버리는 이 분위기. ㅠ_ㅠ 정말 내가 밉다. 어떻게 할 말이 이리도 없는 거지? 어쩌지? 어쩌면 좋아. ㅠ_ㅠ 아! 그래, 준희 얘기를 하면 되겠구나.

"준성이가 준희 많이 좋아하나 봐. 그치?"

"많이 좋아하지. 준성이 형은 같은 남자인 내가 봐도 멋있는 사람이야. 박준희는 복 터진 줄 알고 잘해야 될 텐데."

"잘할 거야."

"이제 나가자. 집이 어디야?"

"아냐, 너 피곤할 텐데 그냥 들어가. 나는 혼자 갈 수 있어."

"집이 어디냐고."

내 말은 전혀 듣지 않고 귀찮다는 듯 우리 집을 묻는 준영이. 어쩌면 저렇게도 무뚝뚝하고 냉정한 건지. T_T

"고등동……."

준영이는 앞서 걷기 시작하더니 택시 한 대를 잡았다.

"이리 와. 타."

라고 말하며 택시의 문을 열고 나를 기다려 주었다. 준영이는 겉으론 냉정해 보이지만 어쩌면 속으로는 가장 따뜻한 마음을 가진 사람일지도 모른다는 생각이 드는 이유는 무엇일까? 다만 사람에 대해 서투른 것뿐 마음은 그렇지 않을 수도 있을 것 같다.

"고등동 어디야?"

"아저씨 고등동 사거리요."

"학교에 있을 때 김민우 새끼가 준희 찾아오는 일 있으면 나한테 곧바로 말해. 알겠지?"

"응."

준영이는 역시 민우가 신경 쓰이나 보다.

오늘 같은 날이면 말하고 싶다. 내가 너를 좋아하고 있다고 말이다. 하지만 준영이는 뒤도 안 돌아보고 그냥 가버릴 것이 분명하다. 내가 알고 있는 준영이는 말이다. 속상해진다. 휴…….

　　"집까지 가봐."

　　"괜찮은데……."

　　"새벽이야. 가다가 이상한 놈이 붙으면 어떡할래?"

　　"…알았어."

　　따리리리—

　　준영이의 전화다.

　　"여보세요? 응. 형, 집에 잘 갔어? 운균이 형네야? 나? 지금 민이 데려다주는 길이야. 무슨. 그런 것 아니야. 알았어. 데려다 주고 갈게. 알았어."

　　"또 어디 가?"

　　"태민이 형인데 오래."

　　"그렇구나. 우리 집 다 왔어."

　　"그래, 들어가라."

　　"조심해서 잘 가."

　　준영이에게 인사를 하고 집으로 들어가려는 찰나였다.

　　"야, 한민이."

　　"응?"

　　준영이가 나를 불렀다. 가슴이 두근거린다. 무슨 소리를 하려는 거지?

"…너 나 좋아하지 마라."

쿵!

내 가슴이 뜀박질하듯 수없이 뛰기 시작한다. 그리고 아픔이 연이어지기 시작한다. 어떡하지? 나는 바보 같은 질문을 하고야 말았다.

"왜?"

다행이야. 준영이와 조금은 떨어져 있어서 내 눈물을 볼 수 없을 테니 다행이야.

"너만 상처받아. 나는 누구 좋아하고 그러는 것 딱 질색이야."

"미안해."

"미안하긴 뭐가. 나는 여자 잘 믿지 않아. 인천에 있을 때 친구들이나 주변 사람들이 당하는 것 보면서 느꼈다."

난 절대 널 실망시키지 않아. 그리고 배신하지도 않아. 나 한 번만 믿어주면 안 되겠니… 내 입가에서 맴도는 말이지만 나는 결코 준영이 앞에서 이 말을 할 수가 없다.

사랑해, 준영아. 나는 너 절대 냉정하다고 생각하지 않아. 너만큼 따뜻한 마음씨를 가진 사람이 또 어디 있겠어. …정말 사랑해.

"들어가라."

"잘 가."

준영이가 뒤돌아서자마자 집으로 들어왔다.

"흑흑……."

슬프다. 너무 슬퍼서 어떻게 해야 할지를 잘 모르겠다. 좋아하는 것조차 준영이는 싫은 건가? 내가 옆에 있는 것조차 귀찮은 걸까? 아냐, 그래도 나 너 이해할게. 이해할래. 내 사랑 그렇게 작지 않아. 널 향한 내 사랑 보기엔 작아 보여도 결코 그런 게 아니거든…….

　최고의 의문이었던 지영이의 좋아하는 사람을 알아냈다. 그 사람은 바로 준희와 내가 잘 알고 있는 사람이었고, 너무나도 가까운 곳에 있는 뜻밖의 인물이었다. 바로 태민이었다.

　모르겠다. 왜 이렇게 자꾸 눈물이 나는 건지. 지영이가 너무 불쌍해. 흑. ㅜㅜ 술을 마시면 용감해진다고 했나! 나는 술김에 준영이한테 전화를 걸어버렸다. 그래서 모두 다 데리고 얼른 오라고 해버렸다. 나 정말 이렇게도 간이 컸단 말인가? -0- 에라, 모르겠다. 그리곤 나는 자버렸다. -_-;;

　"야! 야!! 너 안 일어나냐?"

　"으음."

　"참나, 완전히 뻗었구만."

　모르겠다. 몸이 막 두둥실 떠다니는 기분이 들기도 하고 누군가에게 업힌 것 같기도 해서 눈을 떴다. 그런데…

　"헤, 엄마야!"

　"야, 너 일어났냐?"

　이게 어찌 된 일인지 모르겠다. 내가 업혀 있고 뒤통수를 보아선 준영이 같았다. 난 몰라. 어쩜 좋아. ㅜ_ㅜ

　"나 좀 내려줘."

　"야, 넌 마시지도 못하는 술을 뭘 믿고 그렇게 많이 마시냐?"

"저기… 미안. 그냥 오늘은 좀."

"술 마시면 용감해진다는 말이 진짠가 보네."

"응?"

"너 혹시 나한테 전화해서 한 말 기억하냐?"

"으응??"

전혀 기억에 없는데 정말 미치고 팔짝 뛸 노릇이었다. 그놈의 술이 나를 이 지경으로 만들어놓은 거야. 으흑, 어쩜 좋아.

"너 술 마시니깐 아주 애교가 왕이더라? 쿡쿡."

준영이는 재밌다는 듯 웃고 있지만 나는 지금 당장 쥐구멍이라도 숨고 싶은 심정이다. 집으로 마구 뛰어가 버릴까?

"미안해… 정말 미안."

"아니야, 아주 볼 만했어. 왔을 때 자고 있어서 좀 아쉬웠지만."

준영이는 자꾸 웃는다. 아, 내가 뭔 놈의 술을 그리도 많이 마셨을까? 다시는 술 마시지 않으리!

"어서 들어가 봐."

"응. 정말 미안해. 괜히 나 때문에… 어휴, 나 왜 그랬지."

"괜찮아. 어서 들어가라."

"응. 잘 가."

"그래."

얼른 뒤돌아서 종종걸음으로 빨리도 걸어갔다. 오늘 일은 아마 절대 잊지 못할 거다. 지금 기억나는 게 있다면 내가 준영이한테 전화할 때 준희가 흥분하지 말라고 했던 것. 하지만 나는 준희의 두 배로

광분한 채 준영이한테 전화해 버렸지. 으흑. ㅡ_ㅡ;;

준희 말 들었으면 좋았을걸. 뭘 믿고 전화했을까.

"야, 한민이."

대문을 열고 발을 디딜 때쯤 뒤에서 준영이가 나를 불렀다. 왜 부르지? 너 다시는 술 먹고 전화하면 죽인다라고 하려고 하나? 무서워.

"야!"

"응?"

겨우 뒤돌아섰다. 하지만 준영이를 쳐다보지는 못하고 땅만 열심히 쳐다보고 있었다.

"귀여웠어. 훗."

순간 내 귀를 의심했다. 준영이가… 귀여웠대. 나보고 귀여웠대. 고개를 들어 준영이를 쳐다봤지만 준영이는 뒤돌아 천천히 가고 있었다. 어쩜 좋아. 히히, 기분이 너무 좋아졌다.

집으로 들어왔다. 너무 들떠서 잠이 잘 올 것 같지가 않다.

"꺄악!!"

거울을 보고 또 웃었다. 기쁘다.

"민이야! 민이야! 무슨 일이야? 응?!"

나의 고함 소리에 놀랐는지 아빠가 달려 나오셨다.

"아니에요, 아빠. 바퀴벌레가 지나가서 나도 모르게… 죄송해요. 다시 주무세요. ^^;;"

여자는 정말 바보인 거 같다. 아주 순진한 바보. 사랑하는 사람의 한마디에 하루 기분이 해를 그렸다 찡그렸다 하는 걸 보면 말이다.

그래도 나는 그런 순진한 바보여서 좋다. ^-^

　준성이와 준희가 헤어졌다. 너무 속상하다. 준희가 너무 힘들어해서 그 모습 보는 게 참으로 안타깝다. 준희가 너무 아프다. 그런 준희가 밉기는커녕 너무 가엾기만 하다. 지영이와 가까운 술집을 찾았다. 우리는 또 그렇게 술을 마셨나 보다.

　지영이도 힘들어 보였다. 준희 못지 않게 너무나 힘든 사랑을 하고 있으니깐. 그래도 우리에게 언젠가는 웃으며 얘기할 수 있는 날이 올 거라 믿는다.

　"지영아, 조심해서 잘 가."

　"민이야, 너 많이 취했는데 갈 수 있겠어?"

　"괜찮아. 나 간다. ^-^"

　지영이한테 애써 밝은 척을 해 보였다. 그리고 지영이와 약속했다. 우리가 준희를 이해해 주자고. 우린 친구니깐 그 마음 우리가 이해해 주자고 했다. 휴~ 술을 너무 많이 마셨나 보다. 속이 너무 아파.

　그런데… 그런데 말이다. 한국청 근처에서 낯익은 얼굴이 보인다. 바로 준영이었다. 그런데 준영이 옆에는 다른 여자 아이가 서 있었다. 갑작스레 서러워진다. 다른 좋아하는 사람이 있었나? 뭐야, 나도 이제 끝내야 하는 거야? 내 마음 접어야 하는 거야?

　하지만… 하지만… 정말 나는 술기운 때문인지 너무나도 용감해져 버렸다. 용감무쌍 한민이. -_-;; 어디서 그런 용기가 난 건지 모르겠다. 정말로.

"야! 박준영!!"

껄렁한 자세로 뒤돌아 나를 보는 준영이는 그리 놀라지도 않는다. 아니, 눈썹 하나 까딱하지도 않았다. 그래, 한번 해보겠다는 소리지? 그래, 너 오늘 임자 만났어. 뭔 임자를 만났다는 소린지. -_-; 아무튼 술로 인해 용감 그 이상이었다.

"너!! 이리 와!!"

사실 지금 내 심정은 일단 저지르고 피하자였다. ——;; 또다시 놀라지도 않는 표정으로 나를 보더니 쿡 하고 웃는다. 그리곤 옆에 있던 여자 아이에게 가라고 한다. 껄렁한 자세로 내 앞에 섰다. 긴장하지 말자, 민이야. T_T

"왔다. 어쩔래?"

"이씨!! 너 이리 와!!"

나는 준영이의 손목을 잡고 아무도 없는 곳으로 갔다. 술기운에 그래도 남들의 시선은 느껴졌나 보다. 하지만 나 정말 질투난다. 그리곤 인적이 드문 곳에서 준영이를 데리고 와 손목을 놓았다. 뭐라고 해야 하나?

"쿡쿡. 너 혹시 질투하냐?"

불끈! -0- 술기운에 더 불끈해졌다. 웬만해선 이런 일에 불끈해지지 않는데 왜 이러는 건지.

"내 눈앞에서 딴 여자랑 있는 거 보이지 마!!"

"왜? 네가 내 여자 친구라도 돼?"

또다시 불끈.

"나는 분명히 말했다. 나 좋아하지 말라고."

"그럼 그 애는? 그 애는 너 좋아해도 된다는 거야?"

"그건 내 일이니까 상관 마."

불끈. 불끈!! 그리고 나는 정말로 너무나 용감하고 대담하고 놀라운 짓을 해버렸다. 준영이에게… 흑흑. 망할 놈의 술… 준영이의 입에 키스를 하고 말았다. ㅠ_ㅠ 아니지, 거의 내 멋대로 하고 있었다. 우쒸. 이놈의 불끈 때문에 준영이는 놀란 건지, 아니면 황당해선지 방어조차 못하고 멀뚱멀뚱 서 있었다. 나는 너무나 용감했다. 하지만 어느덧 문득 정신을 차리고 보니 뒷수습이 안 됐다. 어떡해. ㅠ_ㅠ 얼른 뒤돌아 뛰었다. 힐을 신고도 아주 열심히 뛰었다. 빨리 벗어나야 한다.

"야!! 한민이!! 너 거기 안 서!!"

준영이가 소리친다. 헉! 난 몰라. ㅜㅇㅜ 더 열심히 뛰었다. 발이 아픈지도 모르고 뛰었다.

수습은 집에 가서 생각하자는 게 나의 간절한 바램이었다. -_-;;

"야!! 나 뛴다!! 뛰어서 잡히면 그때 각오해!!"

설마 준영이가 키스했기로서니 나를 죽이려는 걸까? 걸음아, 나 살려줘. 흑흑.

"너!! 나 뛴다!"

큰일 났다. 큰일 났다. 큰일 났어. 난 죽었다. 난 이제 다 살았다고!! 뒤에서 준영이가 뛰어오는 소리가 들려왔다. 맙소사!!

탁—!

오, 맙소사. 내 손목이 준영이의 손에 잡혔다.

"네가 뛰어봤자 벼룩이지."

순간 등골이 오싹해졌다.

정신 차리자. 한민이, 정신 차리자. 호랑이 굴에 들어가도 정신만 차리면 산다고 했다. ㅡ_ㅡ;;

"미안… 헉."

뒤돌아서 안절부절못하는 나를 준영이가 엄청난 힘으로 돌려서 벽에다 몰아세웠다. 여기서 나를 죽일 생각인가 보다. 흑흑… 준영이는 나를 벽에다 몰아 세워놓고 벽에다 손을 짚어 내가 도저히 빠져나올 수 없도록 했다.

"저기… 정말 미안해……."

얼굴도 쳐다보지 못하고 정말 땅만 열심히 쳐다보며 기어들어 가는 목소리로 말했다. 준영아… 미안해. 나도 내가 그렇게 용감한지 몰랐어. 흑흑. T_T

"하려면 똑바로 해."

상황은 반전이었다. 대반전. 생각지도 못하고 있던 찰나에 준영이의 입술이 내 입술에 닿았고… 그리고 내 입 안으로도 들어왔다. 대역전이었다. 너무나 용감무쌍했던 내 키스와는 달리 부드럽고 달콤하고 황홀했다. 씨잉. ㅡ_ㅡ;; 준영이는 키스란 이런 거다라고 가르쳐주려고 뛰어왔나 보다.

한참 후에야… 정말 한참 후에야 준영이의 입술이 나를 놓아주었다.

"다음부턴 술 마시지 마. 나는 키스할 때 술 냄새 나는 것 싫어해."

"으응?"

"말귀 못 알아 처먹냐?"

무슨 소리 하는 건지? 어디 길 가는 사람 붙잡고 물어봐라. 지금 네가 하는 소리 알아듣는 사람 몇이나 될지. ——;;

"앞으로 한 번만 술 마셔대는 것 보기만 하면 너 그땐 죽어."

"…으응, 다시는 이런 짓 안 할게. 미안해."

내 키스가 불쾌했나 보다. 슬펐다. 무척이나 힘이 빠진 모습으로 걸어갔다.

"아, 저거 말귀 진짜 못 알아먹네. 성질 돋우네!!"

헉! 내가 또 무슨 잘못을?? 진짜 엉엉 울고 싶다. 젠장.

"야!"

"미안하다고 했잖아. 미안해! 정말 미안하다고!"

"아오!!"

"알았어. 미안해."

기어들어 가는 목소리로 다시 말했다. -0-

"너 전생에 온달이었냐?"

"아니. T_T"

"그런데 왜 말귀를 못 알아들어? 쪽팔리게 내가 풀어서 얘기해 줘야겠냐?"

"으응? 뭘얼?"

분명히 다 잘 알아들은 것 같은데. 씨잉.

"젠장."

준영이는 무척이나 화를 내고 있었다. 하지만 정말 무슨 소리인지 모르겠다. -_-;;

"사귀자."

"으응??"

한 번도, 단 한 번도 상상해 본 적 없는 말이었다. 그저 놀라서 준영이를 쳐다볼 수밖에 없었다.

"어쭈! 대답 안 해? 사귀자고!!"

"으응… 응."

윽박지르는 탓에 얼른 응이라고 대답했다. 성질 한번 대단했다. 꿈인지 생시인지 준영이가 내 손을 잡고 걸어가고 있었다. 정말 사귀는 것 맞아?

집 앞이다. 이제 들어가야 하는데 나 아직도 정말이지 실감나지가 않는다. 안 되겠다. 물어봐야겠다.

"있잖아……."

"뭐?"

"정말 우리 사귀는 거야?"

"응."

"못 믿겠어. 실감이 안 나."

계단 두어 개를 올라갔을 때 말했다. 준영이는 귀찮다는 듯 계단 하나를 밟고 올라서더니 또다시 키스를 했다. 살짝…

"키스하고 싶으면 그냥 말로 해. -_-^ 너도 은근히 주책이다."

창피해서 얼른 고개를 숙였다. 그런 것 아닌데……. ㅠ_ㅠ

"쿡. 들어가. 술 그만 처먹고!!"

"응."

"간다."

"전화할게."

"오냐."

오늘은 정말 잠이 올 것 같지가 않다. 너무 설레서… 너무 떨려서… 너무 믿어지지가 않아서. 냉정한 준영이의 입에서 사귀자는 말이 나올 줄은 정말 꿈에도 상상하지 못했다.

어떡하면 좋아. 너무 행복해서 잠이 안 와. T_T

열아홉 앙마천사가 들려주는
최첨단 신감각 연애 소설

앙마천사 N세대 연애 소설

『난 꼬맹이가 아니야』

"이러시면… 아니 되어요. >_<"

스윽―

점점 가까이 다가오는… 꽃미남. ㅠ_ㅠ

"안 된다니깐요~ 우린 아직 너무 어리와요. >_< 안 돼… 안 돼… 돼… 돼, 돼."

안 된다고 연거푸 외치면서도 이미 그의 얼굴에 현혹되어 입을 쭈우욱~

점점 더 가까워지는 나이쓰 뽕짝 나이트!

딱 걸렸으!!

나의 두 뺨을 꼬옥 잡고 서서히~ 꺄아아~ +_+

그의 따뜻한 입김이 입술을 간지럽혀 몽롱해지려는데…….

사랑♡은 꼬~옥 이루어진다!

● 난 꼬맹이가 아니야 / 앙마천사 / 값 8,000원

도서출판 청어람 www.chungeoram.com ● TEL : 032-656-4452/54 ● FAX : 032-656-4453 ● Email : eoram99@chol.com